Impressum

Alle Rechte am Werk liegen beim Autor
J., Jaliah
El Puerto – Der Hafen 5
Gefährliche Rache

Berlin, März 2017
Erstauflage
Lektorat: Günter Bast, Theresa, Srwa Latif
Cover/Bildgestaltung: Wolkenartdesign – Marie Wölk
Covermodell El Puerto 2,4,6: Yves Len Unser
Facebook: Yves-Len Unser, Instagram: yvesunser

© 2017
Herstellung und Verlag: BoD – Books on Demand, Norderstedt.
ISBN 978-3-7431-3397-6

www.jaliahj.de

El Puerto

Der Hafen 5

Gefährliche Rache

von

Jaliah J.

Los Puentes

Gonzales & Anna   Bruno † & Maria   Rubén & Ama †

Vidal & Elian   Dante & Suela   Dalila, Delicia & Benito

Sergio † & Valentina   Paol †   Nora †

Ponce (CUCA), Piero † & Paolo †   5 Söhne die die Geschäfte im Ausland leiten

Weitere wichtige Personen

Aaron - Vidals bester Freund

Nacho - Verräter der Cinco Sombras

Cinco Sombras

Ramiro & Leire †   Ramiro & Angelina †   Rehan & Eva †

Alejandro, Santos & Ponce   Belinda   Levi

Raul † & Alicia   Rafael † & Pilar †   Rosa †

Roman & Alena   Adrian †

Weitere wichtige Personen

Suerte - guter Freund der Familie

Es macht mir sehr viel Spaß, mich immer wieder an die El Puerto-Reihe zu

setzen und diese spannende Geschichte weiterzuerzählen,

und es bedeutet mir sehr viel, dass du erneut dabei bist

und mir nach Puerto Rico folgst:

Ich wünsche dir viel Spaß beim Lesen.

'Wenn du Puerto Rico einmal in dein Herz geschlossen hast,

wird es dich nie wieder loslassen!'

»Belinda, ich hoffe, ich störe dich nicht, aber vielleicht solltest du wenigstens die Hausaufgaben abschreiben, wenn du schon die ganze Zeit nicht aufpasst.«

Belinda spürt, wie ihr das Blut in die Wangen steigt und ihr heiß wird. Sie sieht von ihrem Schoß auf und schließt leise das Buch darin, worin sie während der gesamten Stunde gelesen hat. Ihre ganze Klasse hat sich zu ihr umgewendet und starrt sie belustigt an.

Ashley, die zwei Reihen vor ihr sitzt, sieht sie fragend an. Belinda sucht krampfhaft nach einer schnellen und guten Antwort, doch sie hat Glück und die Pausenklingel rettet sie. Alle springen auf, ihr Lehrer schüttelt den Kopf und Belinda packt schnell ihre Sachen zusammen.

Sie ist eine der besten Schülerinnen, einmal passt sie nicht auf und wird gleich erwischt. »Sag nicht, dass du immer noch in diesem Steinzeitbuch liest?« Ashley steht vor ihrem Tisch und wartet auf sie. Belinda nimmt ihre Tasche, zusammen laufen sie hinter den anderen aus dem Klassenzimmer. »Das ist kein Steinzeitbuch, Ashley, das ist Romeo und Julia, du musst dieses Buch auch unbedingt lesen.«

Immer wieder begegnet ihnen jemand, den sie kennen, sie grüßen alle und doch bleiben sie in ihr Gespräch vertieft. »Romeo und Julia? Du hast das doch in live, nur viel besser. Erzähl mir das nochmal, ich wünschte, ich hätte auch endlich einen Freund wie Jamie. Er ist so toll und er hat dir gesagt, dass er dich liebt, was gibt es Besseres?« Ashley klatscht in die Hände und Belinda muss leise lachen.

»Ich war absolut überfordert, ich habe mit allem gerechnet, aber nicht damit.« Belinda ist seit drei Tagen mit Jamie zusammen. Einige Jungs aus ihrer Klasse haben ihr erzählt, dass Jamie seit einiger Zeit auf sie stehen soll und sie geschickt hat, um nachzuforschen, ob er eine Chance bei ihr hätte.

Nachdem sie gesagt hat, dass sie ihn auch sehr mag, ging alles ganz schnell. Er hat sie nach Hause gebracht und sie haben sich geküsst, seitdem treffen sie sich immer kurz in den Pausen und er bringt sie nach der Schule nach Hause. Gestern hat er sie auf eine Pizza eingeladen und ihr dabei gesagt, dass er sie liebt. Es geht sehr schnell, doch Belinda spürt leichte Schmetterlinge in ihrem Bauch, wenn sie an ihn denkt. Da Jamie ein sehr beliebter Junge ist, hat sie nie damit gerechnet, dass er sich ausgerechnet in sie verlieben würde.

»Wenn ein Junge wie Jamie mir sagen würde, dass er mich liebt, würde ich ihn sofort einen Ehevertrag unterschreiben und nie wieder gehen lassen.« Belinda muss über die seltsamen Einfälle ihrer Freundin lachen, während sie auf den großen Schulhof hinaustreten.

Belinda blickt sich um, eigentlich hat Jamie die letzten Tage hier am Geländer auf sie gewartet, doch sie kann ihn nirgendwo entdecken. »Oh, offenbar hat er gerade etwas Wichtiges mit Toni zu besprechen.« Ashley zeigt in eine abgelegene Ecke, in der Jamie mit der blonden Schulschönheit Toni zusammen auf der Bank sitzt und die beiden sich unterhalten.

Belinda spürt Eifersucht in sich aufkeimen, Toni ist ein wahrer Jungentraum, sie ist das beliebteste Mädchen auf der Schule, alle würden gerne mit ihr befreundet sein, auch Ashley freut sich immer sehr, wenn Toni ihr nur hallo sagt. »Sie haben zusammen Geschichte, bestimmt sprechen sie darüber.« Das zustimmende Gemurmel von Ashley hört sich nicht sehr überzeugt an, doch Belinda versucht, die beiden auf der Bank zu ignorieren und hört sich Ashleys Meinung zum neuen Lied ihrer gemeinsamen Lieblingsband an.

Ihr Blick fällt immer wieder zu Jamie und Toni, er sieht sich nicht einmal zu ihr um und das Buch in Belindas Tasche scheint zu glühen. Am liebsten würde sie sich in eine Ecke verkriechen und es heimlich zu Ende lesen, sie ist fast durch und die Spannung ist kaum auszuhalten. Natürlich weiß sie, wie das Buch endet, doch auch wenn es noch so unsinnig ist, trägt Belinda die winzige Hoffnung in sich, dass sich doch noch alles zum Guten wendet, so als hätten sich Milliarden Leser vor ihr alle verlesen oder ein anderes Ende als sie erhalten.

Die Pause zieht sich hin und als es klingelt, sieht Ashley Belinda ungeduldig an, doch ihr Blick bleibt auf Jamie und Toni gerichtet, die sich langsam in ihre Richtung bewegen. Ashley hat jetzt Sport, Belinda Chemie, doch sie laufen trotzdem immer zusammen zu ihren Kursen.

»Geh schon vor, ich warte kurz auf Jamie.« Ashley sieht auch zu den beiden. »Sicher?« Belinda nickt und lächelt, ihre Freundin wirkt zwar unsicher, doch sie geht schon ins Schulgebäude und Belinda sieht wieder zu Jamie und Toni, die nun direkt auf sie zukommen und sie auch bemerkt haben.

Es sind Millisekunden, die Belinda einen schmerzenden Stich versetzen, als sie die genervte Veränderung in Jamies Blick entdeckt. »Hi.« Toni ignoriert sie und geht ins Schulgebäude. »Bis nach der Schule, Jamie.« Mit diesen Worten verschwindet sie und Belinda und Jamie stehen sich gegenüber.

»Belinda, ich wollte eh mit dir reden.« Belinda lächelt, offenbar hat sie ihr erster Eindruck getäuscht. »Was war denn mit Toni? Müsst ihr etwa eine Projektarbeit zusammen ...« Jamie räuspert sich. »Ich bin jetzt mit ihr zusammen.« Belinda zuckt zurück. »Wie? Wir sind doch ...« Jamie hebt die Arme. »Das zwischen Toni und mir ist etwas ganz Besonderes. Versteh das nicht falsch. Ich mag dich und du bist echt heiß, aber das zwischen Toni und mir ... da liegt schon länger etwas in der Luft und ...«

Belinda kann nicht glauben, was er ihr da sagen will. »Du hast mir gestern gesagt, dass du mich liebst.« Jamie sieht sie ernst an. »Gefühle ändern sich.« Belinda spürt, wie sie innerlich zu kochen anfängt. Sie ist eigentlich ein sehr ruhiges Mädchen, doch ab und zu kommt ein Temperament in ihr hoch, mit dem sie kaum umgehen kann. Ihre Mutter lächelt immer nur mild, wenn Belinda so wütend wird, doch ihr selbst macht das Angst.

»So schnell?« Sie schreit ihn an, doch Jamie zuckt nur noch einmal die Schultern. »Manchmal ist das so, du bist doch nicht sauer, oder? Piet aus der 9a findet dich ...« Belinda dreht sich um und lässt Jamie draußen stehen, sie spürt, wie sich ihre Wut in Trauer verwandelt, sie schafft es gerade noch, das Schulgelände komplett zu verlassen, bevor sich die ersten Tränen ihren Weg über ihre Wangen bahnen.

Wütend und tief enttäuscht stapft sie durch den dicken Schnee nach Hause, sie hat noch nie geschwänzt, doch das alles ist ihr jetzt egal. Sobald sie zuhause ist, schmeißt sie sich auf ihr Bett und lässt alles heraus. Sie verflucht die Jungs und die ganze Schule, es dauert eine Weile, bis sie sich beruhigt hat. Belinda macht sich ein Sandwich und liest das Buch zu Ende, nur um danach wieder völlig aufgelöst ihr Kopfkissen zu durchnässen und die ganze Liebe zu verfluchen. Sie wird nie wieder in ihrem Leben einen Jungen so nah an sich heranlassen.

Belinda ignoriert Ashleys Anrufe und reagiert erst, als kurze Zeit später ihre Mutter von der Arbeit kommt und sie sofort in die Arme nimmt. Belinda erzählt ihr alles, sie hatte noch nie Geheimnisse vor ihr, auch wenn sie genau weiß, dass ihre Mutter so einige vor ihr verbirgt.

»Das wird schon wieder, mein Schatz, eines Tages wirst du einen Mann treffen, der dich von ganzem Herzen liebt und das bleibt dann auch … für immer.« Belinda schnieft auf und schmeißt Romeo und Julia in die Ecke. »Meinst du? Hattest du schon einmal das Glück, so einen Mann zu finden?« Ihre Mutter nickt und hält ihr die Hand hin. »Ja, das hatte ich, aber so etwas findest du auch nur einmal in deinem Leben und es wird auch nie vergehen.«

Belinda steht trotzig auf, sie wird nie wieder ein Wort mit Jamie wechseln. »Einen Mann, der für mich sterben würde wie Romeo? Meinst du, so etwas gibt es wirklich, Mama?« Ihre Mutter lächelt und wieder ist Belinda fasziniert, wie hübsch ihre Mutter doch ist. »Ja Schatz, da bin ich mir ganz sicher, du wirst einen Mann finden, der dich über alles liebt!«

Kapitel 1

»Was zur Hölle …?«

Der Raum mit seinen grauen Steinen ist blutverschmiert, an der Decke an einem alten Holzpfosten, der das Dach vermutlich stabilisieren soll, hängen drei Nonnen an einem Strick. Keine von ihnen lebt mehr, Blut rinnt an ihren schwarzen Kutten herunter. Alejandro hat schon viel gesehen, viel erlebt, selbst getötet und miterlebt, wie Menschen verletzt oder auch gefoltert wurden, doch hier und jetzt hält er ein und bekreuzigt sich, genau wie alle anderen im Raum.

»Die haben sich niemals selbst umgebracht.« Vidal geht zu den drei Stühlen, die unter den Nonnen stehen, und blickt auf die große Blutlache darunter. Sie müssen unter ihren Kutten verletzt sein, müssen schwer verwundet worden sein, bei so viel Blut, vielleicht waren sie sogar schon tot, als man sie hier aufgehängt hat.

Von draußen vernehmen sie ein Geräusch, als würde ein Stuhl umfallen und heben sofort wieder ihre Waffen. Alejandro geht noch einmal den Raum ab, doch hier ist nichts mehr zu retten, die Frauen, die ihr Leben Gott und den guten Taten an den Menschen gewidmet haben, sind tot und er kann nur hoffen, dass sie jetzt an einem besseren Ort sind.

»Woher kam das?« Ponce hat ihn überholt und Alejandro verlässt ebenso schnell wie er den Raum wieder, sie sehen sich um, doch die Türen zu allen anderen Räumen sind offen oder haben erst gar keine Tür, bis auf eine. Alejandro deutet stumm an, dass sie die Tür öffnen werden, wieder bekreuzigt sich Alejandro und bittet im Stillen, dass sie nun endlich auf Benjamin treffen und die Welt von seiner kranken Seele befreien können.

Dieses Mal ist es Roman, der die Tür aufstößt und er betritt als Erster den Raum, hinter ihm Benito. Das Bild, das sich ihnen hier bietet, ist noch unwirklicher als das im Nebenzimmer. Eine weitere Nonne liegt auf einem Bett, doch ihr Gesicht ist viel jünger als das der Schwestern, die bereits tot sind. Sie blutet auch, das sieht man, weil ihr Ordensgewand nach oben geschoben ist und darunter nur eine hellgraue blutdurchtränkte Leggings und ein weißes Top zu sehen sind und da erkennt man Messerstiche, mehrere. Auch die anderen Schwestern müssen diese abbekommen haben, das würde das viele Blut erklären.

Auch diese junge Nonne steht auf der Schwelle zum Tod, dafür braucht man kein Arzt zu sein, um das zu erkennen. Sie ist sehr hell, ihre Augen geschlossen, aber trotzdem ist ihr Gesicht schmerzverzerrt. Ein Mann hockt vor ihr, erst haben sie alle ihre Waffen im Anschlag, um ihn genau anzuzielen, doch sie erkennen schnell, dass es nicht Benjamin ist, im Gegenteil.

Roman neben ihm wird stocksteif, Ponce räuspert sich und auch er würde sich am liebsten über die Augen reiben, als der Mann sich zu ihnen umwendet und ein Abbild von Roman und Alena zum Vorschein kommt.

Belinda hat ihnen von diesem Petro erzählt, doch das jetzt hier so zu sehen, ist noch einmal etwas anderes. Alejandro hat nicht wirklich daran geglaubt, doch ein Blick genügt, um ganz genau zu wissen, dass dieser Mann der Bruder von Roman und Alena sein muss, somit auch sein Cousin.

»Noch mehr von euch?« Vidal findet natürlich als Erster seine Sprache wieder. Benito merkt offenbar, dass sie einen Moment völlig überrumpelt sind und tritt zu Petro vor, der auch zwischen ihnen allen hin- und herblickt. Sein Blick ruht einen Augenblick auf Roman, doch dann wendet er sich wieder der Frau zu, so als wären sie gar nicht da.

Seine Arme sind bis zu den Ellenbogen voller Blut, er drückt Tücher auf die Wunden der Frau. »Was ist hier passiert? War das dieser Benjamin?« Der Name lässt auch Alejandro wieder klar denken und ebenso vortreten. »Ich muss meine Schwester retten, ihr seid zu spät, er ist wieder weg und wenn das stimmt, was er von sich gegeben hat, war all das hier erst der Anfang. Er ist zurückgekommen, um sich das Geld der Schwestern zu holen und seine restlichen Waffen, damit nun sein wirklicher Plan beginnen kann.«

Vidal flucht auf, zieht ein Bettlaken von einem der anderen Betten und reißt es in Streifen. Cuca hat seine Waffe als Einziger noch immer gehoben. »Woher wissen wir, dass du nicht zu ihm gehörst? Wieso lebst du noch, wenn alle anderen hier tot sind.« Roman kommt auch einen Schritt weiter zu ihnen, lässt Petro aber nicht aus den Augen, auch wenn er sich an Cuca wendet.

»Du weißt, dass du deine Waffe nicht auf einen Cinco Sombras richten darfst, ohne einen Krieg zu riskieren.« Cuca schnauft auf, lässt seine Waffe aber nicht fallen. »Du weißt nicht, zu wem diese … Menschen hier gehören und was für Gedanken sie haben. Also rede, was ist hier passiert? Oder ich sorge dafür, dass du deine … Schwester nicht retten kannst.« Vidal drängt sich unsanft an Petro vorbei und hebt die Kutte der Schwester weiter hoch, um sich alle Wunden anzusehen. Einen Moment wirkt es so, als würde Petro das verhindern wollen, doch dann scheint er zu spüren, dass das in dieser Situation unsinnig ist.

Alejandro tritt auch näher an das Bett, die junge Frau hat viele Einstiche, aber sie atmet noch, wenn auch nur ganz leicht. Vidal umschlingt die erste Wunde mit einem Streifen Bettlaken, um die Blutungen ein wenig zu stoppen, Alejandro tut es ihm gleich und beginnt mit einer Wunde am Arm, was Petro dazu bringt, sich doch umzuwenden.

»Benjamin ist schon lange weggewesen und wir alle waren froh darüber, nachdem er Schwester Novida, die uns großgezogen hat, mit …« Cuca wedelt mit der Waffe herum. »Wir kennen diesen Teil der Geschichte, was ist jetzt hier passiert?« Petro wischt sich über die Stirn.

»Er ist plötzlich wieder aufgetaucht. Erst dachten wir, es ist Sofia, als der Alarm losging. Ich bin Holz hacken gegangen, um ihr aus dem Weg zu gehen, ich bin nicht einverstanden damit, dass sie den Familias helfen wollte, mich interessiert es nicht, was mit euch ist, genauso wenig wie es euch interessiert, was mit uns passiert ist.«

Alejandro hält einen Moment ein und sieht auf, während er den Brustkorb der Frau abbindet. Sie sind in der absoluten Mehrheit und bewaffnet, doch Petro scheint das nicht zu stören. »Das ist mehr als offensichtlich ein Sombras.« Auch wenn Vidal das genervt murmelt, spürt Alejandro einen kleinen Hauch von Anerkennung für den Mut Petros in sich aufkommen.

»Das war mein Fehler, ich habe die Frauen nicht beschützt, weil ich zu stur war. Als ich wiederkam, stand das Dorf in Flammen, ich bin hergerannt und habe gesehen, wie er die Nonnen mit einem Messer gezwungen hat, sich selbst das Leben zu nehmen, versteht ihr, damit sie nicht in den Himmel kommen … Ich habe mich auf ihn gestürzt und konnte ihn gerade davon abhalten, auch Emilia dazu zu zwingen, bei den anderen kam ich zu spät.

Ich habe gesehen, dass er den Koffer der Schwestern hatte, worin sie jahrelang Geld gespart hatten, um das Kloster bald neu zu renovieren. Und ich habe in einer Reisetasche viele Waffen und Bomben entdeckt. Ich habe es geschafft, ihm das Messer abzunehmen, doch dann konnte er flüchten.« Er sieht sie alle an, Alejandro hat das Gefühl, den jüngeren Roman vor sich zu haben.

»Benjamin war immer verrückt, doch ich habe ihn noch nie in einem solchen Wahn gesehen, er meint das absolut ernst, all das war erst der Anfang. Ich konnte ihn nicht verfolgen, da sonst Emilia verblutet wäre, sonst hätte ich ihn gestoppt. Ich habe ein Schnellboot starten gehört, das ist jetzt sicherlich eine Stunde her, dann habe ich eure Boote gehört, ich dachte, er kommt noch einmal zurück. Ich will die Wunden von Emilia abbinden und sie mit unserem Boot zu einem Arzt schaffen, danach werde ich ihn suchen und für all das zur Rechenschaft ziehen.«

Vidal lacht einmal hart auf und sieht zu Roman, Alejandro legt den letzten Verband um eine Wunde am Schenkel. »Das Boot ist ein Haufen Asche am Strand und bevor du jetzt hier Rachepläne im Alleingang schmiedest, solltest du deine … Schwester hier wegbringen, jede Minute zählt, sie verblutet. Wir bringen euch an Land.«

Petro steht auf und hebt die junge Frau auf seine Arme, er ist groß und breit, genau wie sie alle und er will an ihnen vorbei, ohne noch einmal auf Roman zu blicken, der ihn nicht aus den Augen lässt. Auch Alejandro würde sich am liebsten die Augen noch einmal reiben, um sicherzugehen, dass er sich das hier nicht einbildet.

»Wir haben noch nie eure Hilfe gebraucht, auch jetzt nicht!«

Cuca steckt die Waffe weg. Während sie alle völlig überrumpelt sind, fällt es den Puentes nicht so schwer, mit der Situation umzugehen. Er deutet auf das Nebenzimmer. »Das sieht man, wie gut du hier alles im Griff hast.«

Alejandro setzt an, etwas zu sagen, da kommen die anderen wieder. »Da gibt es keine Häuser mehr, alles ist ein Asche …« Sie stocken und bleiben stehen, als sie auf Petro und Emilia sehen und Alejandro atmet tief ein.

Das alles darf nicht wahr sein, schon wieder sind sie einige Schritte hinter Benjamin zurück und alles ist ein reines Chaos und wenn man den Worten von Petro glauben darf, ist all das hier erst der Anfang.

»Was zur ...« Santos sieht ungläubig zwischen Petro und Roman hin und her, der noch immer völlig überfordert im Raum steht, während Petro das alles überhaupt nicht an sich heranlässt. Belinda hat ihnen von Petro erzählt, sie ist sich absolut sicher, dass er der Bruder von Alena und Roman ist, doch so ganz geglaubt hat es keiner, nun sehen sie es alle.

Auch Petro wird schon davon gewusst haben, doch diese erstaunliche Ähnlichkeit zu Roman kann er doch nicht einfach so ungerührt übersehen. Auch Levi und Suerte stellen sich Petro in den Weg und können nicht glauben, was sie da sehen, während er sich an ihnen vorbeidrängen will.

Weder Petro noch die Puentes scheint das alles irgendwie zu beeindrucken. »Könnt ihr eure Familienzusammenführung später feiern, sie muss in ein Krankenhaus und wenn Benjamin nur eine Stunde Vorsprung hat, erwischen wir ihn vielleicht noch irgendwo, wir fragen am Hafen nach, ob ein Boot angekommen ist. Lasst uns wieder weg von dieser Horrorinsel und dieses kranke Spiel ein für alle Mal beenden!« Vidal holt Petro ein und geht voraus, natürlich ist das alles für ihn nicht so merkwürdig wie für sie, die plötzlich einen zweiten Roman vorgesetzt bekommen.

Allerdings weiß Alejandro auch, was jetzt alles auf dem Spiel steht und reißt sich zusammen, sie alle folgen Vidal nach draußen. »Sobald wir wieder Empfang haben, sage ich meinen Männern, sie sollen zum Hafen und alle Boote, die ankommen oder angekommen sind, durchsuchen. Außerdem sollen sie zurückkommen und die Nonnen an Land zu ihrem Orden bringen, damit sie eine anständige Beerdigung bekommen, dann wird der Wahnsinn hier dem Erdboden gleichgemacht und komplett zerstört, das alles hat hier und jetzt ein Ende!«

Petro beachtet niemanden mehr, er geht unbeeindruckt an allen vorbei, wobei er Suerte sogar ein wenig zur Seite drängt, der sich einen Kommentar sicherlich nur verkneift, weil er selbst noch nicht weiß, ob er träumt oder das alles grade wirklich erlebt. »Ihr werdet gar nichts hier vernichten, das ist unser Zuhause und meine Schwester und ich werden hierher zurückkommen, wir möchten mit euch und eurer Welt da draußen nichts zu tun haben!«

Sie alle gehen mit schnellen Schritten zum Strand, das Leben der Frau auf Petros Armen hängt am seidenen Faden, egal wer sie ist und Vidal hat recht, sie müssen hinter Benjamin her, wenn er zu viel Vorsprung bekommt, kann er verschwinden und neue kranke Pläne schmieden.

Alejandro nimmt sein Handy wieder aus der Hosentasche und wartet darauf, dass er Empfang hat, was noch nicht der Fall ist, er holt auf und läuft jetzt mit Vidal vorne. Als er an Petro vorbeigeht, schüttelt er nur den Kopf. »Das sieht deine andere Schwester, die gerade im Hotel ist und sich mit Pizza vollstopft, denke ich ganz anders.« Petro will etwas sagen, doch Alejandro hebt die Hand.

»Du bist ein Sombras, dafür brauchen wir keine Bluttests, von den anderen werden wir die aber machen und solange bleibt ihr alle unter unserer Kontrolle. Wir werden Benjamin finden und dann könnt ihr entscheiden, was ihr macht.«

Petro sieht keinen von ihnen an, Alejandro blickt wieder auf sein Handy, Roman läuft schweigend hinten, er will gar nicht wissen, was jetzt in ihm vorgeht, doch momentan hat niemand von ihnen die Möglichkeit, ihr Gefühlschaos zu ordnen, momentan müssen sie handeln und das schnell.

»Ich bleibe bei meiner Schwester ...« Sie sind am Strand und Petro sieht auf den verbrannten Haufen Asche, der von ihrem kleinen Schiff übrig geblieben ist. Die Frau in seinen Armen stöhnt qualvoll auf. »Steig aufs Boot!« Das ist das erste, was Roman seinem Bruder sagt und es ist so eisig, dass Alejandro ihm einen warnenden Blick zuwirft, doch Petro scheint das alles überhaupt nicht zu stören. Er geht hinter Levi und Suerte an Bord, doch Alejandro ist sich sicher, dass, wäre sein Boot nicht verbrannt, er das benutzt hätte, um noch nicht einmal ein Boot mit ihnen teilen zu müssen.

Vidal und seine Männer gehen ebenfalls auf ihr Boot, sie beeilen sich und sobald alle Männer an Bord sind, starten sie sofort.

Je näher sie dem Hafen wieder kommen und der Insel den Rücken zukehren, desto besseren Empfang bekommt Alejandro. Er beobachtet, wie Petro die Frau in seinen Armen hält und hin und her wiegt, während er zu der Insel blickt, die sie hinter sich lassen und die all die Jahre sein Zuhause war. Alejandro kommen Bilder von ihrer Kindheit in die Gedanken und die kalten Wände dieses Klosters und er räuspert sich, so sollte kein Kind aufwachsen.

Endlich meldet sich einer ihrer Männer am Telefon und Alejandro gibt den Befehl, dass sie zum Hafen kommen und alle Boote und Schiffe durchsuchen sollen, die ankommen oder kürzlich angekommen sind, dazu sollen sie alle Straßen rund um den Hafen absuchen. Außerdem sollen die Wachen bei Alena verdoppelt werden und sie sollen Belinda zu Alena bringen. Als er hört, dass sie bereits da ist, ist er etwas beruhigter.

Nachdem Alejandro aufgelegt hat, räuspert er sich erneut, es ist totenstill auf dem Boot. Santos lenkt das Boot, Ponce und Suerte sitzen Petro gegenüber, der die Frau fest an sich drückt, deren Atem immer schwächer wird. Roman steht ihm schräg gegenüber und lässt Petro nicht aus den Augen und Levi, der neben Alejandro steht, fährt sich fassungslos durch die Haare. Keiner von ihnen weiß so recht mit der Situation umzugehen. Alejandro sieht, wie sehr Petro die Frau an sich drückt und wie sein Blick nun unsicher zum Hafen geht, der sich langsam vor ihnen auftut.

»Petro, hast du jemals diese Insel verlassen?« Petro sieht ihn nicht an. Es ist unglaublich, er hat denselben Hautton wie Roman und Alena, dasselbe auffällige Grün in den Augen, was auch sie so sehr von allen abhebt und obwohl er nie bei ihnen gelebt hat, unterscheidet er sich körperlich kaum von einem von ihnen, als hätte er jeden Tag an seinem Körper trainiert und wie sie Krafttraining gemacht. Er wirkt so desinteressiert und gleichgültig, ohne Furcht oder Respekt, doch Alejandro hat die Unsicherheit in seinem Blick bemerkt, je näher sie dem Hafen nun kommen.

»Nein, wir haben die Insel noch nie verlassen, ginge es nicht um das Leben von Emilia, würden wir es auch nicht.« Alejandro nickt und legt den Kopf in den Nacken, es läuft einfach alles schief, sie haben Benjamin nicht unter Kontrolle und sind weit davon entfernt, das zu bekommen. Ein einziger Mann tanzt ihnen allen auf der Nase herum, die Vergangenheit ihrer Familien holt sie gerade ein und niemand von ihnen weiß damit umzugehen.

»Wir sind deine Familie, ich weiß, dass du das nicht hören willst, aber wir passen schon auf, dass du in der realen Welt zurechtkommst. Halte dich nur von den Leuten auf dem anderen Boot fern.« Nun sieht Petro ihn doch an und steht auf, die Frau hält er dicht an sich gepresst. »Familie? Mag sein, dass ich von eurer Familie abstamme, aber Familie ist etwas anderes für mich. Auf keinen Fall Menschen, die ein Baby abgeben, als wäre es nichts wert, die sich niemals nach dir erkundigen. Emilia und Sofia, die beiden sind meine Familie.

Und ihr braucht mir gar nicht erst mit eurem komischen Krieg kommen, der auf dem Rücken von Kindern ausgetragen wurde, mich interessiert keine der beiden Familias. Wollt ihr mir jetzt noch mit meiner Mutter kommen? Mutter? Das Wort existiert in meinem Wortschatz nicht! Ihr seid nicht meine Familie, kommt gar nicht erst auf die Idee, das könnte so sein.«

Petro dreht sich und stellt sich vor den Ausstieg des Bootes, um so schnell wie möglich hier wegzukommen. Man spürt all den Hass und die Wut der letzten Jahre in jedem seiner Worte mitschwingen und Alejandro kann es ihm nicht einmal verübeln, er kann sich gar nicht vorstellen, wie er sich an seiner Stelle fühlen würde.

Alejandro sieht zu Roman, der die Augenbrauen zusammenzieht und auf Petros Rücken starrt. Er hebt die Hand und deutet ihm, ruhig zu bleiben. Er ist froh, dass Roman sich bis jetzt zurückhält, was allein der Tatsache zu verdanken ist, dass er mit Petros Erscheinung wirklich überrascht wurde. Roman ist eine tickende Zeitbombe, das mit Alena hat ihm den Rest gegeben, aber natürlich wissen sie alle, wie sehr die Mutter von Roman und Alena wegen ihres Babys, das ihr genommen wurde, gelitten hat.

Zum Glück legen sie genau in diesem Moment an und können von Bord, sie sehen bereits, dass einige ihrer Männer, die sie gerufen haben, angekommen sind und beginnen, Boote zu durchsuchen. Die Puentes sind auch schon an Land und Vidal telefoniert. Auch sie sehen sich um. Petro achtet nicht auf sie, er steuert direkt ein Taxi an. »Bringen Sie mich ins nächste Krankenhaus!« Der Fahrer, der sich gerade ein Sandwich geholt hat wird blass, als er auf die Frau sieht und dann auf die Puentes und die Sombras, die nach und nach alle am Hafen eintreffen.

»Du kannst nicht ins nächste Krankenhaus, bringen Sie ihn in das St. Viktoria, das ist nur zwei Minuten weiter weg!« Alle starren zu Elian, der plötzlich neben Vidal auftaucht und dem Taxifahrer Anweisungen gibt. »Wie kommst du auf die Idee, dass du da etwas zu melden hättest?« Elians Einmischen bringt sofort Roman dazu, sich zu Wort zu melden und Alejandro stellt sich zu ihm, um ihn notfalls in den Griff zu bekommen.

»In dem nächsten Krankenhaus liegt Alena, du willst doch nicht ernsthaft welche von diesen Kindern in ihre Nähe lassen?« Roman beginnt vor Wut zu zittern. »Wenn du mal genau hinsiehst, wirst du erkennen, dass das ihr Bruder ist. Denkst du, ich würde sie einer Gefahr aussetzen? Sie ist meine Schwester!« Elian lacht kurz bitter auf. »Ihr kennt ihn überhaupt nicht, vielleicht will er nur in ihre Nähe, um sie wieder zu Benjamin zu bringen, ihr kennt diese Leute überhaupt nicht und legt schon die Hand für sie ins Feuer. Ich bin mir nicht so sicher, ob ihr auf Alena ...«

Alejandro muss Roman zurückhalten, als er sich auf Elian stürzen will. »Wie kommst du darauf, zu denken, du hast irgendetwas bei Alena mitzuentscheiden? Du hast nicht einmal das Recht, ihren Namen in den Mund zu nehmen, du ...« Auch Vidal hat alle Mühe, Elian zurückzuhalten. »Immerhin war ich als Einziger in der Lage, sie vor Benjamin zu retten, ich habe mein Leben sicher nicht aufs Spiel gesetzt, damit ihr sie Benjamin jetzt wieder frei Haus liefert und diese Irren zu ihr lasst ...«

Alejandro reicht es, er bringt Roman mit Santos zusammen zu einem der Autos ihrer Männer und sieht wütend zu Petro. »Einsteigen!« Auch wenn Petro sie nicht kennt, versteht er wenigstens, dass er Alejandro jetzt besser nicht widersprechen sollte.

Einen winzigen Augenblick treffen sich die Blicke von Vidal und Alejandro, keiner muss es aussprechen, es ist beiden klar, dass die kurze Zusammenarbeit vorbei ist. Sie stehen sich wieder als Feinde gegenüber und die alten Regeln gelten. Auch wenn alles andere zur Zeit drunter und drüber geht, fühlt sich das wenigstens vertraut und gut an.

Kapitel 2

Belindas Herz rast, noch niemals war sie so aufgeregt wie in diesem Moment und Belinda war schon viele hundert Male sehr aufgeregt, doch nichts kommt dem gleich, wie sie sich momentan fühlt. »Los geht's!« Ihr Vater neben ihr hält ihr seinen Arm hin, Belinda lächelt und hakt sich an seinem Arm fest, sucht und findet Halt, niemals hätte sie sich erträumt, dass sie eines Tages diese wichtigen Schritte mit ihrem Vater zusammen gehen wird.

Sie bewegen sich und ihr Vater lächelt noch einmal, doch Belinda sieht, dass er nicht das gleiche Glück wie sie verspürt, sie weiß, dass er all das hier nur ihr zuliebe tut und sich eigentlich alles in ihm dagegen sträubt. Ein leises Raunen geht durch die Kirche, als sie zusammen an so vielen Bänken vorbeigehen, sie sieht allen ins Gesicht und in jedem Einzelnen sieht sie Wut, Enttäuschung und vor allem, dass niemand wirklich gern hier ist. Alejandro, Santos, Ponce, Suerte ... sie alle sehen sie gleich an.

Auf der anderen Seite sitzen Dante, Elian, Benito, Cuca, sie alle sehen genauso zu ihr, kein Lächeln zeigt sich auf ihren Gesichtern, weiter vorn sitzt Camilla und weint bitterlich. Belinda atmet tief ein, sie kann sie jetzt nicht trösten, ihr Blick fällt auf die andere Seite, wo ein Schatten sitzt, man erkennt kaum eine Gestalt, nur einen traurigen Schatten einer kaputten Seele und Belinda weiß, dass es Alena ist, die dort zusammengesunken sitzt.

Belinda zwingt sich, nach vorne zu sehen und direkt in Vidals schöne Augen, die zufrieden auf ihr liegen. All das ist es doch wert, sie ignoriert die Blicke der anderen, übergeht, wie steif ihr Vater sie zu Vidal führt, Belinda blickt in Vidals Augen, die sie stolz ansehen und sie erkennt darin diese Zärtlichkeit, die ihr Herz kurz stolpern lässt vor Glück.

Er ist so schön, wie er da steht in seinem Anzug, er sieht aus wie ein feiner Geschäftsmann, doch die Zeichen LP an seinem Hals verraten, dass er kein gewöhnlicher Geschäftsmann ist und diese mächtige Aura um ihn herum kann sie noch immer spüren, auch wenn sie ihn mittlerweile so gut kennt, dass sie das nicht mehr einschüchtert. Sie sieht in das ihr bereits so vertraute Gesicht, seine schönen Lippen, die zu dem Lächeln geschwungen sind, das sie so sehr liebt, die feine Nase, sein Grübchen auf der

Wange, sie liebt alles an ihm und atmet tief ein, als ihr Vater und sie genau vor ihm halten.

Es ist totenstill in der Kirche, einzig und allein ihr Herzschlag ist zu hören. Vidal und ihr Vater sehen sich in die Augen und niemand sagt einen Ton, bis Vidal genervt aufseufzt und nach Belindas Hand greift. »Nun gib sie schon her!« Es wird unruhig auf den Sitzen und Belinda dreht sich von ihrem Vater weg zu Vidal, bevor irgendetwas eskaliert.

Vidal lächelt noch immer und hebt vorsichtig ihren Schleier hoch, Belinda treten Tränen in die Augen, als er ihre Stirn küsst und sie glücklich betrachtet. »Du bist wunderschön, mein Engel!« Belinda entwischen die ersten Tränen und sie räuspert sich. »Ich liebe dich, Vidal.« Sein Lächeln verschwindet, er räuspert sich und nickt nur leicht. »Danke ... das ist ... nett.«

Belinda öffnet die Augen und ihr Magen zieht sich zusammen, sie schüttelt den furchtbaren Traum von sich und blickt sich um. Alena liegt auf ihrem Bett und schläft, ihre Mutter sitzt daneben und hält ihre Hand. Alena ist noch immer geschwächt, heute Morgen wurden wieder Untersuchungen gemacht, die Ärzte sind sich nicht sicher, ob sie Alena morgen schon operieren können, ihr geht es noch zu schlecht.

Ihr Körper gewöhnt sich nur langsam wieder an das Essen, sie behält vieles noch nicht bei sich. Sie ist nur mit größter Mühe nach den Untersuchungen eingeschlafen, doch sie dämmert eher vor sich hin und wacht ständig wieder panisch auf. Die Ärzte haben ihnen gesagt, dass ihre körperlichen Wunden schlecht heilen, weil es ihr seelisch so schlecht geht.

Belinda starrt auf die roten Striemen an Alenas zarten Armen. Die Seile, mit denen Benjamin sie gefesselt hat, haben ihre Haut so fest eingeschnürt, dass dies noch immer zu sehen ist, es war aber auch ein Spezialist für Narbenbildung da und hat einige Untersuchungen gemacht, Cremes zusammengestellt und sobald die Wunden sich geschlossen haben, werden weitere Therapien vorgenommen, er ist sich sehr sicher, dass sie keine schlimmeren Narben davontragen wird. Auch die große Wunde in ihrem Gesicht kann sich bei guter Heilung komplett zurückbilden, aber er will noch weiter abwarten, bevor er sich da ganz festlegt, momentan denkt er allerdings, dass es sehr gut aussieht.

Alena lässt all das nicht an sich heran, sie hört den Ärzten nicht richtig zu, es wirkt, als wäre sie noch immer in dieser Welt gefangen, nur ihre Mutter kann sie berühren, ohne dass sie zusammenzuckt und sie antwortet auf Belindas und ihre Fragen, ansonsten lässt sie nichts und niemanden an sich heran, abgesehen von Elian. Belinda kann nur hoffen, dass er auch weiter zu ihr kommen kann, um ihr dabei zu helfen, zur Ruhe zu kommen, allerdings bezweifelt sie es. Sie hat gesehen, wie sehr sich alle Beteiligten dagegen sträuben, auch Elian ist nicht gerne hier, da Belinda ja die ganze Geschichte kennt, kann sie das mittlerweile sogar verstehen.

»Nein ... nein, ich bin wach ...« Auch jetzt quält sich Alena in ihren Träumen. Belinda seufzt niedergeschlagen auf und hört, wie Alenas Mutter Alicia erneut zu weinen beginnt und sich gleichzeitig zu ihr umwendet. »Du hast aber auch nicht sehr gut geschlafen.« Natürlich weiß Belinda, wieso sie so schlecht träumt, dass ihr Herz gegen die Entscheidung, all das hier hinter sich zu lassen, kämpft.

Sie weiß aber, dass es das Richtige ist und sie weiß auch, dass ihr Kummer nichts ist gegen die Qualen, die Alena gerade durchsteht, also lächelt sie ihre Tante schwach an und atmet tief ein. »Alles in Ordnung, ich hoffe nur, dass Alena noch etwas schlafen kann, sie braucht diese Ruhe.«

Plötzlich bemerkt Belinda, dass sie sich nicht alles aus ihrem Traum eingebildet hat, ihre Tante Alicia dreht sich mit einem fragenden Blick von ihrer Tochter zu Belinda um, als sie erneut hören, dass es draußen immer unruhiger wird, Belinda hat das auch schon in ihrem Traum bemerkt.

Stimmen werden lauter und Handys klingeln, sie beide wissen, wo die Männer sind und was sie vorhaben, offenbar muss irgendetwas passiert sein.

»Verstärkt die Wachen!« Die Männer vor ihrem Zimmer rufen sich Anweisungen zu und Belinda und ihre Tante stehen beide augenblicklich auf und treten vor die Tür.

»Was ist hier los?« Die Männer vor der Tür sind alle in Bewegung, als sie auf den Flur treten. Hätte Belinda nachgefragt, wären sie ihr garantiert ausgewichen, da aber Alicia nachfragt und alle Männer auch ihren Anweisungen Folge leisten müssen, sehen sie sich unsicher um. »Alejandro und die anderen kommen wieder, sie müssen jeden Moment eintreffen, es wird gerade eine OP vorbereitet, es gibt einen Notfall und wir sollen die Wachen verstärken, mehr wissen wir auch nicht!«

Belinda wird schlecht, sie hat damit gerechnet, dass ihre Brüder und Vidal und seine Familia, Petro, die Nonnen und Emilia finden, ein wenig herumschnüffeln und dann wieder zurückkommen, sie hat nicht damit gerechnet, dass dort irgendeine Gefahr droht, was kann passiert sein? Wer ist verletzt? Eine innere Unruhe macht sich in ihr breit und lässt Belinda zum Fenster des Flures gehen, das genau zum Eingang des Krankenhauses zeigt.

Keine zwei Sekunden später hält einer ihrer schwarzen Geländewagen schlitternd vor dem Eingang, ihre Tante kommt zu ihr und sieht ebenfalls aus dem Fenster.

Alejandro und Santos steigen zuerst aus, dann Roman und als Belinda sieht, wie Petro das Auto verlässt und mit etwas in den Armen ins Krankenhaus rennt, würde Belinda am liebsten laut losfluchen. Ihre Tante neben ihr versteift sich, von hier konnte man nicht ganz genau das Gesicht erkennen, doch genug, dass ihre Tante spürt, dass etwas nicht stimmt und sie erkennen konnte, dass Petro nicht irgendwer ist.

Sie haben ihrer Tante noch nichts von Petro erzählt, wie auch, bei all dem, was mit Alena ist, sie ist schon so außer sich vor Sorge und niemand wollte ihr das auch noch auflasten, doch nun ist es zu spät, ihr zu gestehen, dass sie ihren verlorenen Sohn gefunden haben. »Was …?« Schneller als Belinda reagieren kann, ist Alicia beim Fahrstuhl.

Belinda wendet sich an die Männer vor Alenas Tür. »Bleibt bei Alena, wir kommen gleich wieder. Haben sie Benjamin geschnappt? Wisst ihr etwas darüber?« Einer der Männer hat seine Waffe gezogen und öffnet die Tür, um nach Alena zu sehen. »Wenn sie sagen, dass wir die Wachen verstärken sollen, wohl eher nicht. Wir passen auf, macht euch keine Sorgen.«

Belinda steigt zusammen mit ihrer Tante in den Fahrstuhl, sie wissen, wo die Operationsräume sind. »Der Mann bei Roman, war das …?« Ihre Tante ist ganz blass, doch sie kann nicht einmal die Frage beenden, da öffnet sich schon die Fahrstuhltür und sie laufen fast in Santos hinein, der in den Fahrstuhl steigen wollte. »Ich wollte gerade nach oben zu euch … Alicia du solltest zurück …«

Es bringt nichts mehr, ihre Tante hört Santos nicht zu, sie ignoriert alles andere und sieht zu Petro, der für sie gut sichtbar im Krankenhausflur steht und etwas an einige Ärzte und Pfleger übergibt und sie gar nicht beachtet. »Oh mein Gott.« Ihre Tante schlägt sich die Hand vor den Mund und beginnt augenblicklich zu weinen.

Nun bemerken auch Alejandro und Roman sie, während Petro weiter zu den Ärzten sieht, die schnell in den OP gehen, Belinda konnte nicht erkennen, was Petro da an die Krankenhausmitarbeiter übergeben hat.

»Mama, du solltest nach oben zu Alena, es ist nicht der beste Zeitpunkt, um ...« Roman versucht noch, auf seine Mutter einzuwirken, doch Alicia beachtet niemanden mehr, als sie mit schnellen Schritten zu Petro geht und dabei laut aufschluchzt. Auch Belinda trifft das, sie hat die Geschichte der verstoßenen Kinder vom ersten Moment an berührt, sie hat die Wut in Petros Augen gesehen, als sie ihm gesagt hat, dass er zu ihrer Familie gehört und jetzt diese Verzweiflung und gleichzeitige Hoffnung ihrer Tante mitzuerleben, trifft sie.

Belinda stellt sich neben Alejandro und Santos, sie alle stehen etwas weiter abseits, während Roman seine Mutter aufhält, die sich jedoch direkt vor Petro stellt und so erst seine Aufmerksamkeit bekommt. »Du bist es!« Ein unglaublich befreites Lächeln breitet sich auf Alicias Gesicht aus, mit zittrigen Händen greift sie in Petros Gesicht.

Alejandro neben Belinda räuspert sich, niemanden wird diese Geste Alicias unberührt lassen, auch Roman hält sich komplett zurück. Belinda erkennt, wie versteinert Petro ist, genau wie damals auf der Insel, als sie ihm gesagt hat, wer er ist. Auch jetzt sieht sie, wie er zu zittern beginnt und seine Augen vor Wut funkeln, doch er lässt die Berührungen von Alicia zu und starrt sie an.

Santos, der etwas näher dran steht, sieht die Wut genauso und macht zwei Schritte auf die beiden zu, doch ihre Tante bemerkt all das nicht, sie streicht über eine Stelle an Petros Augenbrauen. »Es war so schwer, dich auf die Welt zu bringen, du hast dich in meinem Bauch so wohl gefühlt, wahrscheinlich hast du damals schon gewusst, dass die Welt hier draußen grausam ist.

Die Ärzte haben mir erklärt, dass das ein Feuermal ist, ich habe mich all die Jahre gefragt, ob es sich verwachsen hat, aber du hast es immer noch.

Wie hast du mich gefunden? Ich ...« Roman will eingreifen und auch Belinda ahnt, dass das eine böse Wendung nehmen kann, doch Petro ist schneller als sie. »Ich habe niemanden gesucht, ich bin hier wegen meiner Schwester und dann gehe ich wieder!« Petro dreht sich weg, er geht genau vor die Tür, in die das Ärzteteam verschwunden ist und lehnt seinen Kopf dagegen.

Es sieht so aus, als schließe er die Augen, als würde er hoffen, aus all dem hier verschwinden zu können, er wirkt plötzlich ganz ruhig, doch Belinda sieht an seinen Händen, dass er noch immer zittert.« Alicia weint nur noch mehr und will ihm folgen.

»Deine Schwester? Die liegt ein Stockwerk weiter oben, ich weiß ...« Roman tritt vor und hält seine Mutter sachte zurück. »Mama, es ist eher ein Zufall, dass wir Petro gefunden haben und es ist auch nicht so, dass er uns gesucht hat. Momentan hat er andere Sorgen, sie operieren eine der Frauen, mit denen er aufgewachsen ist.«

Alicia will sich nicht von ihrem Sohn abhalten lassen, zu Petro zu kommen, doch als Roman sie nicht loslässt, wendet sich seine Mutter zu ihm um. »Wieso habt ihr mir das nicht sofort gesagt? Ich dachte, Benjamin ist das einzige dieser Kinder, dass ...« Roman unterbricht sie. »Er ist der Wahnsinnige, der für all das verantwortlich ist. Von den anderen haben wir erst einmal nichts erwähnt, weil wir selbst nicht genau wissen ...«, er zeigt zu Petro, »was wir mit ihnen machen sollen, ich meine, sie sind ...«

Belindas Tante stemmt ihre Hände in die Hüften und hebt warnend ihren Finger. Roman ist ein sehr mächtiger Mann, ihn umgibt die gleiche starke Präsenz wie all ihre Brüder und Cousins und vor allem die letzten Tage war er unberechenbar, doch als ihn seine Mutter nun wütend anfunkelt, senkt er den Blick.

»Wie redest du von deinem jüngeren Bruder? Es ist doch wohl mehr als offensichtlich, dass das dein Bruder ist, ich habe Alena und dir doch so viel von ihm erzählt, du weißt doch, dass ich mir nichts mehr auf dieser Welt gewünscht habe, als ihn wiederzufinden. Wieso seid ihr nicht sofort zu mir gekommen? Wer hat ihn zuerst gefunden?«

Belindas Herz schlägt schneller, sie tritt vor. »Ich war das. Ich wusste auch sofort, dass er zu unserer Familie gehört, aber im gleichen Moment habe ich auch gemerkt, dass Benjamin Alena hat und alles war so durcheinander, es ...« Nun blickt ihre Tante sie an und Belinda erkennt dieselbe Enttäuschung und denselben unausgesprochenen Vorwurf, den auch ihre Brüder noch in ihren Augen haben. »Du ... ihr alle, hättet mir das sagen müssen, sofort!«

Eine Krankenschwester kommt aus dem OP-Bereich. »Einer kann mitkommen und vor dem OP warten, wer ist ihr nächster Verwandter?« Petro steht schon so nah wie möglich bei der Krankenschwester. »Ich bin ihr Bruder, die anderen Leute hier haben nichts mit uns zu tun.« Belinda senkt den Blick und hört Alejandro genervt aufseufzen, ihre Tante aber dreht sich um und hebt die Hand.

»Petro ... du musst mir glauben, dass ich dich ...« Plötzlich dreht sich Petro um, während ihm die Schwester hilft, einen OP-Kittel anzuziehen. Genau in dem Moment erkennt Belinda den Roman der letzten Tage in Petros Blick, auch wenn er es bisher gut geschafft hat, seine gleichgültige Maske aufzubehalten, gelingt ihm dies nun nicht mehr.

»Ich weiß nicht, was ihr alle euch hier denkt. Da drinnen ist meine Schwester und liegt im Sterben, das ist der einzige Grund, weswegen ich hier bin. Ich habe keine Mutter! Irgendwann hat mich meine Erzeugerin abgegeben, weil ich nicht die gleiche DNA wie ihre anderen perfekten Kinder habe, das ist okay, man lernt damit zu leben, aber ich werde mir hier garantiert nicht anhören, wie all das nun wirklich gewesen sein soll, das kommt zwanzig Jahre zu spät, also lasst mich hier einfach in Ruhe bei meiner Schwester sein.«

Es ist totenstill, selbst die Krankenschwester hat eingehalten. Petro hat nicht geschrien, doch man hat in jedem einzelnen Wort die Wut gehört, die sich in all der Zeit in ihm aufgebaut haben muss. Belinda schluckt schwer und auch ihre Tante sucht nach Worten, während Alejandro, Santos und Roman nicht so ganz wissen, wie sie mit der ganzen Situation umgehen sollen. Doch es ist eh zu spät, bevor sie reagieren können, wird es unruhiger im abgetrennten Operationsbereich und die Schwester geht schnell durch die Tür. »Es sieht nicht gut aus, kommen Sie jetzt?«

Die Tür schließt sich und ihre Tante kann da erst wieder reagieren. »Nein, warte. Lass mich dir alles erklären, ich schwöre dir, dass ...« Ihre Tante bricht vor der Tür des OP-Bereiches zusammen. Belinda streicht sich die Tränen weg, während Roman seine Mutter aufhält. »Wer wird da überhaupt operiert und was ist passiert?« Alejandro flucht nur, nimmt sein Handy heraus und ruft jemanden an, wobei er sich von ihnen entfernt. Wenigstens Santos erbarmt sich und erzählt Belinda, was sie auf der Insel vorgefunden haben und Belindas Herz zieht sich erneut schmerzhaft zusammen.

Die Nonnen sind tot und die zarte junge Emilia kämpft in diesen Minuten um ihr Leben, während Alena über ihr nichts mehr als ein Schatten ihrer selbst ist und niemand hier kann ihr mehr richtig in die Augen sehen.

Belinda blickt auf ihre weinende Tante und Roman, der sie versucht zu beruhigen, Santos geht auch zu ihnen, nachdem er ihr alles erzählt hat, Belinda sieht sich um und plötzlich versteht sie Petros Bedürfnis, hier einfach nur noch wegzukommen. Sie kann wegen all dem Leid kaum noch atmen, und das Gefühl, dass sie daran eine große Schuld trägt, wächst immer weiter und wird durch die Blicke ihrer Familie nur noch schlimmer.

Doch es ist nicht die Zeit, sich selbst zu bemitleiden. Wie kann sie, wenn sie an Alena, Petro, ihre Tante und all die anderen denkt? Belinda atmet tief ein, ihr Handy klingelt und Belinda entfernt sich ein paar Schritte, als sie sieht, dass es Vidal ist.

»Hi.«

»Hi Süße, wie geht es dir? Wo bist du?« Egal was ist, Belinda wird es immer lieben, Vidals Stimme zu hören, eine warme Ruhe breitet sich augenblicklich in ihr aus, auch wenn sie genau weiß, dass es keine Bedeutung mehr hat.

»Im Krankenhaus.«

»Du solltest da momentan nicht sein. Deine Brüder bringen ...«

»Ich weiß, sie sind schon da. Emilia wird gerade operiert.« Auch wenn sie Vidal nicht sehen kann, spürt sie, dass sich seine Stimmung ändert.

»Das ist gefährlich, Belinda, ihr könnt diesem Petro nicht trauen, vielleicht arbeitet er mit Benjamin zusammen. Wieso bringen die ihn zu euch ins Krankenhaus? Du solltest da besser nicht sein. Ich traue dem Ganzen nicht!«

Belinda lächelt mild, es ist süß, was für Gedanken sich Vidal um sie macht, auch wenn sie weiß, dass es nicht die Bedeutung hat, die sie sich wünschen würde.

»Ich pass schon auf, ich gehe auch gleich zurück in Alenas Zimmer und ich bezweifle, dass sie irgendjemanden in ihr Zimmer lassen.«

Es wird ruhiger bei Vidal, wahrscheinlich ist er nach Hause gekommen, Belinda schließt die Augen. Wie gern sie jetzt bei ihm wäre. Auch er seufzt leise auf.

»Ist alles in Ordnung bei dir?«

Belinda nickt und muss gegen die aufkommenden Tränen und das beklemmende Gefühl in ihrer Brust ankämpfen.

»Es geht, es ist einfach gerade alles … zu viel.« Belinda sieht aus dem Augenwinkel, wie ihre Tante noch immer weint und Roman auf sie einredet. »Es wird besser werden, irgendwann wird es das immer wieder.«

Belinda hofft, dass er recht hat, sie sagt ihm, dass sie sich später melden wird und legt auf, genau in dem Moment, als Alejandros Stimme hinter ihr ertönt. »Mit wem hast du gesprochen?«

Belinda erschreckt sich so sehr, dass ihr das Handy aus der Hand direkt auf den harten gefliesten Boden fällt. »Mist!« Sie bückt sich danach, doch Alejandro ist schneller und hebt es auf, das Display ist zersprungen, er hält es ihr hin und sieht sie fragend an.

Belinda hat nicht gemerkt, dass er wieder da ist, sie überlegt krampfhaft, was sie ihm sagen soll, doch das erübrigt sich, als die Fahrstuhltür sich öffnet und Suerte zu ihnen kommt.

»Alena geht es schlechter, die Ärzte wollen euch sprechen.«

Kapitel 3

Alejandros Kopf rast, er sieht seiner Schwester noch einmal genau in die Augen, irgendetwas hat Belinda vor, momentan traut er ihr nicht über den Weg. Er hat keine Zeit, seine Schwester jetzt auch noch ganz genau im Auge zu behalten, aber vermutlich wird er das müssen, nicht dass sie schon wieder irgendeinen Blödsinn macht.

Er hat gerade noch einmal versucht, April zu erreichen, seit ihrem letzten Telefonat wird sein ungutes Bauchgefühl ihretwegen immer schlechter, doch hier geht gerade alles so drunter und drüber, dass er nicht reagieren kann, zumal er nicht einmal weiß, wie er reagieren sollte. April geht ihn im Grunde nichts an, eine Tatsache, der er sich bewusst ist, doch nicht alles in ihm scheint dieser Tatsache folgen zu wollen.

Da April das Gespräch nicht angenommen hat, bezweifelt er, dass sie das gerade bei Belinda am Telefon war. Die Art, wie sie sich weggedreht und leise gesprochen hat, hat ihn aufhorchen lassen. Er kann nur für sie hoffen, dass sie nichts Neues plant, Alejandro hat keine Geduld mehr für so etwas.

Belinda bleibt neben ihm, während sie zum Fahrstuhl gehen, Roman hilft seiner Mutter auf, die nur noch ein Häufchen Elend ist. Es tut Alejandro sehr leid, seine Tante so zu sehen, er hätte all das gerne verhindert, doch es ging nicht, er konnte Alena nicht vor Benjamin schützen und er kann nicht verhindern, dass die Vergangenheit sie alle nun einholt. Das Einzige, was er jetzt noch tun kann, ist, dafür zu sorgen, dass Alenas Wunden heilen und sie in Sicherheit ist.

Wie er seiner Tante wegen Petro helfen kann, weiß er noch nicht. Er traut noch immer seinen Augen nicht, wenn er ihn ansieht, gleichzeitig muss er Elian in der Sache recht geben, dass auch er ihm nicht traut. Er ist mit Benjamin aufgewachsen und es ist mehr als offensichtlich, dass er mit ihnen allen nichts zu tun haben will.

Seine Wut scheint sehr tief zu sitzen, Alejandro will gar nicht erst behaupten, er könne nicht verstehen wieso. Was diesen Kindern damals angetan wurde, ist nicht richtig, wie er in dieser Zeit allerdings gehandelt hätte, wäre er an der Stelle seines Großvaters gewesen, kann er beim besten Willen nicht sagen.

Er versteht Petro, vielleicht traut er ihm auch genau deswegen nicht über den Weg.

Alejandro bemerkt den Blick von Suerte auf seiner Schwester und würde am liebsten die Augen verdrehen. Er weiß, wie hübsch seine Schwester ist, doch sie ist seine Schwester und er wünschte, er könnte all diese Blicke einfach ignorieren.

Noch immer hat er die Bilder von Vidal und Belinda vor Augen und sein Magen verdreht sich allein beim Gedanken daran, doch so ist es wahrscheinlich einfach, wenn man eine jüngere Schwester hat, die ihren eigenen Kopf hat und dazu noch wunderhübsch ist, als Bruder hat man da so einige Kopfschmerzen.

Alejandro kann nicht verhindern, dass sein ohnehin schon wütender Blick auch Suerte trifft, er sieht so besorgt zu Belinda. Denkt er etwa, dass Alejandro nicht auf seine eigene Schwester aufpassen kann? »Bleib hier vor der Tür und lass diesen Petro keinen Schritt ohne dich machen! Er darf sich hier auf keinen Fall frei bewegen, wenn er aus dem OP kommt.« Suerte nickt und zieht seine Waffe, während sie in den Fahrstuhl gehen.

»Diesen Petro? Das ist dein Cousin, Alejandro, er trägt dasselbe Blut wie du in sich. Du kannst ihn doch nicht wie einen Schwerverbrecher behandeln.« Romans Mutter sieht ihn anklagend an, dabei wischt sie sich die Tränen weg. Alejandro weiß, dass sie all das hier überstehen wird, die Frauen aus seiner Familie mussten schon so einiges mitmachen und auch jetzt wird sie sich wieder fangen und tut das gerade bereits wieder, sie muss jetzt stark sein, für Alena.

»Ich bezweifle nicht, dass er zu unserer Familie gehört, Alicia, allerdings will er gar nicht dazugehören und solange wir nicht wissen, wie tief sein Hass auf unsere Familie sitzt, sollten wir kein Risiko eingehen, oder möchtest du, dass Alena noch einmal in Gefahr ist?«

Er braucht keine Antwort, natürlich will seine Tante das nicht, sie kommt aber auch nicht zum Antworten, da die Fahrstuhltür aufgeht und sie Alenas eigentlich noch sehr leise und geschwächte Stimme laut und hysterisch über den Flur schallen hören. »Macht das weg! Sofort!«

Es bietet sich ihnen ein absurdes Bild: Die Männer, die Wache halten, sehen verschämt weg, während die Tür zu Alenas Zimmer offen steht und mehrere Ärzte am Eingang stehen, sie alle beeilen sich und im Zimmer erwartet sie ein noch viel schlimmerer Anblick.

Alena sitzt zusammengekrümmt auf dem Bett, ihre Laken und ihre Jogginghose sind voller Blut. Alena umarmt sich selbst und wippt leicht hin und her, ihre Augen sind nur halb geöffnet und liegen bittend auf Santos, der neben ihrem Bett sitzt und ihr in dem Moment vorsichtig die dunklen Locken aus ihrem verschwitzten Gesicht streicht. »Bitte Santos, sag ihnen, dass sie mich befreien sollen. Ich halte das nicht mehr aus!«

Santos liebt Alena genau wie sie alle über alles, deswegen sieht er auch sofort zu den Ärzten und entdeckt sie dabei. »Tun Sie doch endlich etwas!« Ein Arzt kommt näher und versucht, Alena den Puls zu messen, als er sie berühren will, zuckt sie weg und beginnt wieder, sich vor- und zurückzuwiegen. »Nein, nein, keine Untersuchungen mehr, ich kann nicht mehr, ich will nur noch, dass all das ein Ende hat, sofort!«

Santos darf Alena offenbar anfassen und nimmt ihre Hände in seine, nun treten auch Belinda und Alenas Mutter vor, Roman bleibt steif neben Alejandro stehen und starrt genau wie er auf das Blut auf den Laken. »Alena, du blutest, du musst dich untersuchen lassen.« Seine Cousine schüttelt ihre kurzen Locken, Benjamin hat ihr alles genommen, ihre schönen Haare, ihre Unbeschwertheit, ihr Aussehen, ihre Seele.

Alejandro wendet sich an einen der Ärzte, während Belinda und Alicia auf Alena einreden. »Was ist los mit ihr? Wieso blutet sie wieder?« Der Arzt sieht besorgt zu Alena. »Ich kann es nicht sagen, es ist möglich, dass ihr Körper die befruchteten Zellen abstößt oder eine der vielen inneren Wunden aufgegangen ist. Ich muss das untersuchen, doch sie lässt momentan niemanden an sich heran.«

Alejandro sieht, dass Belinda und seine Tante es schaffen, Alena langsam vom Bett hochzubekommen. »Was auch immer der Grund für die Blutungen ist, Ihre Cousine muss morgen dringend operiert werden. Ihr Körper braucht die nächsten Stunden dafür Ruhe, doch das klappt nicht. Wir werden um diese Operation nicht herumkommen, doch je weniger sie sich ausruht, umso größer wird das Risiko, dass sie die Operation nicht übersteht, sie ist viel zu unruhig und aufgewühlt, doch wir werden den Eingriff nicht mehr lange hinauszögern können.«

Eine der Krankenschwestern, die ihre Auseinandersetzung mit Elian und Vidal mitbekommen hat, legt Alena gerade eine neue Infusion an. »Sie ist nur ruhig, wenn der Mann hier ist, der sie aus den Händen dieses Monsters befreit hat. Sie scheint sich bei ihm ...« Roman neben ihm wacht aus seiner Starre auf, sein Cousin musste noch nie so viel aushalten wie in den letzten Tagen.

»Wir alle hier passen auf sie auf und sind ihre Familie, mehr braucht sie nicht! Der Mann, wie Sie ihn nennen, ist der Feind unserer Familia und sicherlich der Allerletzte, den meine Schwester an ihrer Seite braucht.« Alejandro räuspert sich, ihm gefällt der Gedanke genauso wenig wie Roman, doch auch er muss zugeben, dass Alena die Anwesenheit von Elian wirklich gutgetan hat, auch wenn es gegen alles spricht, wofür sie stehen.

»Aber Sie wissen doch, was die Psychologin erklärt hat, momentan kann Alena nicht so klar denken und handeln wie sonst immer und das Einzige, was sie momentan ein wenig Ruhe finden lässt, ist der Moment der Befreiung aus dieser Hölle.« Levi ist nun auch bei ihnen, bleibt aber bei Alejandro stehen. »Sie hat recht, Roman, ich habe das letzte Mal Elian darum gebeten. Wenn es danach gehen würde, was ich machen möchte, wäre es, diese ganzen Puentes ein für alle Mal auszulöschen, doch ich liebe Alena mehr als dieser Hass in mir schlägt, deswegen habe ich ihn darum gebeten. Ich denke auch nicht, dass Elian gerne hier ist, er müsste das nicht tun. Ich würde das für niemanden von ihnen tun, doch er kommt und bleibt bei Alena und ich habe selbst gehört, dass er sehr nett und vorsichtig mit ihr umgeht. Auch wenn uns allen das nicht passt.«

Alejandro reibt sich die müden Augen und nimmt sein Handy heraus. »Levi hat recht, ich habe nicht vor, Alena zu verlieren und wenn ein verdammter Puentes dazu hier sein muss, damit die Heilung schneller geht, werden wir alle damit klarkommen. Glaub mir, sobald sie wieder klar denken kann, werden wieder die alten Regeln gelten, auch wenn wir alle in Elians Schuld stehen, ohne ihn hätten wir Alena verloren und auch wenn es uns krank macht, wir brauchen ihn auch weiterhin, um sie zu retten.

Ich rufe ihn jetzt an und kläre das ein für alle Mal mit ihm. Wenn dir das Leben deiner Schwester wichtig ist, dann versuche das zuzulassen, auch wenn es dich innerlich umbringt und ich weiß, dass es das tut, weil es mir auch so geht, doch Levi hat recht, unsere Liebe zu Alena ist größer und deswegen mache ich diesen Anruf und wegen sonst nichts!«

Alejandro hätte sich nicht träumen lassen, dass jemals solche Worte über seine Lippen kommen, doch es geht nicht anders. Er hat gesprochen und jeder im Raum hat ihm zugehört, auch Alena. Er braucht keine Zustimmung, er alleine kann entscheiden, doch es tut gut zu sehen, dass Roman zerknirscht wegsieht, während er Elians Namen antippt, den er seit ihrer Zusammenarbeit in seinem Handy gespeichert hat. Während sein Handy die Verbindung in das Gebiet ihrer Feinde herstellt, sieht Alejandro zufrieden dabei zu, wie Alena mit Hilfe ihrer Mutter und Belinda aus dem Bett steigt, um sich untersuchen zu lassen.

Er sieht auf die Uhr, die im Krankenzimmer von Alena hängt und trotz all des Chaos, in dem er gerade steckt, meldet sich wieder sein ungutes Bauchgefühl und das hübsche Gesicht von April erscheint vor seinem inneren Auge, irgendetwas stimmt nicht. Geht ihn das etwas an? Nein! Hat er gerade andere Probleme? Mehr als das! Lässt ihn dieses Gefühl in Ruhe? Offenbar nicht!

Elian flucht auf und greift nach seiner Waffe auf dem Beifahrersitz. Er sollte nicht hier sein, nicht schon wieder, doch er kann nicht anders und das macht ihn wütend. Wütend über sich selbst. Er hatte sich fest vorgenommen, dass die vorige Nacht die letzte war, die er hier verbracht hat.

Er hat Alena gerettet und er kann auch nicht behaupten, sie wäre ihm egal, doch sie ist eine Sombras und allein deswegen hat er schon mehr geholfen, als er eigentlich sollte. Und nun ist es gerade mal später Nachmittag und wieder ist er hier.

Elian hat es geahnt, als er Alejandros Namen auf dem Display gesehen hat. Zusammen mit Vidal sind sie gerade erst nach Hause gekommen, sie haben noch nach Benjamin gesucht, doch es gibt keine Spur von ihm. Morgen wollen sie die Testergebnisse von Sofia, und nun auch der anderen verstoßenen Kindern, abholen und dann entscheiden, wie sie weiter mit diesen merkwürdigen Leuten umgehen sollen, auf jeden Fall wollte Elian einfach ins Bett.

Er braucht Schlaf, sein Körper braucht Ruhe, seine Schusswunde ist heute wieder aufgegangen. Seit er Alena da herausgeholt hat, konnte er sich nicht wirklich erholen, da er die meiste Zeit bei ihr war und sich da auszuruhen, ist unmöglich, nicht mit den vielen Sombras im Nacken.

Elian war sich absolut sicher, dass er dieses Mal sagt, dass Alena nicht sein Problem ist, er hat es richtig genossen zu sehen, dass es Alejandro ist, dem er dieses Mal eine Abfuhr erteilt, am liebsten wäre es ihm, wenn Roman direkt angerufen hätte, besonders nach seinem Auftritt am Hafen.

Wie können die Sombras so dumm sein und diesem merkwürdigen Petro trauen, selbst wenn es Alenas Bruder ist, wissen sie nicht, was er vorhat und ob man ihm trauen kann. Elian ist ausgerastet, als er gehört hat, dass sie ihn in ihre Nähe lassen wollen und das war auch der Moment, in dem er gespürt hat, dass er sich davon losmachen muss. Alena geht ihn nichts an, er darf all das nicht zu nah an sich heranlassen. Trotzdem regt es ihn auf, was Roman sich denkt, sich so aufzuspielen, ohne ihn hätte er seine Schwester verloren.

Er hatte sich schon so viele freche Antworten parat gelegt, auch Vidal hat ihm nochmal klar gemacht, dass er sich nicht mehr um diese Angelegenheit kümmern soll, doch Alejandro kam ihm zuvor. Elian hatte sich vorgenommen, hart zu bleiben, doch Alena blutet wieder und die Ärzte machen sich Sorgen, ob sie die Operation überstehen wird.

Elian weiß nicht warum, er hat den fordernden Blick seines Bruders und seiner Cousins auf sich gespürt, doch die Tatsache, dass es Alena noch schlechter als ohnehin schon geht und eine wirkliche Gefahr besteht, dass sie das nicht übersteht, hat ihn einhalten lassen. Er mag ihre Familie hassen, aber nicht sie und er möchte nicht, dass ihr etwas passiert. Er hat die Hölle gesehen, aus der er sie entrissen hat und wenn sie ihn noch braucht, um auch komplett aus diesem Wahnsinn befreit zu werden, dann sollte er seinen Hass und alles andere hinten anstellen.

Trotzdem war es eine Genugtuung, Alejandro dabei zuzuhören, wie er ihn bittet, ins Krankenhaus zu kommen und mit Alena zu sprechen. Jedes einzelne Wort ist ihm schwergefallen, Elian weiß nicht, ob er das an seiner Stelle gekonnt hätte, doch für einen Menschen, den man wirklich liebt, ist man wahrscheinlich bereit, so einiges zu tun.

Elian hat einfach nur gesagt, dass er kommen wird und das aber das letzte Mal ist, dann hat er aufgelegt. Vidal, Dante, Benito und Cuca haben nur mit dem Kopf geschüttelt, besonders sein Bruder sieht es überhaupt nicht gerne, dass er dort mit so vielen Sombras alleine ist, doch auch sie haben Alena gesehen und so richtig etwas dagegen sagen kann keiner von ihnen.

Alles in ihm sträubt sich dagegen, nun schon wieder das Krankenhaus zu betreten, doch er kann einfach nichts anders. Ponce und Levi stehen vor dem Krankenhaus und rauchen, sie nicken ihm leicht zu. »Habt ihr noch etwas wegen Benjamin gefunden oder herausbekommen?« Elian hatte gerade geduscht, sie alle waren noch bei Vidal, doch seine Wunde hat so stark geblutet, dass er sich umziehen wollte. Nun trägt er ein rotes Shirt mit V-Ausschnitt und eine graue Jogginghose seines Bruders, in die er die Waffe steckt. »Nein, wir haben einen Fischer getroffen, der den ganzen Morgen am Hafen war und sich absolut sicher ist, dass kein kleineres Boot außer unseren angekommen ist. Vermutlich ist er gar nicht über den Hafen zurück, sondern ist irgendwo anders an Land gekommen.«

Levi nickt, wenn es einen Sombras gibt, mit dem Elian wenigstens ein paar Worte wechseln kann, ohne dass er ausrastet, ist das Alenas Cousin Levi. »Okay, wir werden ihn einfach alle weiter suchen müssen.« Elian geht zum Eingang. »Vielleicht sollten wir diese komischen verstoßenen Kinder noch einmal genau befragen, wo sind dieser Petro und seine Schwester jetzt?«

Elian sieht in Ponces Gesicht, dass er sich einen dummen Kommentar verkneift und Levi antwortet. »Er wartet vor dem OP auf diese Emilia, sie wird gerade operiert und es sieht nicht gut aus.« Alejandro kommt aus dem Krankenhaus und nimmt gerade das Handy vom Ohr. Auch er nickt Elian zu und wendet sich dann an seinen Bruder.

»Ich habe etwas Dringendes zu erledigen. Ich hoffe, ich bin morgen Abend zurück.« Ponce schnippt seine Zigarette weg und kneift die Augen zu. »Jetzt? Alena wird morgen operiert und wir müssen Benjamin finden.« Alejandro nickt. »Ich weiß, es geht nicht anders. Ich bin so schnell wie möglich zurück, Alena lässt niemanden von uns an sich heran und ob ich mit euch allen vor dem OP sitze oder ihr mich auf dem Laufenden haltet, ändert nichts. Sollte etwas sein, komme ich sofort zurück, solange hat Santos das Sagen. Sobald ich wieder da bin, suchen wir Benjamin, passt solange genau auf ...«

Er steuert schon halb ein Auto an und wendet sich nochmal um. »Und Ponce, ich habe Elian gebeten zu kommen, um Alena zu helfen, haltet Roman zurück und passt gut auf alles auf!« Er wirft Elian noch einen Blick zu, der vielleicht als Warnung gedacht ist, doch er ignoriert all das und betritt das Krankenhaus.

Er weiß, wo die OP-Räume sind und überlegt, einfach selbst hinzugehen und sich Petro vorzuknöpfen, doch er geht zum Fahrstuhl und fährt in die Etage, auf der Alena liegt, er wird sich seine Antworten schon noch holen. Als er aus dem Fahrstuhl tritt, kommt gerade Roman aus dem Zimmer von Alena, Santos sitzt mit einigen Männern davor und steht gleich, gewarnt durch Elians Erscheinen, auf.

Es braucht nicht viel, um sofort zu erkennen, dass sich Roman und Elian am liebsten an die Gurgel gehen würden, deswegen ignoriert Elian ihn komplett. »Ist sie drinnen?« Santos nickt. »Sie wurde untersucht und war duschen, jetzt ist sie gerade zurückgebracht worden. Ihrer Mutter und Belinda habe ich etwas essen geschickt, ihr seid erst einmal ungestört, vielleicht bekommst du sie dazu, sich auszuruhen.«

Elian nickt und Roman schnauft auf. »Ihr seid nicht alleine, wir alle sind hier und solltest du auf die Gedanken kommen, Alena auch nur ein Haar ...« Santos geht dazwischen und Elian würde am liebsten die Augen verdrehen. »Komm runter, Roman, er muss nicht hier sein, wir haben ihn darum gebeten. Wenn du Alena helfen willst, setzt dich hin und entspann dich mal ein bisschen.«

Wie auch schon bei Alejandro ignoriert Elian all das und geht einfach in das Krankenzimmer, er muss sich sehr zusammennehmen, um nicht auszurasten und sollte all das einfach überhören. Er kann es ja sogar verstehen, er ist nicht gerne hier, sie wollen nicht, dass er hier ist, doch Santos hat recht, wenn sie Alena helfen wollen, müssen sie da jetzt alle durch.

Alena sitzt allein auf dem Bett, zusammengekrümmt, als müsste sie sich zusammenhalten, um nicht zu zerbrechen. Sobald sich die schwarzen wilden Locken zu ihm umdrehen und ihre schönen grünen Augen ihn erblicken, bildet sich ein Lächeln auf Alenas Gesicht und Elian stockt.

Es wirkt fast unwirklich, sie lächeln zu sehen, sie sieht wunderschön aus, wenn sie lächelt, sie ist immer wunderscön, aber dieses Lächeln, wünschte Elian, könnte er öfter sehen. »Du bist gekommen ... Ich habe nicht gedacht, dass du nochmal wiederkommst.« Elian schließt die Tür und setzt sich auf den Stuhl an Alenas Bett.

Kapitel 4

Elian ist einer der Anführer der Los Puentes, er hat es gelernt, sich schnell ein Bild machen zu müssen. Es dauert nur Sekunden, in denen er registriert, dass Alena ihr Essen nicht angerührt hat. Dass sie nach frischem Shampoo duftet und gerade erst geduscht haben muss, dass ihr T-Shirt und ihre Leggins noch viel zu locker an ihr herabhängen und die Striemen an ihren Armen noch viel zu deutlich sind.

»Ich war schon zuhause. Alejandro hat mich angerufen und mir von der Operation erzählt und dass du wieder geblutet hast.« Alena senkt den Blick. »Also bist du nicht von alleine hergekommen? Ich war ja dabei, als er dich angerufen hat, doch ich dachte … vielleicht« Elian stockt erneut. »Das … Ich würde sicherlich von alleine herkommen, wenn vor der Tür nicht meine Feinde sitzen und mir am liebsten ein Messer in den Rücken rammen würden. Aber es sind die falschen Umstände, doch jetzt für den Moment ist das egal. Erzähl mir, wieso du wieder geblutet hast.«

Alena hat den Blick noch immer gesenkt, ein Stich fährt durch Elians Herz, als er sie so sieht. Augenblicklich kommen ihm die Bilder vor sein inneres Auge, wie sie im Affenhaus angebunden an Seilen hockte und kaum noch Leben in ihr war, es hat sich nicht viel verändert, auch wenn sie jetzt hier ist.

Elian steht auf und setzt sich zu ihr ans Bett, wie schon das letzte Mal sind sie sich sehr nah und Elian fasst an ihr Kinn und zieht es sachte so, dass ihn ihre grünen Augen anblicken. Elian weiß, wie sehr Alena bei Berührungen zusammenzuckt, doch bei ihm tut sie das nicht. »Sag schon, was ist passiert, Alena?«

Sie zögert noch einmal kurz, doch dann erzählt sie ihm, dass ihr Körper sich gegen die eingepflanzten Babys oder vielmehr die Zellklumpen, die sich durch all das Zeug, das der Wahnsinnige ihr zugeführt hat, gebildet haben, wehrt. Sie muss dringend operiert werden. Die Chancen, dass die Ärzte bleibende Schäden bei ihr verhindern können, werden immer geringer und die Blutungen können jederzeit schlimmer werden.

Elian lässt Alenas Kinn los, nicht gerne, er würde sie am liebsten noch mehr berühren, doch er zwingt sich selbst, sie loszulassen, bleibt allerdings sehr nahe bei ihr. Sie beginnt wieder, sich selbst zu umarmen. »Ich habe sie gebeten, mich endlich von allem zu befreien, doch sie wollen mich erst morgen operieren ...«

Elian sieht zu dem Tablett mit Essen. »Und erst, wenn es dir besser geht, Alena. Du musst essen, trinken und schlafen. Du darfst Benjamin nicht gewinnen lassen.« Bei seinem Namen verkeilen sich ihre Augen ineinander. »Ich wusste es, keiner sagt mir etwas, aber ihr habt nichts auf der Insel gefunden. Es gab Streit, oder?« Elian schüttelt den Kopf. Er erzählt ihr ganz genau, was passiert ist, auch, dass er nicht wollte, dass Petro hergebracht wird.

Alena sieht ihn ganz ruhig an. »Ist er wirklich mein Bruder?« Sie wusste offenbar nichts von Petro. »Es sieht so aus.« Alena sieht aus dem Fenster. »Ich will ihn sehen. Benjamin hat mir viel von ihm erzählt, auch er hat sofort gesehen, dass wir verwandt sein müssen.« Elian knackt seine müden Knochen. »Ich denke nicht, dass du in seine Nähe solltest, ich traue ihm nicht.« Alena blickt wieder zu ihm. »Dann traue ich ihm auch nicht.« Mit dieser Aussage verblüfft sie Elian nun komplett, doch als sie dann noch näher kommt, kann er kaum noch reagieren, er sieht ihr in die Augen.

»Aber er ist doch hier und du bist bei mir. Ich würde ihn wirklich gerne sehen, morgen werde ich operiert und wer weiß, ob ich das schaffe, sollte ich ihn da nicht wenigstens einmal gesehen haben? Solange du bei mir bist, kann mir doch nichts passierten, oder?« Elian sieht sie abschätzig an. Alena vertraut ihm komplett, niemand hier hat ihr von Petro erzählt und sie hat recht, lieber soll sie ihn in seiner Anwesenheit treffen als dann, wenn er nicht da ist.

Er sieht zum Rollstuhl, der in der Ecke steht und in dem Alena gefahren wird, weil ihr das Laufen noch zu schwer fällt. »Wenn du mir versprichst, danach zu essen und zu schlafen, gehen wir kurz zu ihm. Er will aber nichts mit euch zu tun haben, nimm dir das nicht zu Herzen.«

Alena sieht ihn wildentschlossen an. »Tue ich nicht. Wie du gesagt hast, wir trauen ihm eh nicht, ich will ihn nur sehen!« Nun muss Elian leise lachen, steht auf und holt den Rollstuhl. Er und seine Feindin schmieden Pläne zusammen. Alena setzt sich alleine in den Rollstuhl, Elian muss daran denken, wie er sie aus dem brennenden Affenhaus getragen hat, doch er schüttelt diese Erinnerung gleich wieder von sich. Sie sieht noch schwächer in diesem breiten Gerät aus, trotzdem ist sie in seinen Augen einfach nur wunderschön, er übersieht die Narbe, die Striemen und dunklen Augenringe vollkommen.

»Na dann los!« Elian öffnet die Tür, sofort springt Roman auf. Während Santos und Levi sie nur überrascht ansehen. »Was zur ...« Alena ist schneller als er. »Ich möchte Petro sehen! Danke, dass du mir von unserem Bruder erzählt hast ...« Roman funkelt Elian böse an, spricht aber mit Alena. »Du solltest dich nicht mit all dem belasten.« Dann geht er Elian an. »Wieso erzählst du ihr überhaupt davon?« Und wendet sich sofort wieder an Alena. »Du solltest ihn nicht treffen.«

Elian kann sich einen Kommentar nicht verkneifen. »Ach wirklich? Aber ihr habt ihn doch hier zu ihr ins Krankenhaus gebracht. Wenn ich sie vor Benjamin geschützt habe, werde ich das vor ihm auch noch schaffen. Nach allem, was sie mitgemacht hat, werde ich Alena nicht belügen, sie hat das Recht, alles zu erfahren.«

Levi steht nun auch auf. »Lass sie doch kurz zu ihm. Petro hat kein Interesse an irgendjemandem hier und sie hat wirklich ein Recht darauf, ihn zu sehen, er ist auch ihr Bruder.« Roman wirft Elian einen Blick zu, den er am liebsten mit einem Faustschlag beantworten würde, doch er seufzt nur genervt auf und ruft sich in Erinnerung, dass sie ihn hier brauchen, nicht umgekehrt.

»Alena soll sich ausruhen und nicht ...« Alena unterbricht ihren Bruder, auch sie hat keine Geduld mehr. »Das tue ich, wenn ich kurz zu Petro kann.« Santos steckt sein Handy ein und steht nun ebenfalls. »Lass sie, Roman! Du brauchst dringend Schlaf.«

Elian beachtet die Männer der Sombras gar nicht weiter, auch wenn ihm klar ist, dass sie Alena und ihn nicht alleine zu Petro lassen werden. Er fährt den Rollstuhl zum Fahrstuhl und hört, wie Santos etwas zu Roman sagt und dann hinter ihnen herkommt. Zusammen fahren sie nach unten.

Santos ist auch ein Anführer und schlau genug, dass er sie begleitet und somit dafür sorgt, dass Roman und Elian nicht alleine gelassen werden. Elian kann zur Zeit bei ihm für nichts garantieren. So gern er Alena hat, so sehr geht ihm ihr Bruder auf die Nerven und das auch, ohne sich ins Gedächtnis rufen zu müssen, dass er ein Sombras ist.

Santos dreht sich zu Alena um, sobald sich die Fahrstuhltür schließt. »Er wird wahrscheinlich nicht sehr gesprächig und freundlich sein ...« Er möchte nicht, dass Alena durch Petros Verhalten verletzt wird. Es ist nicht leicht für ihn, seine Cousine so zu sehen und momentan würde er wirklich alles dafür tun, dass es ihr wieder besser geht.

Im Gegensatz zu Roman und Alejandro fällt es ihm nicht ganz so schwer, auch Elian für ihre Heilung zu akzeptieren. Er hasst die Puentes, doch in dem Moment, als Elian sein Leben für das von Alena riskiert hat, hat er sich in Santos' Augen ein wenig von den anderen Puentes abgesetzt. Kann Santos Vidal kaum ansehen, ohne eine ungeheure Wut zu bekommen, so kann er mittlerweile mit Elians Anwesenheit recht gut umgehen, er vergisst einfach, wer er ist.

»Ich weiß, ich verstehe ihn. Er gehört zu den Kindern, die nicht gut genug waren, wir hatten das Glück, zu den Kindern zu gehören, die geliebt wurden.« Elian und Santos sehen sich einen Augenblick verwundert an. »Woher hast du das?« Das war so mechanisch aufgesagt, dass da etwas nicht stimmt.

Alena sieht kurz nach oben zu Elian und wieder breitet sich ein merkwürdiges Gefühl in Santos aus. Auch er war dabei, als die Psychologin ihnen erklärt hat, weshalb Alena momentan so auf Elian fixiert ist, doch wenn er sieht, wie sie Elian anblickt, wird ihm ganz anders und er kann nur hoffen, dass diese Phase verschwindet, sobald es Alena etwas besser geht.

»Benjamin hat mir das alles erzählt, er hat mir viel von Petro, Sofia und Emilia erzählt. Er hat mich stundenlang untersucht, um herauszufinden, was genau uns besser macht als sie.« Santos fehlen wie immer, wenn es um das Thema geht, die Worte. Er findet keine Worte für das, was Alena angetan wurde, seine einzige Antwort auf all das kann nur sein, Benjamin zu finden und zu töten.

Die Fahrstuhltür geht auf und sie betreten den Flur, wo Suerte auf der Bank vor dem OP-Bereich sitzt. Er sieht ihnen verwundert entgegen. »Ist die Operation noch nicht zu Ende?« Suerte deutet auf die Tür. »Doch, die ziehen sich gerade um, Petro kommt bestimmt gleich, ihr solltet Alena vielleicht lieber hier wegbringen.«

Nun erklärt Alena auch Suerte, dass sie Petro sehen möchte, während Santos auf sein Handy sieht, worauf er gerade eine Nachricht bekommen hat. Alles hier geht drunter und drüber, doch vorhin, als er vor Alenas Tür gewartet hat, hat er Lilly eine weitere Nachricht geschrieben. Er musste daran denken, wie er das erste Mal mit einem Messer verletzt wurde. Egal was für ein Chaos um ihn herum herrscht, er behält Lilly immer in seinen Gedanken. Santos muss sich eingestehen, dass es früher nicht immer so war, doch vielleicht musste er Lilly erst einmal verlieren, um das zu merken.

Es war damals gar nicht so schlimm, doch Lilly kam völlig fertig ins Krankenhaus. Sie hat geweint und ist nicht von Santos' Seite gewichen. Auch wenn er Schmerzen hatte, hat er es damals nicht gezeigt, um vor ihr nicht als Schwächling dazustehen. Er wusste immer, dass Lilly ihn liebt, doch in diesem Augenblick ist ihm das wirklich bewusst geworden, er hat gespürt, was für eine Angst sie um ihn hatte.

Santos hat ihr das geschrieben, es ist ihm wichtig, sie an all diese Sachen zu erinnern, an ihre starke Bindung. Es ist der einzige Weg, sie die schlechten Sachen zumindest ein wenig vergessen zu lassen, jedenfalls ist das seine Hoffnung dabei. Er hat ihr auch geschrieben, wie sehr Lillys weißes Shirt damals mit seinem Blut voll war, da er immer wieder zu bluten begonnen hat und das allererste Mal reagiert Lilly nun zurück. Bisher hat sie nicht einmal auf eine seiner Nachrichten reagiert, er hat eher durch Zufall erfahren, dass sie die Nachrichten überhaupt liest.

'Das war ein graues Shirt'

Santos' Herz beginnt zu rasen, sofort keimt Hoffnung in ihm auf. Jeder Schritt, den Lilly auf ihn zugeht, ist wichtig, sei er auch noch so klein.

Er weiß nicht, ob sie beide noch einmal eine Chance haben, er weiß nicht, ob es nach allem, was vorgefallen ist, klug ist, noch einen Versuch zu starten, er weiß aber, dass er niemals eine andere Frau mehr lieben wird als Lilly.

Selbst wenn er trotz allem für immer auf Lilly verzichten muss, er muss es wenigstens probieren, erst, wenn all das nicht mehr hilft, ist er bereit aufzugeben, doch vielleicht muss er das gar nicht. Er liest die Nachricht erneut und erinnert sich an den Tag zurück und muss schmunzeln.

'Kann sein, aber auf jeden Fall hattest du meine Lieblingsunterwäsche an, die weiße mit der Schleife am Po. Daran kann ich mich noch sehr genau erinnern.'

Sie haben danach viel Zeit zusammen im Bett verbracht, da sich Santos ausruhen musste, auch da ist Lilly nicht von seiner Seite gewichen. Egal, wie verletzt er war, die Zeit mit Lilly zu genießen, hat er immer geschafft. Auch wenn Lilly nicht antwortet, kann sich Santos bildlich ihr Schmunzeln vorstellen und steckt sein Handy wieder weg.

Es gibt Kämpfe, die er geführt hat, die er hinterher bereut hat, diesen Kampf wird er niemals bereuen, da ist er sich ganz sicher.

Genau in dem Moment, als er das Handy wegsteckt, öffnet sich die Tür und Petro und eine Krankenschwester kommen aus dem sterilen Bereich.

»Sie hat es erst einmal überstanden, wir müssen aber die Nacht abwarten. Sie hat sehr viel Blut verloren, wir konnten die inneren Blutungen stoppen und müssen hoffen, dass alles hält.« Petro sieht sie nicht einmal richtig an. »Die Leute hier interessieren sich nicht für Emilia, kann ich bei ihr sein, wenn sie wach wird?« Die Krankenschwester sieht sie alle der Reihe nach an und nickt dann. »Natürlich, einen Augenblick, wir rufen Sie, wenn sie im Aufwachraum ist.«

Petro will sich abwenden, doch in dem Augenblick fällt sein Blick auf die im Rollstuhl sitzende Alena, die Petro ohne eine Gefühlsregung zu zeigen anstarrt. Allerdings passiert es genau in diesem Augenblick, dass sie bei Petro etwas anderes als Gleichgültigkeit sehen. Er sieht ihr traurig ins Gesicht, als würde er Alena und alles an ihr in sich aufsaugen, einen kleinen Moment ist es ganz still und Santos spürt, wie sich Elian neben ihm versteift, als Petro sich dann plötzlich genau vor Alena hinhockt, sodass sie auf einer Höhe sind. Auch er wird sofort wachsam.

»War das Benjamin?« Santos zieht die Augenbrauen hoch, Mister 'Mir ist alles völlig egal' kann ja richtig nett sein. »Ja, er hat mich gefangengehalten.« Petro lächelt matt und hebt die Hand, um Alena ins Gesicht zu fassen, doch Elian ist schneller und hindert ihn daran. »Vorsichtig! Nicht zu nah kommen!« Santos wollte auch eingreifen, doch Elian war schneller.

Petro steht wieder auf und lächelt Alena noch einmal an. »Bist du nicht von der anderen Familia? Vorhin warst du doch noch auf dem anderen Boot.« Santos geht näher zu Alena, damit er das nächste Mal eingreifen kann. »Ist er, es ist momentan eine Ausnahmesituation, er hat Alena das Leben gerettet.« Petro blickt zu Santos und sein Blick wird sofort wieder emotionslos und gleichgültig. »Euer Familiakrieg geht mich nichts an, aber sie ist meine Schwester.«

Suerte lacht auf. »Deinen Bruder hast du nicht einmal richtig angesehen.« Petro zuckt die Schultern und sieht noch einmal zu Alena. »Das ist etwas anderes, Benjamin hat sie verletzt, auch sie musste leiden, weil sie ist, wer sie ist.« Santos kann den wirren Gedanken von Petro nicht folgen. »Also akzeptierst du nur jemanden, der gequält wurde und gelitten hat? Deine Mutter hat all die Jahre gelitten, vielleicht könntest du dich ja dazu herablassen, auch zu ihr etwas freundlicher zu sein.«

Petro wendet sich ab, will zurück in den OP-Bereich, eine der Schwestern winkt ihn zu sich hinein, noch einmal bleibt er stehen und wendet sich zu Alena um. »Ich warte, bis es Emilia besser geht, dann werde ich Benjamin finden und auch dich rächen!« Er wartet keine Antwort ab, dreht sich um und geht.

Santos würde am liebsten die Augen verdrehen, er sieht zu Alena, doch sie zeigt keinerlei Reaktion und starrt einfach auf die Stelle, an der gerade noch Petro stand.

»So ein Freak kann nur aus eurer Familia sein.« Elian wendet den Rollstuhl um und fährt Alena zurück zum Fahrstuhl.

Santos bleibt stehen und sieht ihm hinterher. Er kommt sich wirklich gerade vor wie im Irrenhaus, das darf doch alles nicht wahr sein und zu allem Überfluss ist Alejandro auch noch abgehauen und er muss sich hier um alles kümmern. Er wendet sich zu Suerte um. »Ich lasse dich gleich ablösen, behalte den Spinner so lange im Auge.« Dann geht er auch zum Fahrstuhl und hofft, dass sie alle jetzt mal ein paar Stunden Ruhe bekommen, die sie mehr als gut gebrauchen können.

Santos will Elian gerade etwas wegen seines Kommentars sagen, da klingelt sein Handy. Es ist Alejandro aus dem Flieger. Er fragt, ob alles in Ordnung ist und Santos sieht zu Elian, der ihn ebenso wenig aus den Augen lässt, wie er ihn. Sie treten aus dem Fahrstuhl in den Flur, wo Roman schon wartet und aussieht, als würde er jeden Moment völlig austicken. Ihr Cousin ist zur Zeit eine tickende Bombe.

51

»So in Ordnung, wie es momentan halt ist. Was ist los? Kommst du doch zurück und löst mich in diesem Irrenhaus ab?« Sein älterer Bruder räuspert sich. »Lilly hat mich angerufen, weil sie Papa nicht erreichen konnte ...« Santos bleibt stehen und beobachtet, wie Elian Alena wieder in ihr Zimmer fährt, eine Krankenschwester folgt ihnen und schließt die Tür. Santos' Herz schlägt unruhig in seiner Brust bei den Worten seines Bruders.

»Was wollte sie?« Alejandro spricht leiser als sonst, Santos hasst das, er behandelt ihn, wenn es um Lilly geht, als wäre er genauso unberechenbar, wie Roman es zur Zeit ist. »Am Samstag ist der Geburtstag ihrer Mutter. Lilly kommt für einige Tage nach Puerto Rico, um am Grab ihrer Mutter ... am Meer ... um hier zu sein. Sie wollte wissen, ob alles erledigt ist wegen dem Laden, nicht dass sie Probleme bei der Einreise hat. Ich habe ihr versichert, dass alles gut ist und sie kommen kann und gefragt, ob jemand sie abholen soll, ob sie bei uns wohnen möchte, ein Boot braucht, was auch immer, doch sie hat sich nur für Papas Hilfe wegen dem Laden bedankt und gesagt, dass sie schon alles geplant hat und keine Hilfe braucht. Ich wollte nur, dass du Bescheid weißt.«

Vielleicht hat Alejandro recht und Santos ist wirklich unberechenbar, wenn es um Lilly geht. Sein Blut kocht förmlich. »Okay, danke.« Er hört Alejandro kaum noch zu und beendet das Telefonat. Sofort fliegen seine Finger wieder über die Tastatur, auch wenn er ahnt, dass er keine Antwort bekommen wird, doch er wird sich etwas einfallen lassen. Es ist die Chance auf das Gespräch, was sie hätten führen müssen, bevor Lilly nach Frankreich geflüchtet ist. Die zwei Minuten, die sie sich auf dem Hof ihrer Uni unterhalten haben, kann man nicht als Gespräch zählen.

Santos wird noch einmal das Gespräch mit ihr suchen. Er sollte erleichtert sein, dass sie kommt und er sie sehen wird, doch er sieht sich um, sieht auf die geschlossene Tür, hinter der Alena ist, sieht Roman in die Augen und auf die müden Männer hier auf dem Flur und flucht leise.

Er will Lilly bitten, in sein Leben zurückzukehren, doch in was für ein Leben? In ein Leben, in dem sie dann auch auf die Liste von Benjamin kommt? Allen Frauen der Familia passieren schlimme Dinge, er sollte sie lieber von hier fernhalten, doch sein Egoismus ist zu groß.

Santos hat zufällig durch Belinda davon erfahren, dass Dante von den Puentes seine Freundin verlassen hat, um sie vor diesem Leben zu schützen, vor Benjamin, und Santos kann ihn verstehen, doch allein der Gedanke, dass er Lilly am Wochenende wieder in seiner Nähe hat, lässt ihn freier durchatmen und wieder ein wenig mehr hoffen.

 Sie sollte allerdings all das Chaos hier besser nicht mitbekommen, er wird es vor ihr so gut es geht verstecken und sie um das Gespräch bitten. Er sieht auf das Handy, sie antwortet nicht, doch er wird die Hoffnung nicht aufgeben. Sie liebt ihn noch immer, genauso wie er sie und alles andere ist unwichtig. Wenn er diese Chance nicht nutzt, muss er sich wirklich damit abfinden, Lilly für immer aus seinem Leben zu streichen.

Kapitel 5

Elian ist froh, als sich die Tür hinter ihnen schließt und sie zurück im Krankenzimmer sind. Er mag Alena und will ihr auch helfen, doch er weiß genau, dass er das nicht mehr oft machen kann. Der Hass gegenüber ihrer Familie sitzt zu tief, als dass er all das noch allzu lange mitmachen wird.

»Ich messe noch einmal Ihren Puls, aber dann brauchen Sie wirklich Ruhe, ansonsten sagen wir die Operation von vornherein für morgen ab und egal wie rum, es ist beides lebensbedrohlich für Sie, während der Operation, genauso wie wenn die Operation nicht stattfindet und Sie erneute Blutungen bekommen. Also bitte, bleiben Sie liegen und geben Sie Ihrem Körper die Ruhe, die er braucht.«

Klare Worte der Krankenschwester, die garantiert an Alena abprallen, so wie sie wieder in sich gekehrt aus dem Fenster sieht, statt sich ins Bett zu legen.

Elian geht zu ihr und hält ihr beide Hände hin, die sie auch nimmt. Sie fühlt sich so zart an, so geschwächt, hat kaum die Kraft, Druck in ihrer Hand aufzubauen. Elian hilft ihr hoch und stockt, als sie eng an ihm einhält, statt sich zu ihrem Bett zu bewegen. »Du blutest!«

Elian sieht an sich herunter, seine Wunde blutet wieder. »Kommen Sie, legen Sie sich hin. Darf ich mal sehen?« Die Krankenschwester hilft Alena ins Bett und widmet sich danach wieder Elian, der sich das Shirt über den Kopf zieht, um zu sehen, wie schlimm es ist. Elian spürt Alenas Blicke auf sich und als die Krankenschwester sich seine Wunde ansieht, begegnet er einen Augenblick ihrem Blick.

Es liegt ein schlechtes Gewissen darin, das unnötig ist. Elian braucht sicherlich auch Ruhe, doch seine Wunden sind nichts im Vergleich zu denen von Alena und bei ihm geht es nicht um Leben und Tod.

»Ich hole spezielle Pflaster und Verbände, die die Wunde gut zusammenhalten, auch Sie brauchen dringend Ruhe. Ich bin gleich wieder da, ich bringe auch noch ein neues Shirt, wir haben hier extra neu eingepackte für solche Fälle.«

Die Krankenschwester verlässt das Zimmer wieder und Elian schiebt Alena das Essen hin. Statt Krankenhausessen gibt es eine Suppe und Reis mit Hühnchen, es sieht alles sehr gut aus und ist sicher aus einem der vielen Restaurants in der Gegend. »Du hast es versprochen, iss jetzt etwas!«

Sie tut es garantiert nicht gerne, doch Alena isst ein wenig, wobei sie auch ihm Besteck reicht und ihm von allem die Hälfte abgibt. Erst möchte er nicht und will lieber, dass sie alles isst, doch sie beteuert, dass sie eh nicht alles schafft und als es an den Nachtisch geht, kann sie wirklich bereits nicht mehr.

Die Krankenschwester kommt zurück und sieht zufrieden auf das Tablett. Sie verpflegt Elians Wunde und schließt die Vorhänge, da es erst früher Abend ist, ist es noch relativ hell. »Ihre Mutter haben wir im Nachbarzimmer einquartiert, genau wie Ihre Cousine, beide sind total übermüdet und schlafen. Wir haben sie gebeten, nun nicht mehr hier ins Zimmer zu kommen, damit Sie sich ungestört ausruhen können, das gilt auch für alle anderen.«

Elian zieht sich ein neues Shirt über, während die Krankenschwester leise aus dem Raum geht. Nun ist alles abgedunkelt, nur noch eine kleine Lampe in der Ecke des Raumes leuchtet. Natürlich hat Alena ein Krankenzimmer mit höherem Standard. Das Bett ist viel breiter als normale Betten, aber auch so sieht es mehr wie in einem Hotel aus.

Elian will sich gerade in den bequemen Sessel zurücksetzen, da lässt ihn Alenas müde Stimme einhalten. »Leg dich doch auch ins Bett, du brauchst auch Ruhe.«

Alenas Körper giert nach Schlaf, sie kann kaum noch ihre Augen aufhalten, doch Elian weiß, dass die Erinnerung an das Erlebte sie wachhält und nicht loslässt. Sie hat recht, wieso sollte er sich nicht auch etwas ausruhen? Wenn jemand ins Zimmer kommt, bekommt er es schon mit.

Es steht noch ein Bett im Raum. »Wer hat da schon alles drinnen geschlafen?« Alenas grüne Augen sehen forschend in sein Gesicht. »Meine Mutter, mein Bruder, mal einer meiner Cousins ...« Elian legt ein wenig seinen Kopf schief, im Leben nicht.

Da alle wollen, dass Alena den so dringend benötigten Schlaf bekommt, ist sich Elian absolut sicher, dass sie die nächsten Stunden Ruhe haben und Alenas Blick verrät ihm, dass sie seine Nähe braucht, um Ruhe zu finden, deswegen geht er zu ihrem Bett.

Ohne dass er etwas sagen muss, rutscht Alena ein klein wenig zur Seite, auch wenn er trotz all der Dunkelheit sieht, dass sie unsicher ist. Es fällt ihr schwer, Nähe zuzulassen, doch das braucht sie auch nicht. Das Bett ist breit genug. Elian legt sich auf den Rücken, verschränkt seine Arme hinter dem Kopf und legt die Waffe neben sich auf den Nachttisch.

Er hört, wie schnell Alenas Herz schlägt, sie liegt seitlich und ihr Gesicht ist zu ihm gewendet. Sie berühren sich nicht, doch trotzdem fühlt er sich wohl, wenn er ihr so nah ist.

Er wendet seinen Blick zu ihr um, Alena kann ihre Augen kaum noch offenhalten. »Du kannst jetzt schlafen, ich bin da und passe auf und ich bleibe auch hier bei dir.« Viel mehr braucht es nicht, Alena rückt noch ein wenig näher, nun berührt ihre Nase fast seine Brust, dann hört er ihren gleichmäßigen Atem.

Elian seufzt leise aus, auch ihm hängt diese tiefe Müdigkeit in den Knochen, er dreht sich ein wenig mehr zu Alena, seine Nase ist nun knapp über ihrem Scheitel und er atmet ihren süßen Duft ein, bevor auch er endlich den Schlaf bekommt, den sein Körper so dringend braucht.

Alejandro parkt vor dem riesigen Gerichtsgebäude. Er hat überhaupt nicht die Zeit, hier zu sein, doch sein Bauchgefühl hat ihn hergeführt. Er hat gerade noch mit Roman telefoniert, Alena wird für die Operation fertig gemacht, er sollte da sein oder sich um den ganzen anderen Mist kümmern, doch irgendwie konnte er nicht anders und musste herkommen.

Er hat mitbekommen, wie sehr April an dem Laden hängt und ist sich sicher, dass das kein harmloser Gerichtstermin ist, April hat sich bei ihrem kurzen Telefonat sehr schlecht angehört und Alejandro ist sich sicher, dass sie nur nichts sagt, um Belinda nicht noch mehr zu belasten.

Was ihn das alles angeht? Nichts, doch trotzdem ist er hergeflogen. Er kennt jemanden bei der Polizei, der für sie arbeitet, ansonsten würden ihre Geschäfte in Amerika nicht so gut laufen. Derjenige konnte ihm zwar nicht sagen, worum es bei der Verhandlung geht, doch wann und wo sie ist.

Sie hat bereits begonnen und läuft schon einige Minuten, als Alejandro das Gerichtsgebäude betritt. Er öffnet seine Jacke, von der die vielen Regentropfen abperlen, die er auf der kurzen Strecke schon eingefangen hat, an dieses Wetter kann man sich gar nicht gewöhnen.

Alejandro hat seine Waffe im Auto gelassen, er muss durch einen Metalldetektor und geht dann in den Gang, in dem der Verhandlungsraum liegt, doch als er da ankommt, laufen ihm schon einige Menschen entgegen. Ein dunkler Mann, der sehr zufrieden lacht und einem anderen dankt, dann noch zwei Männer und eine Frau. Die Tür steht offen und Alejandro sieht in den Saal. Ganz vorn an einem Tisch erkennt er April, zwar sieht er nur ihre geglätteten Haare, doch er ist sich ganz sicher, dass sie es ist.

Sie ist fast allein hier. Eine Richterin steht gerade ebenfalls auf und sieht zu April herunter, die ihren Kopf gesenkt hält. »Es tut mir leid.« April sagt kein Wort, während die Frau nun ebenfalls den Saal verlässt. Alejandros ungutes Bauchgefühl nimmt weiter zu und er geht einige Schritte weiter auf sie zu. »April?«

Egal wie sehr sie vielleicht in Gedanken war, sie dreht sich augenblicklich zu ihm um und nun bestätigt sich sein Gefühl: Sie weint. Dicke stumme Tränen laufen ihre hübschen Wangen herunter und sie sieht ihn ungläubig an. »Was ...?« Alejandro kommt noch näher, er würde sie gern in seine Arme nehmen, doch er weiß nicht, wie sie darauf reagieren würde. Sie hat ihn zurückgeküsst, als sie sich verabschiedet haben, doch in ihrem Zustand sollte er jetzt lieber keine Risiken eingehen. Er setzt sich vor ihr auf den Tisch und wischt mit seiner Hand ihre Tränen weg.

»Irgendwie habe ich geahnt, dass das hier nicht nur einfach irgendeine Gerichtsverhandlung ist und offenbar hatte ich leider recht.« Ihre Tränen werden automatisch mehr und sie senkt den Blick, sie atmet schwerer, als würde sie keine Luft mehr bekommen. »Ich war so dumm, Alejandro, so dumm ...«

Er hat geahnt, dass da mehr hinter steckt, dass es so schlimm ist, wie sie ihn jetzt panisch ansieht, hat er nicht geahnt. »Was ist genau passiert, April?« Sie steht jetzt genau vor ihm, während er an den Tisch gelehnt ist, so kann er in ihre schönen Mandelaugen sehen und erkennen, wie durcheinander sie ist.

»Ich war so … Als ich mitbekommen habe, dass Belinda ihren Vater gefunden hat … hat mir das auch irgendwie Hoffnung gemacht. Ich habe das niemandem erzählt, weil keiner weiß, dass ich mir auch immer einen Vater gewünscht habe.

Weißt du, ich habe immer so getan, als wäre es mir egal, aber als ich gehört habe, wie glücklich Belinda ist und auch ihr Vater, ist eine Hoffnung in mir aufgekommen, von der ich vielleicht selbst nie etwas wusste.

Ich war so dumm … Ich sehe doch, was für Männer meine Mutter hat, Schläger, Verlierer, doch irgendwo tief in mir hatte ich die Hoffnung, dass er mich vielleicht auch sehen möchte, mich sucht oder sich freut, von mir zu hören.« April holt tief Luft und noch einmal hebt Alejandro die Hand und wischt ihr einige Tränen weg, er kann das gar nicht sehen. April lässt ihn auch gewähren, sieht ihn aber immer noch ungläubig an, als könne sie all das selbst noch nicht glauben.

»Hast du ihn gefunden?« April nickt. »Ich war sogar so naiv und habe einen Privatdetektiv beauftragt. Wie dumm von mir, das hier wird die Sache sein, die ich mein Leben lang bereuen werde.« Alejandro hebt die Hände. »Also ist er ein Arsch? Aber da bist du nicht die Einzige, du hast vorher gut ohne ihn gelebt und wirst es auch jetzt wieder. Vergiss ihn einfach.«

Es muss für April eine große Enttäuschung sein, wenn sie dachte, wie Belinda einen Teil ihrer Familie zu treffen und dann jemanden gefunden hat, der vielleicht kein Interesse hat. Doch wieso sitzt sie jetzt hier vor Gericht? Bevor Alejandro aber dazu eine Frage stellen kann, fährt April schon fort.

»Wir haben ihn gefunden, er ist ein arbeitsloser Kleinverbrecher, der mich sofort in meinem Laden besucht hat. Er hat sich nicht eine Sekunde für mich interessiert, Alejandro, hat nur ein paar Fragen gestellt, was ich mache und was ich alles besitze, dann ist er abgehauen und kurz bevor ich nach Puerto Rico kam, hatte ich die Vorladung zu der Gerichtsverhandlung. Er hat mich auf Unterhalt verklagt, als seine Tochter muss ich für ihn aufkommen.«

Nun ist es Alejandro, der überrascht zu ihr blickt. »Im Ernst? Du kennst ihn doch gar nicht und hast nie etwas mit ihm zu tun gehabt. Er ist doch auch niemals für dich aufgekommen.«

April lacht bitter auf. »Das dachte ich auch, so würde jeder normale Mensch denken, deswegen habe ich mir anfangs auch keine Sorgen gemacht, ich habe mir nicht einmal einen Anwalt genommen ...« Wieder werden ihre Tränen stärker, doch sie ist schneller und wischt sich mit dem Ärmel ihrer Bluse die Wangen trocken.

»Doch es gibt Gesetzte, wir mussten einen Test machen und da er mein leiblicher Vater ist und kein Einkommen hat, bin ich gesetzlich dazu verpflichtet, für ihn aufzukommen. Es gibt hier einige Gesetze, die einfach so sind, ich war dann bei drei Anwälten, keiner kann mir da raushelfen. Die Richterin hat es nicht gerne getan, doch sie musste ihm die Hälfte meines Ladens zusprechen.«

Jetzt versteht Alejandro das erste Mal, warum April so aufgelöst ist. »Soll das heißen, dass er jetzt die Hälfte deines Gewinnes bekommt?« April schüttelt den Kopf. »Es wäre gut, wenn es so wäre, nein, mein Vater verkauft das Geschäft, er hat schon lange Interessenten und da ich nicht die Hälfte des Ladens weiter betreiben kann, muss ich mich mit der Hälfte des Geldes zufrieden geben ...«

April steht auf und steckt mehrere Unterlagen in ihre Tasche. »Es ist egal, wie viel Geld er für den Laden bekommt, es kann niemals den Wert ersetzen, den der Laden für mich hat. Wegen ihm verliere ich alles, meinen Traum, meine ganze Arbeit ... Ich habe alles in das Geschäft gesteckt, alleine die Wandverzierungen habe ich monatelang von Hand gemacht, ich habe nicht die Kraft, jetzt wieder etwas Neues aufzumachen und vor allem muss ich dann wieder alles teilen. Es ... ich war so dumm!«

Nun verliert sie endgültig die Fassung und Alejandro versteht sie vollkommen, ohne jetzt noch groß darüber nachzudenken, zieht er sie in seine Arme und sie nimmt diese Geste dankbar an. April weint und ihr Kopf liegt auf seiner Brust. Alejandro umfasst sie und ein merkwürdiges Gefühl kommt in ihm hoch.

Auch wenn er wütend darüber ist, was passiert ist, genießt er die Nähe zwischen ihnen. Aprils Gesicht liegt genau an seinem Herzen und er fühlt sich ertappt, denn sie muss hören, dass ihre Nähe sein Herz schneller schlagen lässt.

»Danke, dass du da bist!« Er ist gekommen, um April beizustehen und plötzlich sind es seine Gefühle, die verrückt spielen. Es ist ungewohnt für ihn, all das. Als Anführer ist er es gewohnt, die Fassung zu bewahren, sich nicht von Gefühlen leiten zu lassen. Nichts lässt er zu nah an sich heran, sonst hätten die letzten Tage ihn viel zu sehr im Griff gehabt, doch er ist es gewohnt, zu allem eine gewisse Distanz zu wahren, er muss es, doch hier und jetzt gelingt ihm dies das allererste Mal im Leben nicht mehr.

Er atmet Aprils Duft ein und verstärkt noch einmal den Griff um sie, langsam hört sie auf zu zittern, doch da kommen zwei Frauen und ein Mann in den Saal. Sicherlich für die nächste Verhandlung. Alejandro räuspert sich leise, selbst vollkommen durcheinander.

»Lass uns von hier verschwinden!«

Eine halbe Stunde später sitzen sie in einem Restaurant in der Nähe des Gerichts. April steht noch immer völlig neben sich. Sie hat die Unterlagen vor sich, Alejandro hat sie sich angesehen, doch legal kann man da wohl nicht viel machen. Alejandro musste April überreden, überhaupt etwas zu essen und jetzt hat sie auch noch einen Anruf bekommen von ihrer Mitarbeiterin, die sie vertreten hat. Es sind gerade die Interessenten ihres Vaters im Laden und sehen sich alles genau an, sie scheinen schon zu planen, was genau sie mit dem Laden machen wollen.

April schließt die Augen und Alejandro sieht aus dem Fenster, er kann es kaum ertragen, April so niedergeschlagen zu sehen und dabei kennt er sie doch noch gar nicht so lange. Es regnet, seit seiner Ankunft hier regnet es, im Radio haben sie gesagt, in den nächsten Tagen sei mit Schnee zu rechnen, wie kann man in solch einer Stadt leben? Wie hat seine Schwester es hier so lange ausgehalten?

April sagt ihrer Mitarbeiterin, sie soll die Leute loswerden und den Laden schließen. Als sie auflegt, fährt Alejandro mit seinen Augen jeden Millimeter ihres Gesichtes ab. April ist dunkelhäutig, ihre Mutter hat er auf einem Bild gesehen, sie ist sehr hell und ihren Vater hat er nun selbst gesehen. Er kommt aus Jamaika, ist dunkelhäutig und April ist eine wunderschöne Mischung der beiden.

Sehr exotisch, einer Puertoricanerin sehr ähnlich und doch ganz anders. Er mag ihre langen Haare am liebsten mit ihren kleinen schwarzen Locken, die geglätteten Haare stehen ihr auch, doch es wirkt so gekünstelt, Alejandro hat April einen Tag direkt nach dem Aufstehen gesehen und da hat sie ihm am besten gefallen.

Er findet sie exotisch und wunderschön. Ihre Augen haben einen ungewöhnlich hellen Braunton, umrandet von langen schwarzen Wimpern, sie hat eine kleine Nase und volle Lippen, ihr Lächeln ist umwerfend, doch Alejandro hatte noch nicht allzu oft das Vergnügen, es zu sehen.

In Puerto Rico waren sie zusammen auf einem Boot, er hat sie dort und auch am Pool in ihrer Cuidad im Bikini gesehen. Alejandro kennt viele Frauen und hatte auch schon viele Frauen, deswegen erstaunt es ihn selbst, wie beeindruckt er von April ist und dass er das ist, zeigt ja allein schon die Tatsache, dass er hier ist und nicht bei seiner Familie.

»Was willst du jetzt tun?« Alejandro würde April gerne helfen. »Keine Ahnung. Ich kann auch nichts Neues aufmachen, mein Vater hat jetzt immer ein Anrecht, alles bei mir einzuklagen. Vielleicht suche ich mir Arbeit in einem Büro oder … Ich weiß es noch nicht.« Alejandro hat seine Nudeln bereits aufgegessen und sieht zu, wie lustlos April auf ihrem Teller herumstochert.

Er deutet dem Kellner, ihr noch einmal etwas zu trinken zu bringen. »Ich muss gleich wieder zurück nach Puerto Rico, du weißt ja, wie chaotisch dort alles ist. Wieso kommst du nicht erst einmal mit mir? Du kannst bei Belinda sein und hast Abstand zu allem hier.« April sieht hoch und ihm in die Augen.

»Willst du das wirklich?« Wäre er sonst hier? Er nickt nur und auf Aprils Lippen bildet sich ein leichtes Lächeln. »Ich … vielleicht hast du recht. Also nicht sofort, ich werde erst einmal ein paar Tage brauchen, bis ich alles aus dem Laden geschafft habe, aber dann könnte ich noch einmal ein paar Tage kommen. Aber nicht länger.

Ich hätte mit allem gerechnet, aber nicht, dass du herkommst. Ich meine …« Sie sieht auf den Tisch und unterbricht ihren Augenkontakt. »Ich habe auch gemerkt, dass zwischen … wir uns mögen, doch der Abschied und dein Leben, es ist so … Ich finde so schwer Worte für das, was ich in Puerto Rico erlebt habe. Ich bin immer ehrlich zu Belinda und habe ihr auch gesagt, dass ich sie so nicht kenne.

Belinda ist nicht mehr der gleiche Mensch, der sich auf die Suche nach ihrer Familie gemacht hat. Sie ist so durcheinander, durchtränkt von Schuldgefühlen, das Leben, das ihr führt, ist für euch vielleicht ganz normal, doch für Belinda und mich nur sehr schwer nachzuvollziehen und sich darin zurechtzufinden fast unmöglich. Ich spüre, dass ihr eure Schwester mögt, doch momentan seid ihr sehr hart zu ihr und das macht sie kaputt. Ich denke, ihr kennt es nicht anders, ihr seid diese Härte und dieses Leben gewöhnt, doch Belinda nicht und ich habe ihr geraten, zurückzukommen.

Dieses Leben ist nichts für sie und auch für mich wäre das auf Dauer nichts. Und du siehst ja ... ich habe es quasi in die Wiege gelegt bekommen, an falsche Männer zu geraten. Ich meine das nicht böse, aber dass ich, wenn ich auf mein Herz höre, am Ende als Verliererin dastehen werde, allein wegen deinem Leben und auch der vielen Frauen darin, da kann ich gar nicht gewinnen. Ich wollte nicht auf solche Risiken bauen, so dumm ich manchmal noch bin, das habe ich wenigstens gelernt.«

Alejandro zahlt die Rechnung. »Ich will auch ehrlich zu dir sein, ich hatte noch keine Beziehung und habe auch kein großes Interesse daran. Du siehst, was zur Zeit passiert und ich weiß nicht, wie ich da eine Freundin unterkriegen soll, doch dass mich mein Gefühl hergebracht hat, zeigt ja, dass du mir nicht egal bist. Belinda wird sich an das Leben gewöhnen, es ist ja nicht immer so chaotisch wie momentan und alles wird sich einspielen, wenn wir erst einmal diesen Benjamin geschnappt haben. Wir sind ihre Brüder, ich meine, keiner von uns hat Erfahrungen im Umgang mit einer Schwester, aber wir wollen sie nicht verletzen.«

April lächelt mild. Ihre Hand greift über den Tisch und mit ihren Fingerspitzen streicht sie über einen Kratzer an seiner Hand. »Das tut ihr aber.« Alejandro weiß, dass sie alle noch viel zu lernen haben und dass wieder Ruhe einkehren muss und er wird alles dafür tun, dass es so geschehen wird. Er umfasst Aprils Hand mit seiner und sieht ihr in die Augen. »Vielleicht hast du recht und nicht nur ihr müsst euch an dieses Leben gewöhnen, sondern auch wir müssen uns daran gewöhnen, dass ihr jetzt da seid.« April nickt. »Vielleicht braucht all das einfach etwas Zeit.«

Sie hat sicherlich recht, doch leider ist Zeit momentan das, was Alejandro am wenigsten hat. Er fährt April in das Parkhaus ihres Wohnblockes und steigt noch schnell mit ihr aus. »Also kommst du?« April klammert sich an ihren Unterlagen fest und kämpft wieder mit den Tränen. »Ja, das wird mir sicherlich guttun, auch wenn es gerade so durcheinander bei euch ist.«

Alejandro lacht leise und legt seine Hand an ihre Taille. »Durcheinander ist es immer, es ist gerade gefährlich, aber wir passen auf euch auf.« Wie schon im Gerichtssaal reagiert sein ganzer Körper augenblicklich auf April. Auch ihre Augen sind schon halb geschlossen, sie schmiegt sich ihm entgegen. »Danke, dass du gekommen bist.«

Alejandro küsst sie erneut, noch etwas behutsamer und vorsichtiger als beim ersten Mal, doch wieder muss er sich zusammennehmen, so sehr genießt er diese Nähe. April lehnt sich gegen das Auto und Alejandro rückt so nah, dass kein Blatt mehr zwischen sie passen würde. Er spürt und schmeckt sie und kann nicht genug davon bekommen.

Man vernimmt nur den unaufhörlichen Regen und ihre beiden Herzen, als sich Alejandro löst, küsst er ihre Wangen und schmeckt noch immer ihre Tränen. Auch wenn sich ihre Wangen rot gefärbt haben, sieht er noch die Traurigkeit in ihren Augen und küsst ihre Stirn. »Pass auf dich auf, April! Ich melde mich und wenn du soweit bist, sag Bescheid, dann schicke ich dir unseren Jet.« April nickt, dreht sich um zum Gehen, zögert aber einen Augenblick.

Ja, sie beide werden Zeit brauchen, um herauszufinden, was da zwischen ihnen ist, doch als sich April noch einmal zu ihm dreht und sie ihn dieses Mal küsst, breitet sich ein Gefühl in Alejandro aus, dass er nicht kennt, egal wieviel Erfahrung er hat, das hat er noch nie erlebt. Auch wenn es sonst nichts gibt, was ihm Angst macht, spürt er bei diesem Gefühl das erste Mal eine gewisse Angst und auch eine gehörige Portion Respekt davor.

Alejandro sieht April noch nach, als sie kurze Zeit später in ihr Haus verschwunden ist. Er muss zurück, doch alles fühlt sich plötzlich anders an. Er fährt auf dem Weg zum Flughafen an Aprils Laden vorbei und ein ungutes Gefühl macht sich in ihm breit.

Er denkt daran, wie glücklich und zufrieden sie in dem Laden war, als er sie das erste Mal dort gesehen hat und wie niedergeschlagen sie heute war. Der Laden bedeutet ihr viel, doch für Alejandro wäre es besser, wenn sie zu ihm nach Puerto Rico kommt, damit er herausfinden kann, was da genau zwischen ihnen passiert. Doch er will auch nicht, dass sie so traurig ist.

Alejandro ist schon fast am Flughafen, die ganze Zeit wägt er ab, als würde ihm ein kleines Teufelchen auf der einen und ein kleines Engelchen auf der anderen Seite ins Ohr flüstern. Er flucht auf und gibt die Adresse ins Navi ein, die er aus den Unterlagen von April ablesen konnte.

Zwanzig Minuten später öffnet ihm Aprils Vater die Tür und sieht ihn überrascht an. Alejandro mag hier in Portland nicht so bekannt sein wie in Puerto Rico, doch der Vater versteht schnell, dass man mit ihm keinen Spaß machen sollte. Alejandro fragt nach dem Preis für den Laden, legt noch etwas Geld drauf und macht dem Vater unmissverständlich klar, dass er April den Laden zurückgibt, das Geld nimmt und für immer aus Aprils Leben verschwindet.

Er willigt sofort ein und Alejandro macht ihm nochmal klar, was passiert, wenn er sich nicht daran hält, außerdem soll April nie etwas von Alejandros Besuch bei ihm erfahren. Bevor er geht, sieht er Aprils Vater noch einmal in die Augen. »Du weißt gar nicht, was für eine besondere Tochter du hast. Das ist mit keinem Geld der Welt aufzukaufen!«

Als Alejandro eine halbe Stunde später im Jet sitzt und Portland hinter sich lässt, muss er lächeln, wenn er an Aprils Gesicht denkt, wenn sie erfährt, dass sie ihren Laden behalten kann.

Andersherum wäre es besser für ihn, doch April wäre nicht glücklich und Alejandro kann beim besten Willen nicht sagen, ob das zwischen ihnen auf etwas Festes hinauslaufen könnte. Wenn er sich sein Leben momentan ansieht, eher nicht.

Er muss an seine Mutter denken und wie sie ihm gesagt hat, dass man es daran merkt, dass ein Mensch einem viel bedeutet, wenn sein Glück einem wichtiger wird als das eigene. Nun versteht er das erste Mal diese Worte.

Er schließt die Augen, um etwas Ruhe zu bekommen, bevor er wieder ins Chaos zurückkehrt.

Kapitel 6

Als Elian seine Augen wieder öffnet, fühlt er sich schon viel ausgeruhter. Er braucht einen Moment, um sich zurechtzufinden und bemerkt, dass er noch immer im Krankenhaus ist und mit Alena das Bett teilt. Elian sieht nach unten auf das Gesicht der schlafenden Alena. Mittlerweile liegt ihr Kopf auf seiner Brust und Elian muss lächeln. Er streicht über ihre dunklen Locken und greift nach seinem Handy, das neben seiner Waffe auf dem Nachttisch liegt.

Es ist fast halb acht am Morgen, Elian und Alena haben von gestern Nachmittag bis jetzt durchgeschlafen. Es gibt einige Nachrichten und Anrufe, zum Glück hatte Elian sein Handy lautlos gestellt. Vidal hat ihn am häufigsten versucht zu erreichen. 'Ist das dein Ernst? Verbringst du noch eine Nacht da? Hast du vor, zu den Sombras zu wechseln?' Elian streckt sich ein wenig und legt das Handy weg.

Alena schläft ganz ruhig, ihrem Körper wird das sehr gut tun. Noch einmal beugt er sich eng an sie und atmet ihren Duft ein, dann macht er sich langsam von ihr los und geht ins Bad, um sich frisch zu machen. Sobald er die Tür hinter sich geschlossen hat, hört er die Krankenschwestern in das Zimmer kommen.

Elian lässt sich extra länger Zeit, doch als er zurück ins Zimmer kommt, stehen immer noch drei Schwestern und auch zwei Ärzte um Alenas Bett herum, ihre Mutter und Belinda sind ebenfalls da. Elian stellt sich zu Vidals heimlicher Freundin, die ihm dankbar zulächelt. »Du siehst auch schon viel besser aus.« Elian sieht die hübsche Schwester von Alejandro an.

Sie ist sehr hübsch und Elian versteht voll und ganz, warum Vidal so verrückt nach ihr ist, dass er viel zu viele Risiken eingeht. Doch genau er als Anführer sollte sich etwas mehr im Griff haben, Elian hat mitbekommen, dass einige Männer zu reden beginnen und die Tatsache, dass er hier jetzt ständig herumhängt, macht das auch nicht besser.

»Ich habe auch einiges an Schlaf nachholen können.« Belinda sieht allerdings überhaupt nicht gut aus. Sie hat tiefe Ränder unter den Augen und das Lachen, das immer in ihren Augen zu sehen war, ist vollkommen verschwunden. Man sieht, dass sie viel geweint haben muss. Elian hat mitbekommen, dass ihre Familie ihr für das, was mit Alena passiert ist, die Schuld gibt, das scheint sie völlig fertig zu machen.

Elian würde sie am liebsten fragen, ob er sie gleich mitnehmen soll zu Vidal, so zerbrechlich und fertig wie Belinda aussieht, doch das würde all das nicht besser machen, Alena und Belinda gehören zu den Sombras, eine Tatsache, nach der sie alle langsam mal leben sollten. Ein Arzt hat gerade Alenas Puls gemessen.

»Sehr gut, es sieht schon alles ein wenig besser aus. Wir bereiten jetzt die Operation vor. Ich hoffe, dass wir danach mehr wissen und es Ihnen schon deutlich besser gehen wird. Trotzdem wird dieser Eingriff nicht leicht und wir wissen noch nicht, was uns alles erwartet und wie Ihr Körper reagiert, deswegen wird es ein ziemliches Risiko, doch wir müssen es jetzt eingehen, sonst verschlimmert sich Ihr Zustand nur noch mehr.«

Alena nickt, ihre Mutter hält sich ein Taschentuch an den Mund und schluchzt leise. Sie steht neben Alena und hält ihre Hand, während Alena zu ihm blickt. Elian erkennt keine Angst in ihrem Blick und er ahnt auch warum. Alena hat schon einige Male angedeutet, dass sie lieber tot wäre, als so weiterzuleben, doch das wird nicht passieren, da ist sich Elian ganz sicher. Auch wenn es Alena selbst gar nicht bewusst ist, ist sie eine kleine Kämpferin.

»Die Krankenschwester führt Ihnen jetzt Flüssigkeiten zu, damit Ihr Kreislauf stabil bleibt. Sie müssen nüchtern bleiben für die Operation. Ruhen Sie sich noch aus, in ungefähr zwei Stunden geht es los.« Die Ärzte nicken ihnen allen noch einmal zu und gehen dann hinaus, an ihren besorgten Gesichtern erkennt man, dass das kein leichter Eingriff wird.

Alenas Mutter hält Alenas Hand, doch Alena wirkt abwesend, es ist ein gewaltiger Unterschied, wie sie zu ihm ist und wie sich Alena gegenüber allen anderen gibt. »Dein Bruder hat gefragt, ob er dich noch einmal sehen darf.« Die Krankenschwester schließt eine weitere Flasche mit Flüssigkeit an. Nicht nur Elian verwundert die Aussage der älteren Frau.

»Ich war gerade noch bei Emilia, ihr Zustand ist weiterhin kritisch und er weicht nicht von ihrer Seite, doch als ich erzählt habe, dass du heute operiert wirst und wie wichtig diese OP ist, hat er gefragt, ob es möglich ist, dich noch einmal kurz zu sehen.« Belinda räuspert sich neben Elian und die Mutter von Alena sieht fassungslos zwischen allen hin und her.

»Ich habe gestern versucht, mit ihm zu sprechen, er hat mir nicht einmal die Chance dazu gegeben. Alena, wenn dein Bruder Kontakt zu dir möchte, dann bitte tue das. Unsere Familie muss jetzt zusammenhalten, wir alle!« Elian würde am liebsten einwerfen, dass niemand diesen komischen Kerl wirklich kennt, doch das hier ist Alenas Mutter, nicht ihr Bruder oder einer ihrer Cousins und er hält sich zurück.

»Was denkst du?« Als Alena Elian ansieht, hat er alle Aufmerksamkeit auf sich, er spürt, wie verwundert alle wegen Alenas Verhalten sind, auch ihm geht es so, doch sie müssen einfach probieren, damit umzugehen und er spürt immer mehr, dass er sich zurückziehen muss. Die Nähe zwischen ihnen beiden ist schon viel zu intensiv geworden. Das kann gar nicht gut gehen.

»Ich muss jetzt los, ich denke, wenn du das möchtest, ist es in Ordnung. Du musst entscheiden, wie du dich dabei fühlst, aber auf jeden Fall sollte dein Bruder Roman dabei sein.« Alena nickt und sieht zur Krankenschwester. »Sie können ihm sagen, dass er kommen kann.« Am liebsten würde Elian bei ihr bleiben, wenn der Verrückte zu ihr kommt, doch das hier ist nicht seine Sache, darum müssen sich die Sombras kümmern.

»Wir sagen mal Roman Bescheid, er hat sich schlafen gelegt.« Belinda lächelt matt und zieht Alenas Mutter leicht mit sich, damit Elian und Alena alleine sind. Elian setzt sich noch einmal an ihr Bett.

»Ich muss jetzt los.« Alena nickt. Sie sieht viel ausgeruhter aus, Elian muss an ihre Nähe denken, wie gut auch ihm diese Nähe getan hat, immer noch tut und wie falsch das ist. Wunderschöne grüne Augen betrachten ihn traurig. »Du wirst nicht wiederkommen, oder?« Alena hat auch ein sehr gutes Gespür für ihn.

»Ich werde nachher Belinda anrufen und fragen, wie deine Operation gelaufen ist und was sie gefunden haben, ich bin mir aber sicher, dass du all das gut überstehen wirst. Mehr als sicher! Doch ich habe hier nichts verloren, Alena, und je mehr wir das ignorieren, umso gefährlicher wird es ...«

Sie nickt, im Grunde weiß sie genau, dass er recht hat. »Ruh dich jetzt aus, ich melde mich nachher bei dir.«

Alena kämpft mit den Tränen. »Ich weiß, ich danke dir, dass du so viel ... Geduld mit mir hast und ich weiß, dass du all das nicht tun müsstest oder solltest ... Momentan verstehe ich mich selbst nicht mehr. Ich habe mich selbst verloren und wenn du in meiner Nähe bist, habe ich wenigstens das Gefühl, ein wenig wieder ich selbst zu sein.«

Elian streicht ihr eine Locke weg, die sich immer wieder den Weg über ihre Augen bahnt. »Du wirst dich wieder finden, Alena, er hat dich nicht zerstört, lass ihn nicht gewinnen.« Elian steht auf und blickt noch einmal auf sie herab, dann vergisst er all das einen winzigen Augenblick, beugt sich zu Alena hinunter und küsst ihren Scheitel. Ihr süßer Duft umspielt ihn und auch, wenn sie kaum Nähe zulässt, zuckt sie nicht einmal zusammen.

»Es wird alles wieder besser, du wirst schon sehen.« Noch einmal sieht er sie an, nimmt alles noch einmal in sich auf, ihre zarte Gestalt, ihr wunderschönes Gesicht, ihren zusammengesunkenen, geschundenen Körper und die Leere in ihren Augen, dann dreht er sich um und geht, denn er weiß, dass er es muss. Es wird jedes Mal nur noch schwerer und er muss all das durchbrechen. Nicht wegen der Familias, nicht wegen Alena, wegen Elian selbst, weil er spürt, dass Gefühle in ihm aufkommen, die nicht sein dürfen und er ganz schnell etwas dagegen unternehmen muss.

Er läuft fast in Roman hinein, der nur leicht grummelt und an ihm vorbei ins Zimmer zu Alena geht. Ihre Mutter aber bleibt kurz vor ihm stehen. »Ich weiß, dass die Geschichte unserer Familie uns etwas anderes lehrt und sagt, doch ich werde für immer in deiner Schuld stehen. Du hast meine Tochter gerettet und du bist auch jetzt für sie da, auch wenn du das eigentlich nicht dürftest. Ich weiß nicht, wie ich dir für all das jemals danken kann. Mir ist es egal, aus welcher Familia du stammst, für mich bist du jetzt wie ein Sohn, sag mir, was ich für dich tun kann. Brauchst du irgendetwas? Ich weiß nicht, wie ich dir jemals zeigen kann, wie dankbar ich dir bin.«

Elian muss lächeln, Alenas Mutter hat große Ähnlichkeiten mit ihrer Tochter. »Das Einzige, was Sie wirklich für mich tun können, ist, gut auf Alena aufzupassen. Sie haben eine ganz besondere Tochter.« Tränen steigen Alenas Mutter in die Augen. »Sie ist nicht mehr dieselbe ... Dieses Monster hat sie mir genommen, ich weiß nicht, ob all das jemals heilen wird.«

Elians Handy klingelt. »Doch, das wird sie, es wird Zeit dauern, doch alle Wunden werden heilen. Ich muss los ...« Die Mutter sieht ihn dankbar an und Elian verabschiedet sich schnell. Er muss hier dringend weg, er spürt selbst, dass er fast schon flüchtet. Er will in den Fahrstuhl, da steigt Petro aus. Elian traut dem Kerl nicht über den Weg und hält ihn zurück.

»Ich weiß nicht, ob du wirklich so harmlos bist, wie alle hier denken. Mir ist es auch egal, mit wem du verwandt bist oder nicht. Ich glaube dir nicht, dass du nicht weißt, wo Benjamin ist oder dass du nicht mit ihm unter einer Decke steckst. Ich schwöre dir eins und das meine ich absolut ernst: Wenn du Alena auch nur ein Haar krümmst, bist du ein toter Mann, mir egal, wer du bist. Und Benjamin wird brennen für alles, was er getan hat, es ist nur noch eine Frage von Tagen oder Stunden.«

Elian wartet keine Antwort ab, er geht in den Fahrstuhl und fährt nach unten. Er meinte jedes Wort ernst. Sollte Alena etwas passieren, wird er Petro dafür zur Verantwortung ziehen.

Sobald er im Auto ist, ruft er Vidal zurück, von dem er sich anhören muss, wie leichtsinnig er ist und dass er sich langsam mal wieder bewusst machen sollte, wer er eigentlich ist. Als er ihm dann aber sagt, dass Belinda gar nicht gut aussieht und es ihr nicht gut zu gehen scheint, legt sein Bruder schnell wieder auf, wahrscheinlich, um sie anzurufen. Genau er sollte sich mit Vorwürfen zurückhalten.

Elian geht es beschissen. Den ganzen Weg zurück fühlt er sich hin- und hergerissen, er macht sich Sorgen wegen der bevorstehenden OP, auch wenn er das gar nicht sollte.

Er hält vor seinem Haus und steigt aus, Dante joggt fast in ihn hinein. Auch er ist in letzter Zeit nicht mehr derselbe, auch unter seinen Augen liegen tiefe Schatten und er trainiert wie ein Wahnsinniger, wahrscheinlich um zu vergessen, um seine Entscheidung und die Trennung von Camilla zu verdrängen, doch ein Blick auf ihn genügt, um zu erkennen, dass es nicht klappt, doch Ablenkung ist genau das, was Elian jetzt auch gebrauchen kann.

»Was machst du jetzt?« Dante hält ein und atmet tief ein. »Ich habe einen Termin mit Geschäftspartnern, die schon länger nicht mehr bezahlt haben. Ich werde ihnen den Arsch aufreißen und mich ein wenig abreagieren.« Elian nickt und knallt die Tür zu seinem Auto zu. »Ich gehe schnell duschen und komme mit!«

Als Dante kurze Zeit später selbst unter der Dusche steht, schließt er die Augen. Er wünschte, er könnte so auch sein Herz verschließen, doch es geht nicht. Er hat das Gefühl, den größten Fehler seines Lebens gemacht zu haben, auch wenn er eigentlich weiß, dass er richtig gehandelt hat.

Camilla ist in Sicherheit, er hat wahnsinnige Sehnsucht nach ihr, zudem hasst sie ihn wahrscheinlich mittlerweile über alles, doch sie ist in Sicherheit. Sie ist in der Lage, ein anderes Leben zu führen und frei zu sein. Niemals Angst haben zu müssen, niemals Sachen erleben zu müssen, die die Frauen ihrer Familie mitmachen müssen.

Er war sich der Gefahr immer bewusst, es ist nicht ohne Grund, dass Suela, seine Cousinen und ihre Familien in einer anderen Cuidad leben, doch als er Alena gesehen hat, als er mit eigenen Augen gesehen hat, was ihr alles angetan wurde, als er die Bilder von Camilla in der Folterkammer dieses Wahnsinnigen gesehen hat, ist etwas in ihm passiert, was mehr wiegt als alles andere.

Er liebt Camilla, doch dafür muss er sie freilassen. Wenn er sie wirklich liebt, dann kann er solch ein Leben nicht für sie wollen, dann kann er es nicht zulassen, dass sie seinetwegen ständig Gefahren ausgesetzt ist. Dante seift sich ein, spült alles schnell ab und steigt wütend aus der Dusche.

All das ist ihm bewusst, doch er hat nicht damit gerechnet, wie schwer es wird, auf die Person zu verzichten, die man über alles liebt. Er hatte solch eine Situation ja noch nie und hat auch nicht damit gerechnet, dass es ihn einmal so erwischen würde. Camilla fehlt ihm immer, ständig. Die kurze Zeit, die sie zusammen hatten, hat sich schon so in ihm eingebrannt, dass es ihm immer schwerer fällt, klar zu denken.

Gestern Nacht war er drauf und dran, sich ins Auto zu setzen und in ihr Dorf zu fahren, sie um Verzeihung zu bitten und sie zurückzuholen, doch er weiß, dass es nichts bringen würde. Sie wäre dann zwar bei ihm, aber einer ständigen Gefahr ausgesetzt, aber das möchte Dante nicht, er sieht seine Mutter, Suela, seine Cousinen, Alena, keine Frau aus den Familias ist glücklich.

Zudem würde Camilla ihn wahrscheinlich sofort wieder wegschicken, er hat sie jetzt schon einige Male angerufen, doch sie weigert sich, mit ihm zu reden, antwortet auf keine seiner Nachrichten und wenn er bei ihrer Familie zuhause anruft, legen auch diese auf. Ihr Vater hat ihm am Telefon gesagt, dass er Dante vertraut hat, ihm sein kleines Mädchen anvertraut hat, das nun mit gebrochenem Herzen zu ihm zurückgekehrt ist.

Ihr Vater hat recht, dass er nun jedes Mal auflegt, wenn Dante sich meldet, doch er kann auch nicht anders. Er muss auf sie verzichten und kann sie doch nicht in Ruhe lassen. Dante muss dringend wieder klar im Kopf werden, doch das scheint ihm nicht gelingen zu wollen.

Er trocknet sich ab und zieht sich schnell an, hier im Haus ist es am schlimmsten. Dante bildet sich ein, noch überall ihren Duft wahrzunehmen, besonders im Bett, deswegen schläft er auch kaum noch und wenn, dann im Wohnzimmer auf der Couch.

Dante hört Stimmen vor seinem Haus, steckt sich seine Waffe ein und geht nach unten, wo er fast in seine Schwester hineinläuft. »Was tust du denn hier?« Suela küsst seine Wange, sie wollte ihn offenbar gerade holen, jetzt stellt sie sich zurück zu Vidal, der gegen sein Auto gelehnt steht und den Arm um Suela legt. Benito und Elian kommen auch gerade.

Elian hat nur eine Boxershorts an, seine Wunde wurde neu verbunden, er hat wohl länger als Dante unter der Dusche gebraucht. »Cuca ist nicht aus dem Bett zu bekommen.« Vidal zuckt die Schultern. »Lass ihn, er wird es eh erfahren.« Dante versteht gar nichts mehr.

»Was macht ihr hier alle? Ich muss zu einem Treffen, Elian wollte mitkommen. Suela, du solltest doch in der Cuidad bei unseren Onkeln bleiben. Es ist zu ...« Vidal hebt die Hand. »Ich habe sie herbringen lassen, vielleicht gehst du mal an dein Handy!« Dante verlässt die Terrasse seines Hauses und tritt zu seiner Familie. »Ich war joggen, während ihr alle noch faul im Bett herumgelegen habt ...« Er sieht zu Elian. »Zumindest fast alle.«

Vidal hat noch immer den Arm um Suela, Dante weiß, wie sehr seine Cousins sie, Dalila und Delicia lieben. »Euer Termin ist verschoben. Heute Morgen sind die Testergebnisse von Sofia, Emilia und Petro angekommen. Wir fahren jetzt ins Krankenhaus, wo eh alle sind und werden das ... klären! Alejandro weiß Bescheid, wir treffen sie alle gleich. Aaron holt gerade Sofia und bringt sie ins Krankenhaus.«

Suela wirkt nervös. »Das kann alles ändern, ich kann es nicht erwarten zu erfahren, von wem alle abstammen, es hat ja lange genug gedauert.« Sie hatten Probleme mit dem Test von Sofia, erst hat es eine Weile gedauert, bis sie alle Blut abgegeben hatten und dann mussten sie doch noch auf das Blut der Sombras warten, damit ein richtiges Ergebnis machbar ist.

Jetzt mit Petro und Emilia ging alles ganz schnell, da eh alle im Krankenhaus sind und sie dort alle Blut abgegeben haben, nun konnten alle Ergebnisse bearbeitet werden und sind offenbar schon da.

Elian dreht sich wieder um. »Ich komme gerade von dort und gehe nicht wieder dahin, mich juckt es nicht, zu wem diese Wahnsinnigen gehören und kommt nicht auf die Idee, einen von ihnen danach hier anzuschleppen.« Elian geht zurück in sein Haus. Dante bemerkt Vidals besorgten Blick auf seinem jüngeren Bruder und kann ihn verstehen.

Elian hat viel mitgemacht in den letzten Tagen und jeder merkt, dass ihn diese Alena nicht kalt lässt, doch sie alle wissen ja, dass das nichts bringt, genauso wenig wie das zwischen Belinda und Vidal, doch die beiden Brüder scheinen einen schweren Kampf zwischen ihren Herzen und ihrem Verstand auszutragen. Und da Vidal weiß, wie schwer das ist, sieht er seinem Bruder hinterher, bevor er sich vom Auto abstößt und sie alle ansieht. »Dann los, klären wir das ein für alle Mal, ich bin mir sicher, dass die alle zu den Sombras gehören, sollen die sich darum kümmern. Wir beginnen dann endlich damit, Benjamin zu jagen!«

Kapitel 7

Belinda küsst noch einmal Alenas Stirn, sie wird gleich in den Operationsbereich gebracht und hat schon eine Tablette bekommen, die sie schläfrig und ruhig macht, obwohl das gar nicht nötig gewesen wäre. Alena ist ruhig, völlig unbeteiligt, als wäre es nicht sie, die jetzt eine schwere Operation vor sich hat. Als die Ärzte sie alle gerade noch einmal auf die Risiken dieses Eingriffes aufmerksam gemacht haben, hat Alena gemurmelt, dass sie keine Angst vor dem Tod hat, vielleicht wäre das sogar die einfachste Lösung. Diese leise Bemerkung hat sie alle getroffen, doch Roman und Alicia sieht man an, wie sehr sie all das quält.

Roman erinnert kaum noch an den lustigen Kerl, den Belinda als allererstes aus ihrer Familie getroffen hat. Es muss ihm sehr schlecht gehen, doch er lässt niemanden an sich heran, seine Angst und Trauer wandeln sich in Wut um und er wirkt immer unberechenbarer, Belinda spürt diese Wut immer wieder, sie weiß, dass er sie für das, was Alena angetan wurde, verantwortlich macht und mittlerweile kann Belinda ihm dabei nicht einmal widersprechen, vielleicht wäre all das wirklich nicht passiert, wäre sie hier niemals aufgetaucht.

Belinda kann es nicht mehr rückgängig machen, sie kann nur noch verschwinden und hoffen, dass das Leben hier bald wieder so ist, wie es war, bevor sie hergekommen ist. Morgen geht ihr Flug, sie hat jede Sekunde, die sie länger hier ist, das Gefühl zu ersticken.

»Belinda, wenn ich das nicht überstehe, sag Elian bitte danke von mir, danke, dass er trotz allem immer für mich da war.« Alena flüstert schwach, sie ist kaum noch richtig wach und zum Glück hört sie niemand außer Belinda, die nickt und sich eine Träne wegwischt. »Mache ich, aber du wirst es schaffen, du wirst wieder wach werden und dann wird alles nur noch bergauf gehen.«

Alena lächelt matt und schließt die Augen, die Krankenschwester lächelt ihnen noch einmal aufmunternd zu und schiebt Alena in einen abgetrennten Bereich. »Diese Operation kann lange dauern, ruhen Sie sich aus. Sollte irgendetwas sein, geben wir sofort Bescheid.« Alicia schluchzt laut auf, Roman nimmt seine Mutter in den Arm und Belinda senkt den Blick, genau wie Ponce, Santos, Levi und Suerte, sie alle haben sich von

Alena verabschiedet. Ihr Vater, Rehan und Ignacio waren genau wie Alejandro telefonisch mit Alena verbunden und haben noch einmal mit ihr gesprochen. Nun können sie alle nichts weiter machen als hoffen und beten.

Eine ganze Weile bleiben sie in dem Vorraum zum Operationsbereich, bis Santos' Handy leise klingelt. Er hat ihnen vorhin schon gesagt, dass die Testergebnisse da sind und sie sie erfahren. Alicia hat darauf bestanden, dabei zu sein, deswegen bleiben zwei Männer, denen Roman und Santos neben den engeren Kreisen am meisten vertrauen und setzen sich vor den Operationsbereich, um dafür zu sorgen, dass niemand dort vorbeikommt, der hier nichts zu suchen hat und damit sie Bescheid geben können, sollte irgendetwas mit Alena sein.

Sie gehen alle zusammen zum Eingang des Krankenhauses und dort in einen kleinen Konferenzraum, der wohl dafür da ist, bestimmte Tagungen abzuhalten. Suerte läuft neben ihr, Roman und Alicia laufen weiter dahinter. All das, was gerade passiert, ist zu viel für ihre Tante, es ist für sie alle schwer zu verkraften, doch ihre Tante ist nur noch ein nervliches Wrack.

Ihre Tochter wird von einem Psychopathen entführt und misshandelt und niemand kann ihnen sagen, ob sich Alena jemals von all dem erholen wird. Dann taucht ihr Sohn wieder auf, der ihr als Baby genommen wurde und sieht sie nicht einmal mehr an, es ist kein Wunder, dass Alicia sich kaum mehr auf den Beinen halten kann.

Belinda hat nicht gefragt, was genau passiert oder wer alles da sein wird, deswegen stockt sie jetzt auch, als sie in den Raum kommen, in dem ein großer U-förmiger dunkelbrauner Besprechungstisch mit vielen Stühlen drumherum steht. Vidal ist da und nicht nur er. Petro und Sofia stehen genau wie einige Puentes in der Mitte dieser Tische, in diesem U, wenn auch sehr weit voneinander entfernt. Sie unterhalten sich, auch wenn Sofia Belinda zunickt, erkennt sie schnell, dass Sofia jetzt erst von Emilia und ihren Verletzungen erfahren hat und auch, dass die Nonnen, die sie großgezogen haben, getötet wurden.

Petro redet auf sie ein, Sofia wird immer blasser, während Vidal entspannt an einen der Tische gelehnt steht, neben sich Dante, Benito und Suela. Aaron hat ihnen den Rücken zugedreht, doch Vidal sieht sie abschätzig an. Er mustert sie von oben bis unten, in seinem Blick liegt

Sorge und die Frage, was mit ihr ist. Er hat sie versucht zu erreichen, doch Belinda konnte kaum mit ihm sprechen. Seit ihr das Handy aus der Hand gefallen ist, geht es ständig wieder aus, sobald sie irgendetwas damit macht.

Belinda versucht ein wenig zu lächeln und spürt selbst, wie sehr es ihr misslingt, Vidal erhebt sich und Belinda sieht ihn flehend an, jetzt keine Dummheiten zu machen, gleichzeitig merkt sie auch, wie Vidals Blick wütend zu Suerte geht, der noch immer an ihrer Seite ist.

Wäre all das hier nicht so schrecklich und wüsste Belinda nicht ganz genau, dass Vidal sie nicht liebt, würde sie seine Reaktion vielleicht ein wenig freuen, wenigstens ein bisschen eifersüchtig ist er, doch in der Situation, in der sie alle sich befinden, ist sie froh, als ihre beiden Brüder Santos und Ponce all dem ein Ende setzen und sich neben Belinda aufbauen.

Egal wie sehr sie ihr die Schuld geben, sie zeigen deutlich, dass Belinda zu ihnen gehört, als sie sie in die Mitte nehmen und Santos dann genervt in die Runde sieht. »Wo ist diese Ärztin?« Als hätte sie nur darauf gewartet, tritt eine ältere Frau mit grauen Locken und einer großen schwarzen Brille zu ihnen in den Raum. Hinter ihr läuft ein junger Mann, der wie ein junger Student wirkt und einige Unterlagen trägt, während er unsicher zwischen ihnen allen hin und her sieht.

Es wird jedem hier in Puerto Rico klar sein, wie gefährlich die hier in diesem Raum versammelte Mischung ist. »Hier bin ich, meine Herren ...« Die Ärztin wirkt schon etwas sicherer als der Mann. »Und Damen.«

Sie alle haben sich in diesem großen U verteilt, niemand hat sich an einen der Tische gestellt. Auf der linken Seite steht Belinda, umgeben von ihren Brüdern, Roman und Alicia, die sich immer wieder unsicher zu Petro dreht, Suerte und Levi. Ihnen gegenüber auf der rechten Seite stehen Vidal, Benito, Dante, Suela und Aaron, der sich nun auch gegen einen Tisch lehnt und zu der Ärztin blickt. Mittig und abseits von ihnen stehen Sofia und Petro, die sich noch immer unterhalten, bis die Ärztin sich ihnen gegenüber und mittig zwischen den beiden Familias aufstellt und ihre Unterlagen aufschlägt.

»Es tut uns leid, dass all das sich so hinausgezögert hat, doch ich lebe erst seit einigen Jahren hier in Puerto Rico und kenne ihre Familiengeschichte nicht allzu gut. Mittlerweile habe ich mir einiges erzählen lassen und ich hoffe, dass wir diese Ergebnisse besprechen können, ohne dass etwas passiert. All das ist sicherlich nicht schön, doch man kann das jetzt auch nicht mehr ändern und ich möchte mich vergewissern, dass für mich, die Klinik und die Mitarbeiter keinerlei Gefahr besteht, wenn wir Ihnen allen die Ergebnisse mitteilen.«

Belinda spürt wieder Vidals Blick auf sich, während Santos die Schultern zuckt, man merkt, dass er all das schnell hinter sich haben will. »Von uns aus wird es da keine Probleme geben, wir wissen, dass die Klinik keine Schuld trifft, wir wollen nur wissen, was die Ergebnisse sagen und dann weitermachen, also ...«

Die Ärztin wendet sich an Vidal, der erst dann den Blick von Belinda wendet und der älteren Frau andeutet fortzufahren. »Auch wir werden uns benehmen!« Belinda legt ihren Kopf ein wenig schief und sieht Vidal an, der ihren Blick erwidert, sie ist sich sicher, dass er sein wunderschönes freches Grinsen nur schwer unterdrücken kann und auch wenn sie nicht einmal miteinander sprechen können, muss Belinda innerlich leise lachen. Selbst hier und jetzt und unter diesen Umständen tut Vidal ihr noch gut, es ist zum Verrücktwerden.

»Okay, wie gesagt, es war nicht leicht. Ich habe nicht verstanden, dass eigentlich jede Blutprobe zu beiden Familias passen müsste, nachdem was damals genau passiert ist. Erst dann habe ich mich darum bemüht, von wirklich jedem Familienstamm DNA zu bekommen, sodass wir dann nach und nach die Zusammenhänge und Zugehörigkeiten herausfiltern konnten. Auch wie eng die Personen verwandt sind und ja ... all das hat eben eine gewisse Zeit gedauert.

Da ich weiß, wie schwer die Situation für alle ist, wollte ich auch keine Fehler machen und habe alles noch einmal gründlich untersucht, auch nachdem schon alle Ergebnisse feststanden, sodass ich nun ganz sicher bin und wir hundertprozentige Ergebnisse haben, was bei der schwierigen Situation sehr wichtig ist.«

Sie sieht noch einmal in die Runde und nimmt sich dann die oberste Akte vor. »Petro.« Sie sieht zu dem Mann, der Roman und Alena wie aus dem Gesicht geschnitten aussieht und der genauso unbeteiligt wirkt, wie Alena vor ihrer Operation. »Sie haben keinen Nachnamen angegeben, ich vermute, weil Sie keinen haben oder nicht wissen, welcher zu Ihnen gehört. Mich hat es sehr berührt, das mitzubekommen, es ist sicherlich nicht leicht, so aufzuwachsen und ich kann nur erahnen, wie wichtig diese Ergebnisse für Sie sind.«

Petro zuckt die Schultern, auch wenn er so breit gebaut wie alle Männer hier ist, wirkt er in dem Moment auf Belinda wie ein trotziger kleiner Junge und sein Schicksal lässt Belindas Herz erneut bluten. »Mir ist das egal, es ändert nichts.« Sofia neben ihm blickt ihn entgeistert an, doch die Ärztin lässt sich davon nicht beeindrucken und lächelt leicht, bevor sie auf die Unterlagen blickt.

»Die Blutergebnisse haben ganz eindeutig belegt, dass Sie der Sohn von Alicia Sombras sind. Alena und Roman Sombras sind Ihre Halbgeschwister. Sie haben nicht denselben Vater. Da ich ja nun weiß, was den Frauen damals angetan wurde, habe ich weitere Untersuchungen gemacht. Sie haben kein Blut der direkten Puentes in sich, das bedeutet, dass kein engeres Mitglied Ihr Vater ist. Wahrscheinlich war es ein einfacher Mitarbeiter der Familia, somit stammen Sie von den Sombras und einem Unbekannten ab. Sie sind mit allen engeren Mitgliedern der Sombras verwandt und tragen dasselbe Blut in sich und sind der leibliche Sohn von Alicia Sombras.«

Belindas Herz schlägt schneller. Alle halten den Atem an, auch keiner der Puentes sagt einen Ton, Alicia bricht nun endgültig zusammen und Roman hilft seiner Mutter wieder auf die Beine, noch immer sieht Petro nicht einmal zu ihnen. Belinda geht zu einem kleinen Tisch in einer Ecke des Raumes und holt ein Glas Wasser, das sie ihrer Tante bringt, die sich nun auf einen Stuhl setzt. »Es tut mir so leid, was Ihnen allen angetan wurde.«

Die Ärztin nimmt all das auch mit, Alicia trinkt ein Schluck und wischt sich die Tränen aus dem Gesicht. »Ich möchte etwas sagen und das gilt nicht nur für die Frauen meiner Familie. Dieser Krieg zwischen den Familias hat uns alle kaputt gemacht, alle Familien zerstört. Es gibt keine Familie, wo nicht jemand in diesem Krieg gestorben ist. Uns Frauen wurde Schreckliches angetan und unsere Kinder wurden uns weggenommen. Sie haben uns damals gesagt, dass es besser für uns ist, dass wir nur so über all den Schmerz hinwegkommen können, doch das stimmte nicht, es hat uns noch mehr kaputt gemacht.«

Alicia wendet sich zu Petro um. »Ich wollte dich nicht weggeben, ich habe jeden Tag an dich gedacht. Ich weiß, dass du mir das nicht glaubst, aber du warst immer in meinen Gedanken und wer auch immer die Mütter der anderen sind, auch ihnen wird es so gegangen sein. Die Männer haben gemerkt, was sie angerichtet haben und es gestoppt, doch noch immer leiden die Frauen aus unseren Familias.

Auch wenn sich die Los Puentes und die Sombras jetzt aus dem Weg gehen, die Frauen leiden weiter und die Vergangenheit holt uns ein, im Positiven, dass wir euch wiedergefunden haben und auch im Negativen, dass Alena Opfer eines dieser Kinder wurde. Ich hoffe einfach, dass wenn wir jetzt diese Gewissheit haben, wir daran arbeiten können, dass die Frauen nicht mehr leiden müssen und endlich ihren Frieden wiederfinden. Allein dass die Familias jetzt hier zusammen in einem Raum stehen, ist ein großer Schritt, ihr alle seid zu jung, ihr habt nicht die schlimmsten Zeiten dieses Krieges miterlebt, ihr seid zu jung, um zu verstehen, wie groß dieser Schritt ist.«

Niemand sagt einen Ton, auch Petro nicht, nun sieht er zu Boden und wirkt das erste Mal nicht mehr so überheblich. Auch Roman sieht zu Boden und es ist gut, dass die Ärztin sich räuspert und zustimmt. »Das stimmt, wir können nur hoffen, mit diesen Ergebnissen einiges wieder gutzumachen!«

Sie greift nach der nächsten Akte und blickt dann wieder auf, nachdem sie hineingesehen hat. »Sofia.« Sie atmet tief ein, Belinda sieht zu der hübschen jungen Frau, die als Allererste mit ihnen nach San Juan gekommen ist. Seitdem hat sie ohne sich zu beschweren im Hotel geschlafen, Sachen genossen, die sie so noch nicht kennengelernt hat und ihnen geholfen, wenn es um Informationen wegen Benjamin ging.

Wie auch bei ihrer ersten Begegnung trägt Sofia keinerlei Make-up, allerdings sind ihre Nägel lackiert, sie trägt eine schwarze Leggings und ein weiss-schwarz gestreiftes Shirt, das ihr bis über den Po geht und schwarze Leinenschuhe, das Outfit hat sie sicherlich von Suela, die sich am meisten um Sofia gekümmert hat.

Ihre Haare fallen ihr in leichten Wellen auf die Schultern und ihre großen braunen Augen sehen unsicher zwischen allen hin und her. Sie sieht fast so aus, als würde sie sich am liebsten hinter Petro verstecken, sonst wirkte sie immer so taff, doch man spürt genau, wie viel all das zu bedeuten hat.

»Bei Ihnen war es am kompliziertesten, oder eigentlich nicht und deswegen war ich so unsicher, dass ich wirklich alles durchgetestet habe, doch es bleibt beim selben Ergebnis.« Die Ärztin blickt einmal hoch und räuspert sich erneut.

»Sie sind die Tochter von Maria und Bruno Puentes, Ihre leiblichen Geschwister sind Dante und Suela, da gab es keine andere DNA, auch wenn ihrer Mutter das ebenso wie anderen Frauen angetan wurde, war sie da bereits mit Ihnen schwanger.« Die Ärztin stockt und in Belindas Kopf arbeitet es auch auf Hochtouren. Sie erinnert sich, dass Camilla ihr erzählt hat, dass Dantes Mutter sich nicht einmal sicher ist, ob sie nicht schon vor ihrer Entführung schwanger war und wie schrecklich Suelas Vater ums Leben kam beim Versuch, seine Frau zu retten.

Belinda treten Tränen in die Augen, Sofia wurde weggebracht, obwohl sie genau wie Dante und Suela das leibliche Kind ihrer Eltern ist, all das ist einfach nur krank. Belinda sieht zu den Puentes und in das geschockte Gesicht von Dante, auch Vidal und die anderen sehen ungläubig zwischen der Ärztin und Sofia hin und her, doch Dante ist wirklich geschockt, man sieht ihm an, dass er niemals damit gerechnet hat.

Lediglich Suela reagiert, sie geht zu Sofia, beginnt zu weinen und schließt sie in die Arme. Ähnlich wie Dante steht aber auch Sofia völlig steif da und kann nicht einmal auf die Umarmung reagieren. »Ich habe von Anfang an gespürt, dass du zu uns gehörst.« Suela weint und auch Alicia, die noch immer auf einem der Stühle sitzt, schluchzt auf, Belinda wischt sich einige Tränen weg und sieht zu Vidal.

Auch wenn sie weiß, dass er nicht dieselben Gefühle für sie hat wie sie für ihn, am liebsten würde sie jetzt zu ihm und ihn in den Arm nehmen, auch er sieht völlig verwirrt zu Sofia. Keiner hat damit gerechnet, bei Petro war es ja einigermaßen klar, doch das hat niemand geahnt.

Sofia sieht zu Dante und dann zu Petro. »Was soll ich jetzt tun?« Petro zuckt die Schultern, wieder vollkommen unbeteiligt, der kurze Anfall von Emotionen, der kurz auf ihn eingewirkt hat, ist schon längst wieder vorbei. »Wir bleiben zusammen, wir warten, bis es Emilia wieder ...«

Belinda hat Suela als vollkommen neutral kennengelernt, ähnlich wie sie hat sie mit keiner Familia ein Problem, doch nun ist sie es, die sich als erstes einmischt. »Sofia, du musst mit uns kommen! Unsere Mutter lebt bis heute in einer Klinik, weil sie mit all dem nicht zurechtgekommen ist. Es wird ihr guttun, dich zurückzuhaben.« Als Petro ansetzt etwas zu sagen, findet Dante seine Stimme wieder.

»Sie gehört zu unserer Familie, du hast ihr nichts mehr zu sagen, im Grunde darfst du nicht einmal mehr mit ihr reden!« Suela wirft ihrem Bruder einen warnenden Blick zu. Sofia streicht sich auch einige Tränen weg, Belinda kann sich gar nicht vorstellen, wie es jetzt in ihr aussehen muss. Sie wüsste auch nicht, wie sie jetzt an ihrer Stelle reagieren würde.

»Aber Petro ist doch auch mein Bruder, wir sind zusammen aufgewachsen.« Suela nickt. »Natürlich, es bedeutet ja nicht, dass du das aufgeben musst, aber möchtest du nicht einmal deine Mutter kennenlernen?« Petro hebt seine Hand, um Sofia von Suela wegzuziehen und dann geht alles ganz schnell.

Dante ist bei ihnen und stellt sich zwischen Suela, Sofia und Petro. »Komm nicht auf die Idee, noch einmal deine Hand zu heben, wenn die beiden in deiner Nähe sind.«

Nun bewegen sich auch Belindas Brüder und Roman und Belinda würde am liebsten die Augen verdrehen, diese Männer scheinen wirklich nichts dazuzulernen, als ihre Brüder zu Dante und Petro wollen, stellt sich Belinda davor. »Das ist doch nicht euer Ernst? Könnt ihr euch nicht einmal in solch einem Augenblick zurückhalten? Petro, ich kenne dich noch nicht lange und ich kann auch verstehen, dass du sauer bist, doch du kannst nicht für Sofia mitbestimmen.

Wenn sie ihre Familie kennenlernen möchte, solltest du sie lassen, deine sture Haltung wird hier eh nichts bringen. Deine Mutter ist hier und bereit, dich kennenzulernen, deine Schwester wird gerade operiert und dein Bruder hier hat doch auch nicht geahnt, dass es dich gibt. Du kannst ruhig wütend sein, wahrscheinlich wäre ich das auch, aber lass das nicht an allen anderen aus und vor allem, lass diese Situation hier nicht eskalieren.«

Belinda kann sich nicht mehr bremsen, als die Worte aus ihr heraussprudeln. Santos und Ponce stoppen, Roman bleibt bei seiner Mutter, offenbar hat Belinda es geschafft, ihre Familia zurückzuhalten, sie sieht zu Vidal, der ein leichtes Lächeln auf den Lippen hat. »Lass ihn, er will dich nur provozieren. Es verwundert mich gar nicht, dass er ein Sombras ist.«

Belinda sieht Vidal einen Augenblick in die Augen und etwas Warmes flackert darin auf, doch Suela und Dante kommen zurück zu Vidal. Sofia streicht sich unsicher über ihre Arme. »Was ist denn mit Emilia? Sie ist noch immer nicht über den Berg, ihr Zustand wird mal besser, mal schlechter, wir wissen nicht einmal, ob sie die Messerstiche überlebt.«

Die Ärztin sieht sich etwas unsicher um, erst als sie sich sicher ist, dass sich alle wieder beruhigt haben, sieht sie in die nächste Akte. Belindas Herz schlägt schneller, was kommt jetzt? »Emilia war eigentlich am einfachsten. Sie ist mit niemandem von euch verwandt. Mit keiner Familia. Ich habe ein wenig nachgeforscht, wahrscheinlich ist eine Freundin eines Mitgliedes entführt worden und das auch nicht von einem engeren Mitglied einer Familia, sondern eher von einem einfachen Mitarbeiter, so hat sie zwar etwas mit dem Krieg zu tun, ist aber mit keinem aus der Familia richtig verwandt.«

Belinda kratzt sich an der Stirn, sie weiß nicht einmal, ob das gut oder schlecht ist, doch sie kommt auch nicht dazu, darüber nachzudenken, da eine weitere Ärztin in den Raum kommt. »Ihre Freunde haben mir gesagt, dass ich Sie hier treffe. Es gibt Komplikationen bei der Operation, würden Sie bitte mitkommen?«

Damit ist das Treffen augenblicklich beendet, Belinda, ihre Brüder, Levi und Suerte begleiten Roman und Alicia zum Operationsbereich. Belinda hat sich nicht einmal mehr zu Vidal und seiner Familie umgedreht und auch auf Petro hat keiner mehr geachtet.

»Die Operation läuft noch, doch es ist ... schwieriger, als wir gedacht haben. Ihre Werte haben sich ein wenig verschlechtert und für alle Fälle wollen wir noch einige Blutreserven haben. Wir hatten ja schon davor getestet, wer dafür in Frage kommt, können diese Personen bitte mitkommen?« Santos, Ponce und Alicia folgen der Frau, Suerte und Levi setzen sich, bevor Roman der Frau auch folgt, dreht er sich noch einmal zu Belinda um.

»Mach das nie wieder! Rede nicht vor anderen Familias so, als hättest du irgendetwas in unserer zu sagen, schon gar nicht, nachdem was gerade mit Alena wegen dir ist. Sollte sie das nicht überleben, bist du mitschuldig!« Belinda stockt, unfähig, Roman zu antworten, der sich umdreht und geht.

»Ist alles gut, Belinda? Du bist so blass, setz dich zu uns, brauchst du etwas zu trinken?« Suerte und Levi haben nichts mitbekommen, doch Belinda ist zu keinen klaren Worten mehr in der Lage, sie setzt sich auf die Bank vor dem Operationsbereich, zieht ihre Beine an sich und hält sich selbst fest, sie hat das Gefühl, völlig auseinanderzubrechen.

Es dauert einige Stunden, bevor sie die Entwarnung der Ärzte bekommen. Alena hat die Operation überstanden. Die Ärzte haben die missgebildeten Klumpen entfernt, einige innere Verletzungen genäht und einen Sender entfernt, den Benjamin ihr eingepflanzt hatte, um sie jederzeit orten zu können. Es ist einfach nur widerlich, ihnen allen fällt es sehr schwer, im anschließenden Gespräch Einzelheiten zu erfahren, auch darüber, dass Alena so schwere Verletzungen davongetragen hat, dass sie vielleicht keine Kinder mehr bekommen kann. Ganz kann man das erst in einigen Jahren sagen, doch sie hat einiges abbekommen, ihr musste die Milz entfernt werden und andere Organe sind wegen des Lebensmittelentzuges und des Zuführens verschiedener Medikamente und Flüssigkeiten beschädigt. Langsam muss sie nun zu heilen beginnen.

Erst mitten in der Nacht schafft Belinda es, sich kurz auf den Balkon des Aufwachraumes zu setzen, in dem Alicia und sie auf das Aufwachen von Alena warten. Auch wenn Roman sie hasst, lässt er sie bei seiner Schwester und Belinda ist ihm dankbar dafür.

Belinda schläft nicht, sie sitzt an Alenas Bett und beobachtet sie, kurz vor dem Morgengrauen macht ihre hübsche Cousine dann ihre Augen auf und Belinda ist dankbar, dass sie in dem Moment mit ihr allein ist. Belinda sagt ihr, dass die Operation gut verlaufen sei und erzählt ihr von den Blutergebnissen.

Alena ist noch nicht ganz wach, doch Belinda muss gehen und versucht, Alena das zu erklären, sie sagt ihr, dass alle sie für das, was passiert ist, verantwortlich machen und sie das auch ist und dass sie sich hier einfach nicht mehr willkommen fühlt. Belinda schwört ihr, sich bei ihr zu melden, sobald sie in Portland angekommen ist und dass sie, auch wenn sie nicht mehr hier lebt, immer für Alena da sein wird.

Belinda weiß nicht so ganz, ob Alena alles wirklich versteht, doch sie sagt zumindest, dass sie es tut und Belinda aber keine Schuld hat, an nichts, was passiert ist. »Trotzdem ist es gut, wenn du gehst. Am besten so weit weg, wie du kannst. Benjamin hat von allen am meisten von dir geredet. Ich weiß nicht wieso, aber du hast ihn die ganze Zeit fasziniert, also verschwinde so weit weg du kannst, Belinda, und pass gut auf dich auf.«

Belinda kann nicht einschätzen, wie ernst Alenas Worte sind, kurz danach schließt sie ihre Augen wieder und Belinda verlässt das Zimmer. Roman ist der Einzige, der wach ist, auch wenn alle anderen da sind. »Sie war kurz ansprechbar, geh zu ihr, sie wird bestimmt bald wieder richtig wach.« Roman geht sofort zu Alena und Belinda bleibt einen Augenblick vor ihren Brüdern, Levi und Suerte stehen, die alle auf den Bänken sitzend schlafen. Alejandro muss auch bald wieder hier sein. Ponce hat seinen Kopf auf Santos' Schulter gelegt und sie muss lächeln, sie wird sie alle vermissen.

Als Belinda dann auf den Parkplatz des Krankenhauses tritt, sieht sie Elian aus seinem Auto steigen und ihr entgegenkommen. »Ich habe dich probiert zu erreichen, wie geht es Alena?« Belinda kann sich einen etwas verwunderten Blick nicht verkneifen, doch schließlich hat er auch irgendwie das Recht zu erfahren, wie es Alena geht. Belinda erzählt ihm, dass ihr Handy kaputt ist und was die Ärzte gesagt haben und dass sie jetzt schläft, auch, dass Roman bei ihr ist. »Ich wollte auch gar nicht zu ihr ... nur wissen, ob alles in Ordnung ist.«

Belinda sieht auf die Uhr, es ist sechs Uhr am Morgen. »Hast du überhaupt geschlafen?« Elian knackt seine Schultern und räuspert sich. »Nicht so wirklich, ich gehe jetzt nach Hause ... soll ich dich mitnehmen, willst du zu meinem Bruder?«

Belinda atmet tief ein, es wäre so einfach, jetzt zu Vidal zu gehen, sich in seine Arme zu flüchten, doch sie weiß genau, dass es falsch wäre, eine Wunde, die sie nur unnötig vergrößern würde, bevor sie richtig zu schmerzen beginnt. »Nein, aber danke.« Sie zeigt zu ihrem Auto, auch wenn sie sich gleich ein Taxi rufen wird, um zum Flughafen zu gelangen.

»Okay, Belinda, pass auf dich auf.«

Belinda lächelt. »Du auch auf dich, Elian.«

Sie sieht zu, wie er vom Parkplatz fährt, atmet tief ein, sieht zurück zum Krankenhaus, in dem fast ihre ganze Familie sitzt und geht dann zur Straße, um all das hinter sich zu lassen.

Kapitel 8

Santos trommelt ungeduldig mit seinen Fingern auf dem Lenkrad herum und sieht zum Eingang des kleinen Motels, in das Lilly vor zehn Minuten gegangen ist. Es bringt nichts, sie wird heute sicherlich nicht mehr herauskommen und er kommt sich eh schon vor wie ein Stalker.

Er hatte eigentlich vor, Lilly einfach am Flughafen abzufangen, doch irgendetwas in ihm hat ihn einhalten lassen, egal wie gut es getan hat, sie wiederzusehen. Santos weiß, dass er Lilly liebt, das war auch schon so in den Jahren, in denen sie keinen Kontakt hatten, doch sie dann vor sich zu sehen, entfacht noch einmal ganz andere Gefühle in ihm.

In dem Moment, als Lilly mit offenen Haaren, kurzer Shorts und Shirt aus dem Flughafengebäude gekommen ist und sich ein Taxi gerufen hat, wusste er, dass, würde er sie nicht kennen, er sich immer beim ersten Anblick in sie verlieben würde, vielleicht war das auch ein Grund einzuhalten und sie nicht mit seiner Anwesenheit zu überrumpeln.

Santos will auf Abstand bleiben, zumindest erst einmal und abwarten, ob sie vielleicht zu ihm kommt. Wenn sie ihn liebt, wie sie es sagt und Santos es hofft, dann wird sie ihr Herz doch auch zu ihm führen, genau wie er nicht anders kann, als hier wie bescheuert vor ihrem Motel im Auto zu sitzen und zu warten, ob sie noch einmal herauskommt.

Er weiß nicht, ob er alles so kaputt gemacht hat, dass sie ihn wirklich nicht aufsuchen wird, doch er hofft, dass sie es tun wird und bevor er auf sie zugeht, möchte er beobachten, ob sie auch von allein kommen würde, deswegen hat er den Taxifahrer bis zu einem Supermarkt verfolgt, beobachtet, wie Lilly in einem Restaurant gegessen hat und jetzt, wie sie in das Motel gegangen ist. Da es schon spät ist, bezweifelt er, dass sie heute noch einmal herauskommt und fährt los.

Eigentlich hat er gar nicht die Zeit dafür, den ganzen Vormittag haben sie Benjamin gesucht, überall. Sie verteilen Zettel an Geschäftspartner und haben sogar ihre Kontakte spielen lassen und in der Presse und im Fernsehen Bilder von ihm veröffentlicht mit einer Belohnung von einer halben Million Dollar, falls jemand seinen Aufenthaltsort kennt.

Die Zeit der Spiele ist vorbei, sie jagen Benjamin und die Schlaufe um seinen Hals zieht sich immer enger. Die Hälfte ihrer Männer ist dabei, Hinweisen nachzugehen, die sich bisher aber immer als falsch erwiesen haben, trotzdem gehen sie allem nach. Santos war auch den ganzen Morgen unterwegs, nachdem er die Nacht über bei Alena im Krankenhaus war. Die Operation ist jetzt drei Tage her, sie erholt sich nur sehr langsam, wirklich besser wird ihr Zustand nicht.

Sie schläft kaum, wenn überhaupt, dann nur mit Schlafmitteln, die sie jetzt ab und zu bekommen kann, doch da möchten die Ärzte noch vorsichtig mit sein. Sie hat nicht mehr nach Elian gefragt, doch sie alle wissen, dass es vielleicht besser wäre, wäre er da, doch keiner ruft ihn, Alena muss lernen, ohne ihn klarzukommen und sie alle sind da, um sie zu unterstützen und um auf sie aufzupassen.

Er sollte schlafen gehen, er wird morgen versuchen, beides hinzubekommen, Lilly zu folgen und weiter nach Benjamin zu suchen, er hatte auch einen Termin mit Geschäftskunden, doch den übernimmt Ponce für ihn. Vielleicht sollte er aber auch noch einmal kurz bei Alena vorbeischauen, momentan müsste er sich eigentlich klonen, um überall zu sein, wo er …

Sein Handy unterbricht seine Gedanken. »Wo bist du?« Santos hält in einer kleinen Parkbucht, um sich zu entscheiden, wo er hinfahren will, doch die wütende Stimme seines Vaters verrät ihm, dass er es für ihn entscheidet. »In der Nähe des …« Santos hat verdrängt, dass ihr Vater heute zurückgekommen ist. »Ist mir egal wo du bist! Komm sofort nach Hause!«

Das Gespräch ist wütend beendet worden. Sehr wütend, ihr Vater ist öfter aufgebracht, doch Santos hat an diesen paar Worten genau erkannt, dass sein Vater kurz vor dem Ausrasten ist und das hat er selbst bisher nur sehr selten erlebt, deswegen gibt er Gas und fährt nach Hause.

Natürlich weiß er, warum sein Vater so sauer ist. Belinda ist weg und sie haben Schuld. Und als wäre das nicht genug, haben sie alle so viel zu tun gehabt, dass sie es erst gestern gemerkt haben. Santos dachte, sie wäre zu Hause und wenn er nicht im Krankenhaus war, dachte er, sie wäre vielleicht da. Um ehrlich zu sein, hat er sich nicht viele Gedanken darum gemacht, bis Suerte gestern fragte, wo Belinda eigentlich ist und erst da haben sie alle gemerkt, dass sie nicht da ist.

Alena hat ihnen dann gesagt, dass sie bereits vor zwei Tagen weggeflogen ist, sie will Puerto Rico verlassen, zurück nach Portland, doch zuerst wollte sie noch zu dieser Camilla in irgendein Dorf fliegen, um sich zu verabschieden. In dem Moment hat Santos gewusst, dass sie allesamt Mist gebaut haben. Alejandro hat ihre beste Freundin April angerufen, die versprochen hat, sich sofort zu melden, wenn Belinda in Portland ankommt, sie selbst können sie nicht erreichen, ihr Handy ist aus.

Alena hat sie alle gefragt, wieso sie sich so benehmen und Belinda die Schuld an allem geben. Sie hat ihnen gesagt, dass all das auch ohne Belinda passiert wäre, sie hat Benjamin nach der Beerdigung von Adrian getroffen. Belinda hat erst später davon erfahren und ob Belinda da gewesen wäre oder nicht, sie hätte ihn weiter getroffen. Er hätte sie immer entführen können, auch wenn sie alle zusammen nicht diesen Plan geschmiedet hätten, auf die Insel zu fahren.

Sie alle wissen, dass sie sich Belinda gegenüber nicht gut benommen haben, auch wenn sie alle viel um die Ohren haben und all das hier auch für sie eine Ausnahmesituation ist, hätten sie es besser wissen müssen.

Santos hat schon so ein schlechtes Gewissen, dafür braucht er seinen Vater nicht, doch als er in die Garage fährt und sieht, dass die meisten Autos da sind, weiß er, dass er um das Gespräch nicht herumkommt.

Ohne Umwege geht er direkt ins Haus seines Vaters, eigentlich möchte er nur duschen und schlafen gehen, doch dass er das erst einmal vergessen kann, wird klar, als er im Wohnzimmer alle engeren Mitglieder sieht und auch einen Großteil ihrer Männer. Alejandro sitzt hinter ihrem Vater auf dem Sofa, einige andere Männer sitzen auf Stühlen herum, die anderen stehen und sehen angespannt zu ihrem Vater, der wie ein eingesperrter Tiger im Käfig herumläuft.

»Wer ist bei Alena?« Ihr Vater hält ein und sieht zu ihm. »Da bist du ja endlich! Was denkst du? Dass ich meine Nichte momentan auch nur eine Sekunde ungeschützt lasse? Ignacio und Rehan sind bei ihr mit ihrer Mutter, in der Zeit möchte ich euch fragen, was ihr euch denkt, was hier gerade passiert?«

Santos stellt sich zu Roman, natürlich kann er nicht antworten, sein Vater ist noch lange nicht fertig. »Die letzten Wochen waren ein wahrer Alptraum. Ich war gerade bei einem Treffen mit wichtigen Kontaktleuten überall in Lateinamerika und mittlerweile spricht sich herum, dass sich die Cinco Sombras von einem wildgewordenen verbitterten Mann auf der Nase herumtanzen lassen.

Wir haben Adrian verloren und er hat Alena zerstört und ich frage euch jetzt, wieso wir diesen verdammten Hund noch nicht angekettet draußen im Garten unter Kontrolle haben und uns genüsslich für alles an ihm rächen können? Meine Söhne haben das Kommando, doch das bedeutet nicht, dass ich tatenlos zusehe, wenn ihr alle vor euch hineiert und nichts auf die Reihe bekommt. Brauchen wir erst noch mehr Tote?

Ich will diesen verdammten Benjamin und wenn wir jeden einzelnen Stein einzeln umdrehen müssen, wir werden ihn finden. Ab morgen verdoppeln wir die Suche nach ihm und zeitgleich werden wir uns um unsere Geschäfte weiter kümmern, es wird nicht so weit kommen, dass uns irgendjemand in die Knie zwingt, schon gar nicht so ein kranker Mistkerl. Geht jetzt, ruht euch aus, ab morgen wird es richtig losgehen!«

Es beginnt ein Gemurmel und alle Männer setzen sich in Bewegung. »Meine Söhne und Neffen bleiben noch hier!« Kurze Stille, Santos knackt seinen Rücken, es hätte so schön sein können … Da sieht er, dass in einer Ecke Petro steht und unbeteiligt in der Gegend herumstarrt. Die letzten Tage war er nur im Krankenhaus. Alicia hat Sachen für ihn besorgt, er hat mit niemandem von ihnen geredet, doch nach einer Weile hat er dort geduscht und sich auch die Sachen angezogen.

Allerdings hat er nichts zum Essen von ihnen angenommen und nur das, was man ihm im Krankenhaus gegeben hat, gegessen. Er ist nicht von der Seite dieser Emilia gewichen. Sie haben ihn weiter bewachen lassen, Alicia ist einige Male bei ihm gewesen, auch wenn er es nicht wollte, doch sie hat sich einfach zu ihm gesetzt und mit ihm geredet. Er hat nie geantwortet, doch Santos' Tante wird nicht müde, sich um Petro zu bemühen.

Einmal hat Petro von alleine Alena besucht, er hat sich an ihr Bett gesetzt und unter Romans strengen Augen einige Zeit dort verbracht. Alena und Petro haben sich über ihre Gemeinsamkeiten unterhalten, Roman hat später erzählt, dass sie es höchst interessant fanden, dass keiner der beiden Spinat mag und beide auf Orangen allergisch reagieren, es ist paradox, wie zwiegespalten Petro zu sein scheint.

Umso mehr verwundert es ihn, dass ihr Vater es geschafft hat, Petro herzubringen. Nach und nach verlassen die Männer das Haus und sobald die Tür geschlossen wurde, dreht sich ihr Vater zu ihnen allen um. »Und nun zu euch!«

Er zeigt mit dem Finger auf sie alle. »Ich habe viel Geduld und ich vertraue euch allen blind, Alejandro hat meinen Posten eingenommen und auch meine anderen beiden Söhne sind hier die Anführer, genau wie auch meine Neffen, doch momentan habe ich das Gefühl, vor mir sitzen die gleichen frechen, unkonzentrierten Jungs, die in der Grundschule von mir noch die Ohren lang gezogen bekommen haben.

Was zum Teufel denkt ihr euch eigentlich, was hier gerade passiert?« Er sieht sie alle der Reihe nach an und stoppt dann bei Petro. »Und du? Du hast jetzt die Testergebnisse bekommen. Ich weiß, dass euch Kindern damals Unrecht getan wurde, mein Vater und der Anführer der Puentes wussten sich damals nicht anders zu helfen und wenn ich jetzt mal ganz ehrlich bin und ich daran denke, dass meine kleine unschuldige Nichte von diesem verdammten Bastard irgendwelche Kinder hat eingepflanzt bekommen und sie diese auf die Welt bringen würde, wüsste ich auch jetzt noch nicht, wie ich damit umgehen sollte. Ich will das nicht entschuldigen, doch was damals passiert ist, kann jetzt nicht mehr rückgängig gemacht werden. Alicia hat immer darunter gelitten und du siehst ja selbst, was sie gerade alles mitmacht, also wäre es vielleicht möglich, nicht ganz so streng zu ihr zu sein?

Du bist mein Neffe, wenn du meinst, dass du Zeit brauchst, ist das in Ordnung, doch du bist nun ein Teil dieser Familie und es wäre gut, wenn du dem Ganzen eine Chance gibst oder zumindest darüber nachdenkst. Du musst mal raus aus dem Krankenhaus, wenn du nicht hier bleiben möchtest, dann mieten wir dir ein Hotelzimmer, so kannst du etwas zur Ruhe kommen und über alles nachdenken.«

Santos' Vater sieht zu Petro, der nur die Schultern zuckt, er wird schon merken, dass er da nicht viel zu erwarten hat. Offenbar bemerkt er es auch schnell und wendet sich an sie. »Was ist mit Belinda passiert? Wie kann es sein, dass sie gegangen ist und es nicht einmal jemand gemerkt hat. Stimmt es, dass ihr sie für das, was Alena passiert ist, verantwortlich gemacht habt und sie sich einfach nur noch unwohl und unerwünscht gefühlt hat? Habe ich mich so in euch getäuscht? Sie ist eure Schwester, was zum Teufel stimmt mit euch nicht?«

Das ging an sie, Santos räuspert sich, sein Vater ist wirklich wütend. »Es ist nicht so, dass wir sie komplett dafür verantwortlich gemacht haben, aber wir haben halt gesagt, dass Alena ohne sie nie zu dem Treffen gegangen wäre und waren sauer, dass Belinda ohne uns zu fragen gehandelt hat, als sie zu der Insel gefahren ist ...«

Sein Vater unterbricht ihn. »So ein Blödsinn! Natürlich wäre Alena das und soll ich euch noch etwas sagen? Nur wegen Belinda wissen wir überhaupt, wie Benjamin aussieht. Wäre Belinda nicht dahin gefahren, hätten wir gar nichts in der Hand und würden immer noch nicht wissen, wer hinter all dem steckt. Und all die Wut lasst ihr dann an Belinda aus? Wisst ihr, wie schwer es ihr gefallen ist, den Mut aufzubringen, nach ihrer Familie zu suchen? Nach mir zu suchen? Wie schwer es war, dann zu erkennen, wo sie hier reingeraten ist? Sie ist erst wenige Wochen hier und wird so von euch behandelt?«

Santos hatte schon die ganze Zeit ein schlechtes Gewissen, was nun immer mehr anwächst. Roman meldet sich zu Wort. »Ich bin schuld, ich bin sie am letzten Tag ziemlich angegangen, habe ihr gesagt, dass sie hier nichts zu sagen hat, weil sie sich bei dem Treffen mit den Puentes eingemischt hat und dass, wenn Alena das nicht überlebt, sie schuld ist. Es tut mir leid, ich war ...«

Es ist das erste Mal, dass Alejandro etwas sagt. »Das wussten wir nicht ...« Doch ihr Vater ist viel zu aufgebracht. »Und selbst wenn ihr es gewusst hättet, ihr habt doch gar nicht hinter eurer Schwester gestanden. Wie kommt ihr überhaupt dazu, euch so gegen eure eigene Schwester zu stellen? Liegt es daran, dass sie eine andere Mutter hat? Ich dachte, ihr seid alt genug, damit umgehen zu können, doch da habe ich mich wohl geirrt ...« Ponce schnalzt die Zunge.

»Das ist uns doch völlig egal. Wir alle haben sie gleich als unsere Schwester angenommen, sie bedeutet uns allen schon jetzt sehr viel, vielleicht ist das Problem, dass wir bisher keine Schwester hatten und ein wenig zu grob mit ihr umgegangen sind, ich habe nicht damit gerechnet, dass es sie so sehr verletzt und ich wollte sie auch nie verlieren, ich rede mit ihr und ...«

Alejandro steht auf. »Nein, ich fliege nach Portland und hole sie zurück.« Doch ihr Vater hebt die Hand. »Gerade von dir Alejandro habe ich das nicht erwartet. Es sah so aus, als würdest du sie bereits völlig unter deinen Schutz gestellt haben und dann lässt du all das zu? Keiner von euch macht das. Ich gehe jetzt zu Alena und bleibe die Nacht bei ihr. Morgen früh fliege ich nach Portland und hoffe, dass Belinda dann bereits da ist. Petro, wenn du zurück ins Krankenhaus willst, warte hier. Ich nehme dich gleich mit.« Er will sich umdrehen, aber hält doch noch einmal ein.

»Ich liebe alle meine Kinder gleich, egal welche Mutter sie haben und ich werde nicht zulassen, dass ich einen von euch verliere. Ich hätte wirklich niemals gedacht, dass ihr eure eigene Schwester so im Stich lasst!«

Mit diesen Worten geht ihr Vater nach oben, wahrscheinlich um seinen Koffer neu zu packen, er ist nur noch unterwegs. Santos war auch wütend wegen Belinda. Doch er wollte sie nicht verletzen. Auch er hat seine hübsche Schwester gleich in sein Herz geschlossen und er weiß, dass sein Vater mit seinen Worten recht hat, sie hätten ihre Wut nicht an Belinda auslassen dürfen, doch auch Ponce hat recht, sie haben es gar nicht so böse gemeint, sie haben sie einfach wie einen Bruder behandelt, der sich ihre Worte sicherlich nicht so zu Herzen genommen hätte, wie es Belinda leider getan hat.

»Konntest du deine Klappe nicht halten?« Levi sieht böse zu Roman, der sich den Kopf kratzt. »Es ist einfach so aus mir herausgekommen. Ich ...« Alejandro schüttelt den Kopf und geht ebenfalls, allerdings in Richtung Haustür. »Unser Vater hat recht, wir haben uns scheiße verhalten, fertig! Hoffen wir, dass wir es wieder gutmachen können. Jetzt geht schlafen, ihr habt es gehört, morgen geht es weiter. Ich werde April anrufen und ihr sagen, dass sie uns Bescheid gibt, sobald Belinda in Portland eintrifft.«

Er bleibt vor Petro stehen. »Willst du uns noch immer anschweigen? Hast du nicht auch gesagt, dass du dich für deine Schwester rächen willst? Nun hast du sogar eine Schwester, die auch dein Blut in sich trägt und die du rächen kannst. Kommst du mit, wenn wir Benjamin suchen? So kannst du auch zu deiner Rache kommen.«

Santos folgt Alejandro, die anderen bleiben alle im Raum und beobachten sie, keiner erwartet eine richtige Antwort, umso verwunderlicher ist es, als Petro dann nur leicht nickt.

»Ich möchte mich unbedingt an Benjamin rächen!« Alejandro sieht seinem Cousin in die Augen, noch immer ist es unwirklich, dass er jetzt bei ihnen ist. »Gut, Roman und Ponce werden dich morgen abholen und mit allem ausstatten.« Ein leichtes Lächeln schleicht sich auf Alejandros Gesicht. »Du wirst schon noch merken, dass es nicht ganz so schlimm ist, ein Sombras zu sein.«

Alejandro und Santos verlassen das Haus ihres Vaters. »Ich weiß nicht, ob ich morgen die ganze Zeit mitsuchen kann, gebt mir Bescheid, wenn ihr einen richtigen Hinweis bekommen habt. Ich übernehme dann die Nachtschicht!« Alejandro sieht ihn mit zusammengekniffenen Augen an, doch dann entspannt er sich wieder. »Lilly ist da, oder?«

Santos wendet sich ab, er muss sich nicht auch noch vor seinen Brüdern zum Affen machen. »Ich habe zu tun, sagt mir Bescheid, wenn es etwas Wichtiges gibt oder ihr etwas von Belinda hört!« Er hört ein leises Lachen, doch ignoriert es. Santos bekommt noch mit, wie Alejandro April anruft, er bemerkt sofort, wie sich Alejandros Stimme verändert, wenn er mit Belindas bester Freundin redet, doch auch April hat noch nichts von Belinda gehört.

Santos schließt die Tür zu seinem Haus und lehnt sich müde dagegen, sein Vater hat recht, momentan gleitet ihnen alles aus den Händen, doch egal wie müde Santos ist, er wird kämpfen. Kämpfen um Lilly und dass seine Schwester zurückkommt, dass Alena gesund und Benjamin getötet wird, erst dann wird auch er wieder richtig zur Ruhe kommen.

Alena sieht in die grelle Lampe des Arztes, der sie schon seit einiger Zeit untersucht. »Okay, und haben Sie gut geschlafen?« Er schaltet die Lampe wieder aus. Alena sieht auf die Bettdecke. Sie hat kaum Kraft, ihren Kopf hochzuhalten. »Nachdem ich Schlaftabletten bekommen habe.« Der Arzt notiert sich einiges und Alena sieht aus dem Fenster.

Sie hatte gehofft, dass es besser wird, dass sie sich nach der Operation besser fühlt und sie sich jeden Tag mehr von all dem erholt, doch sie hat das Gefühl, es wird von Tag zu Tag schlimmer. Die Erinnerungen werden immer stärker, ihr Körper schwächer, sie hat das Gefühl, Benjamin ist überall, auch wenn sie sich selbst immer wieder sagt, dass er nicht da ist.

Es quält sie zu sehen, wie sich alle ihretwegen quälen, besonders ihr Bruder und ihre Mutter, doch auch alle anderen leiden wegen ihr, sie sieht die Trauer und die Wut in allen Augen und auch, dass sie das sehen, was sie fühlt. Die alte Alena ist tot. Das, was hier übrig ist, ist ein elender Haufen, sie sieht sich schon gar nicht mehr im Spiegel an, hat keine Gefühle mehr im Körper.

Die wenigen Momente, in denen sie sich einigermaßen gut gefühlt hat, waren die mit Elian, doch sie wusste auch, dass es nicht gut ist, was sie ihm antut, wenn sie ihn jedes Mal bittet, bei ihr zu sein, deswegen hat sie es nicht mehr getan und die letzten Tage ohne ihn ausgehalten, egal wie schwer es für sie war.

Es klopft und Roman und Petro treten ein, Alena sieht, dass ihre Cousins draußen warten und sieht verwundert zu ihren beiden Brüdern. Niemand würde auch nur eine Sekunde anzweifeln, dass die beiden Brüder sind, doch dass sie jemals zusammen unterwegs sind, hätte sie nicht gedacht. Ihr Onkel hat ihr gestern gesagt, dass er sich die Männer alle vorknöpfen wird und offenbar hat es etwas bewirkt. Petro nickt sogar ihrer Mutter zu, die an ihrem Bett sitzt und sich erleichtert einige Tränen wegwischt.

Auch Ramiro ist bei ihnen und sieht angespannt zum Arzt, den sie extra haben einfliegen lassen. Er ist nicht nur auf Narben spezialisiert, sondern auch auf Trauma-Verarbeitung, wie er es so nett umschreibt. »Ich muss zurück in meine Klinik in Österreich in den Bergen. Ich habe ja schon erwähnt, dass es da gute Therapieprogramme für Alena gibt, wir könnten uns um ihre Wunden und Narben und um ihre Seele kümmern, sie hätte Abstand und könnte das alles vielleicht ein wenig besser verarbeiten. Ich würde Alena wirklich gerne mitnehmen, die Landschaft und das Klima werden ihr sehr gut tun.«

Alena blickt zu ihrer Mutter, die ihr in die Augen sieht. »Eigentlich war ich absolut dagegen, sie von hier wegzubringen, doch ihr geht es nicht besser und mittlerweile denke ich, dass es vielleicht die einzige Möglichkeit ist, ihr wirklich helfen zu können.« Sie lächelt Alena an. »Was denkst du, Schatz? Sollen wir beide mit dem Arzt mitgehen und raus aus allem hier?«

Alena zuckt die Schultern und sieht wieder aus dem Fenster. Es ist ihr egal, sie weiß, dass es die alte Alena nicht mehr gibt, sie fragt sich nur, wie lange es dauert, bis es auch der Rest verstanden hat. »Wie lange, denken Sie, wären wir weg?« Ihre Mutter sieht unsicher zu Petro, sie sollte auch wegen ihm hierbleiben. »Drei Monate sicherlich. Sie können aber jederzeit Besuch bekommen, ich sehe ja, dass ihre Familie sehr aneinander hängt, das unterstützen wir natürlich so gut es geht.«

Alenas Onkel sieht zu ihrer Mutter und Petro und räuspert sich. »Dieses Mädchen, Emilia, sie hat ja das Schlimmste überstanden, aber auch bei ihr wird es dauern, bis die Narben heilen und auch sie muss einiges verarbeiten. Könnten Sie auch sie dort behandeln? Wir übernehmen die Kosten für alles.«

Der Arzt nickt. »Das ist eine gute Idee, ich habe mir die Patientin auch schon angesehen. Es könnte übermorgen losgehen, wer wird noch alles mitkommen?« Ramiro sieht zu Petro und Alena erkennt, dass sie alle versuchen, Petro in Ihre Familie aufzunehmen.

»Alena und ihre Mutter, Emilia und Petro ... du wirst sie doch begleiten, oder?« Petro nickt leicht. »Außerdem schicke ich immer zwei Männer als Wachen mit, die regelmäßig ausgewechselt werden. Ich fliege gleich nach Portland und komme von da auch runter, bleibe aber nur ein paar Tage ...« Roman, der die ganze Zeit still war, meldet sich nun auch zu Wort. »Dann komm ich, es wird immer jemand von uns dabei sein.« Der Arzt lächelt und nickt. »Bei so viel Familienzusammenhalt wird es den beiden sicherlich bald besser gehen. Ich bereite alles vor, dann geht es übermorgen los.«

Der Arzt verabschiedet sich und Ramiro und Alicia beginnen, sich über die Organisation zu unterhalten, während Alena ihre Knie an sich zieht und wieder aus dem Fenster sieht. Es ist ihr egal, wohin sie gebracht wird oder was sie dort mit ihr tun werden, doch sie möchte wenigstens noch einmal davor Elian sehen und sich bedanken für seine Mühe und den Stress, den er wegen ihr hatte. Nur, wie soll sie das machen, ohne dass es neuen Ärger gibt?

Kapitel 9

Santos fährt vom Krankenhaus direkt zu dem Motel, in dem Lilly ist, und parkt mit etwas Abstand aber noch so nah, dass er den Eingang genau sehen kann. Er kann nur hoffen, dass Lilly nicht schon unterwegs ist.

Er hat ein schlechtes Gewissen, er sollte sich genau wie alle anderen auch auf die Suche nach Benjamin machen, es ist gefährlich, diesen Kerl frei herumlaufen zu lassen, wer weiß, was er gerade plant? Und wenn es wirklich stimmt, was Petro sagt, hat er nun noch mehr Bomben und Geld und ist noch unberechenbarer.

Er wird am Abend bei der Suche helfen, er muss das mit Lilly klären. Wie genau er es anstellen soll, weiß er nicht, doch irgendetwas muss passieren. Santos muss herausbekommen, ob es doch noch Hoffnung für sie beide gibt und das am besten, ohne dass Lilly etwas davon merkt. Wenn er sie direkt fragt, kennt er die Antwort ja bereits, es ist nicht so, als hätte sie nicht recht, es ist viel passiert, viel kaputt gegangen. Und ja, Santos hat sich total falsch verhalten mit all den Frauen neben ihr, doch er will das ändern, er braucht nur die Chance, es zu beweisen und deswegen muss er herausfinden, wie stark ihr Herz noch an ihm hängt und versuchen, ihr Herz über ihren Verstand siegen zu lassen.

Santos lehnt sich zurück und behält den Eingang des Hotels genau im Auge, er ruft Alejandro an, der auch mit im Krankenhaus war und sich jetzt auf die Suche gemacht hat. Sie gehen neuen Hinweisen nach und kontrollieren an abgelegenen Orten. Alejandro sagt ihm, dass er gerade versucht hat, Belinda zu erreichen, doch das Handy noch immer aus ist und dass er nicht so überzeugt wie alle anderen von den Plänen der Ärzte für Alena ist.

Er hofft, dass alle recht haben und dieser Aufenthalt in Österreich Alena hilft, ihre Wunden heilen zu lassen, richtig vorstellen, wie sie so weit weg von ihrer Familie wirklich wieder gesund werden soll, kann er sich allerdings auch nicht, doch Alena braucht Hilfe und das dringend und sie werden alles dafür tun, damit sie diese Hilfe bekommt.

Santos legt auf und wählt die Nummer seiner Schwester, ihr Handy ist noch immer aus, er hofft nur, dass er bald mit ihr sprechen und alles zwischen ihnen wieder in Ordnung bringen kann. Dann erledigt er einige Geschäfte am Telefon, so kann er wenigstens etwas tun, bis plötzlich Lilly aus dem Eingang des Motels kommt.

Santos erkennt sofort, dass sie sich heute mehr zurecht gemacht hat, als sie es die letze Zeit war. Lilly ist in seinen Augen immer wunderschön, er liebt sie am meisten, wenn sie gerade aufgewacht ist, wenn ihre schönen langen, hellblonden Haare noch zerzaust sind und ihre hellblauen Augen ihn liebevoll anstrahlen. Er liebt ihre helle Haut und die feinen Sommersprossen auf ihrer kleinen Stupsnase. Sie schminkt sich eher selten und vor allem in letzter Zeit hat sie es kaum getan, sie war in Sorge um ihre Mutter und dann ist diese gestorben, Lilly hatte andere Sachen zu tun, als sich um ihr Aussehen zu kümmern, auch das letzte Mal, als er sie an der Uni gesehen hat, sah sie noch völlig fertig aus, Santos sieht gleich, dass es heute anders ist.

Lilly trägt eine kurze Shorts und ein weißes Häkeltop, als sie sich ein wenig dreht, erkennt man, dass es einen großen Rückenausschnitt hat. Lilly kramt in ihrer braunen Umhängetasche und Santos erkennt ein Tattoo auf ihrem Rücken, mittig, etwas tiefer unter ihrem Nacken, nicht sehr groß, aber wahrscheinlich ein Kreuz. Er hätte nie gedacht, dass sich Lilly tätowieren lässt, früher hat sie sich immer geweigert. Das L an seinem Herzen, das er sich damals als Zeichen seiner tiefen Liebe für sie hat stechen lassen, brennt, als sein Blick an ihr hinabwandert.

Er erkennt, dass sie geschminkt ist, ihre langen blonden Haare sind gewellt, er sieht auf ihre helle Haut, die so auffällig hier in Puerto Rico ist, Lilly war schon immer schlank, momentan ist sie sicherlich etwas schlanker durch all den Stress der letzten Wochen.

Wieso ist sie so zurechtgemacht? Hat sie etwas vor? Soll er ihr jetzt folgen? Lilly hat ein neues Handy aus der Tasche gezogen, es ist nicht das Handy, das er von ihrem letzten Aufenthalt kennt. Offenbar wartet sie auf ein Taxi.

Er weiß ja, dass sie ein neues hat, doch sie muss auch das alte noch nutzen, zumindest, um sich seine Nachrichten durchzulesen. Da kommt Santos auch auf eine Idee. Schnell tippt er in sein Handy. 'Du fehlst mir' und schickt es an Lilly ab. Sein Herz schlägt schneller, er sieht zu ihr, auf ihr hübsches Gesicht, die schönen vollen Lippen, die er so lange hat nicht mehr richtig lächeln sehen, nun wird er wissen, wie hoch seine Chancen bei ihr noch sind.

Genau in dem Moment sieht sie wieder in ihre Tasche und holt das alte Handy heraus. Sie trägt es bei sich. Santos spürt wieder Hoffnung in sich aufkommen und als sie dann die Nachricht liest, das Handy wieder wegsteckt und traurig die Arme um sich selbst schlingt und sich über die Arme streicht, als wäre ihr kalt, würde Santos am liebsten vorfahren und sie in die Arme schließen.

Sie liebt ihn noch so, wie sie es gesagt hat, sie müssen miteinander sprechen, bevor sie daran zerbrechen, doch noch will Santos abwarten. Lilly steigt in ein Taxi und Santos folgt ihr, er will sehen, ob ihr Herz sie von allein zurück zu ihm führt.

Alena hat Schmerzen, starke Schmerzen, doch sie atmet tief ein und lässt sich den warmen Wind um die Nase blasen. Nach den ganzen Tagen im Krankenhaus tut es gut, auch wenn sie selbst jetzt hier, wo sie oben auf den Dach des Krankenhauses steht, Angst hat. Angst, er könnte da sein, sie fühlt sich beobachtet, als könne er sie ständig sehen, wartet nur darauf, sie wieder zu sich zu holen. Alena bezweifelt, dass das jemals besser werden wird. Sie denken, sie werden ihn finden, sie wissen nicht, wie mächtig er ist, sie können ihn niemals schnappen.

Alena stellt sich an die Mauer und blickt nach unten. Es ist ein kleines Krankenhaus, das Dach ist gerade mal im vierten Stockwerk, doch trotzdem kann man sein Leben mit einem Sprung von hier beenden. Benjamin hat ihr oft von seiner Mutter erzählt, sie hat es getan, vielleicht von hier, wer weiß das schon.

Sie hört Schritte und ihr Herz schlägt schneller. Alena hat versucht, sich etwas zurechtzumachen, zumindest hat sie geduscht, ihre Haare offen gelassen und sich eine Lippenpflege auf ihre Lippen aufgetragen, mehr kann sie nicht machen, ihr Aussehen ist ohnehin zerstört, es spiegelt wieder, wie kaputt ihre Seele ist, doch wenn sie jetzt Elian das letzte Mal sieht, möchte sie wenigstens nicht ganz so fertig aussehen.

Sie hat eine schwarze Jogginghose an, etwas anderes kann sie mit all den Pflastern und Verbänden nicht tragen. Dazu trägt sie ein hellrosa Shirt. Sie kann nach der Operation noch nicht gut aufrecht stehen, doch sie wollte nicht im Rollstuhl sitzen. Dass sie hier noch einmal kurz Elian treffen kann, hat sie nur der Krankenschwester zu verdanken, die schon öfter dafür gesorgt hat, dass Elian und sie Ruhe haben.

Sie hat ihr beim Duschen geholfen und Alena hat sie gebeten, Elian anzurufen und ihm zu sagen, dass Alena sich von ihm verabschieden möchte und ob er heute Mittag auf das Dach der Klinik kommen kann. Alena hat nicht erwartet, dass die Krankenschwester versteht, warum es so kompliziert für Alena ist, Elian zu treffen, doch offensichtlich hat sie genug mitbekommen und hat es gemacht.

Er hat gesagt, dass er um 15 Uhr da sein wird. Alenas Mutter ist zuhause, um alles zu packen und auch die anderen sind fast alle weg, da sie auf der Suche nach Benjamin sind. Die Krankenschwester hat Alena abgeholt und den zwei Männern ihrer Familia, die sie gerade bewachen, gesagt, dass sie sie zu einigen Untersuchungen bringe, die eine Weile dauern werden und sie dann ins Zimmer zurückbringen wird, so sind die Männer vor ihrem Raum geblieben und Alena kann Elian ungestört auf dem Dach treffen.

Die Krankenschwester hat ihr etwas zum Trinken mitgegeben und gesagt, sie wolle in einer halben Stunde kommen und sie abholen, wenn etwas ist, sollte sie mit ihrem Patiententelefon anrufen, sie kann nur hoffen, dass Elian nicht gesehen wird, doch da die meisten Männer ihrer Familia gerade unterwegs sind, hofft sie einfach, dass es klappt.

Alenas Herz schlägt schneller, als sich die Tür zum Dach öffnet und wirklich Elian im Türrahmen steht, zu ihr blickt und die Tür hinter sich schließt. Alenas Atem geht schneller, Elians Erscheinung wirkt so mächtig und stolz, als er auf sie zukommt und dass Alena, die täglich von Männern umgeben ist, die so eine Wirkung haben, das überhaupt noch wahrnimmt, bedeutet, dass er eine sehr starke Präsenz hat.

Elian ist ein hübscher Mann, er hat kurze dunkle Haare, wunderschöne dunkle Augen und lange Wimpern. Er hat zwei Grübchen auf den Wangen, wenn er lacht, auch wenn Alena das bisher nur selten gesehen hat und er hat ein sehr schönes Lächeln, er ist gut gebaut und sicherlich der Traum vieler Frauen.

Alena hat die Ähnlichkeit zwischen ihm und seinem Bruder Vidal bemerkt und versteht nun, wieso ihre Cousine sich in Vidal verliebt hat, doch all das ist es nicht, was Alenas Herz schneller schlagen lässt. Sobald sie auf ihn blickt, fühlt sie eine Ruhe und eine Sicherheit in ihrem Körper ausströmen, die sie so nicht mehr hat, nur wenn Elian bei ihr ist, spürt sie sie und Alenas Körper sehnt sich so stark nach diesem Gefühl. Deswegen gab es all den Stress, weil sie sich so sehr nach seiner Anwesenheit gesehnt hat.

»Hey, kannst du schon stehen?« Elians raue Stimme holt sie aus den Gedanken. Er trägt eine schwarze Shorts und ein rotes Shirt, er hat ein Cap falsch herum auf und rote Sneakers an und als er genau vor ihr zum Stehen kommt, nimmt sie wieder seinen unvergleichlichen Duft wahr, Alena zieht ein wenig die Luft ein und versucht, sich zu sammeln. »Ja, ich versuche es zumindest, danke, dass du gekommen bist.«

Elian sieht ihr in die Augen. »Du siehst schon ein wenig besser aus, ich hätte nicht erwartet, dich nach der Operation schon auf den Beinen zu sehen, was ist passiert? Setz dich lieber.« Er deutet auf einige Backsteine, die so aufgestellt sind, dass man sich hinsetzen kann und weil dort Schatten ist, geht Alena auch wirklich dorthin und setzt sich. Elian bleibt hinter ihr und setzt sich dann zu ihr. Bevor sie dazu kommt zu antworten, hält er ihr zwei Schokoladenriegel hin, Skrabble, ihre Lieblingsriegel.

»Danke, das sind meine Lieblingsriegel, ich hatte schon ewig keinen mehr, weil ich mir meine Figur nicht versauen wollte.« Alena nimmt sich einen der Riegel, öffnet ihn und beißt genüsslich davon ab. Das sie sich früher über solche banalen Sachen Gedanken gemacht hat, kommt ihr jetzt so lächerlich vor. Als die Schokolade und der Karamellkern in ihrem Mund zerschmelzen, schließt sie kurz die Augen, als sie sie wieder öffnet, blickt sie direkt in die dunklen Augen von Elian. Er trägt ein Lächeln auf den Lippen und gibt ihr auch den zweiten.

»Als ich dich das erste Mal gesehen habe, bei der Tankstelle, hast du deinen Tank bezahlt und auch einen von denen gekauft.« Alena legt den Kopf ein wenig schief und erinnert sich an den Tag zurück. Sie weiß noch, welchen Tag er meint und dass sie sich über Elian aufgeregt hat, doch sie hat ihn gar nicht weiter beachtet und hätte ihn auch niemals wieder auf der Straße erkannt. »Ich habe die Riegel nur sehr selten gegessen, obwohl ich sie liebe, ich glaube, ich hatte mich damals mit meiner Mutter gestritten und war wütend, du hast das wohl zu spüren bekommen.«

Elian zuckt die Schultern. »Das war okay, ich war schwer beeindruckt.« Alena kann nicht anders, sie muss lächeln, auch wenn sich alles in ihr anfühlt, als wäre sie gar nicht mehr richtig da, schafft es Elian, sie zum Lachen zu bringen und ja … vielleicht sich wieder ein wenig mehr lebendig zu fühlen. »Wie ist die Operation verlaufen? Ich konnte Belinda nicht erreichen und dann wollte ich kommen und habe auf dem Weg Belinda getroffen, die gesagt hat, das alles gut gelaufen sei. Jetzt kann ich Belinda wieder nicht erreichen, mein Bruder dreht deswegen gerade ein wenig durch, er denkt, es könnte etwas passiert sein.«

Elian war hier? »Belinda ist nicht mehr da. Sie ist zurück nach Portland geflogen und wird auch nicht mehr herkommen. Es gab Probleme mit ihren Brüdern und auch mit meinem Bruder, es ist nicht sehr leicht, als Frau hier zu leben. Sie hat die richtige Entscheidung getroffen, dort ist sie sicherer, Benjamin war immer sehr an Belinda interessiert, vielleicht wäre sie sonst sein nächstes Opfer geworden. Ich hätte aber gedacht, dass Vidal weiß, dass sie gegangen ist, dass sie es ihm gesagt hat, er ist ihr sehr wichtig.«

Elian sieht zum Ende des Daches. »Nein, hat sie nicht, ich werde es ihm sagen. Vielleicht hast du recht und es ist besser so, dass zwischen den beiden hätte einen neuen Krieg bedeutet und den kann momentan niemand gebrauchen.« Alena räuspert sich. »Du warst hier? Ohne dass ich dich … na ja, überredet habe.«

Elian wendet sich wieder zu ihr um und deutet auf den zweiten Riegel, Alena öffnet ihn und beginnt auch den zu essen. »Du brauchst nicht auf deine Figur zu achten, du musst wieder zu Kräften kommen. Ich wollte wissen, ob du deine Operation gut überstanden hast und du hast mich auch die anderen Tage nicht überredet.«

Alena nimmt all ihren Mut zusammen, sie muss das jetzt loswerden, es bedrückt sie. »Doch, das habe ich. Ich bin genau wie du mit dem Krieg und dem Hass der Familias groß geworden und weiß, dass du eigentlich niemals in meine Nähe dürftest. Du hast mir mein Leben gerettet und dann habe ich dich auch noch immer überredet, bei mir zu bleiben. Mein Bruder und meine Cousins hatten so ein Mitleid mit mir, dass sie dich angerufen haben, ich weiß, dass ich dich in eine Lage gebracht habe, die du nicht verdient hast und es tut mir leid. Ich wollte das nicht, deswegen habe ich jetzt auch einfach die Zähne zusammengebissen und versucht, auch ... ohne dich klarzukommen.«

Alena hofft, dass Elian das nicht falsch versteht, es hört sich fast so an, als wäre sie abhängig von ihm, was sie ja im Grunde auch ist, zumindest von dem Gefühl der Sicherheit, was er ihr bereitet. »Das habe ich gerne gemacht ... also zumindest für dich, es ist keine normale Situation, doch wärst du keine Sombras, wäre ich die ganze Zeit bei dir gewesen, auch wenn du von der Operation aufwachst, also brauchst du dich deswegen nicht schlecht zu fühlen.«

Alena sieht auf die gegenüberliegenden Häuser. »Trotzdem danke, ich weiß, dass es nicht selbstverständlich ist.« Sie zieht das kleine goldene Kreuz aus ihrer Jogginghosentasche und legt es Elian in die Hand.

»Vor zwei Jahren ungefähr stand ich beim Einkaufen neben einem Jungen und einer Mutter an der Straße. Der Junge war ganz hibbelig bei seiner Mutter an der Hand, er hatte einen Ball in den Armen und wollte in den gegenüberliegenden Park zum Spielen und konnte es nicht abwarten. Mit einem Mal verlor er den Ball, er rutschte ihm unter dem Arm weg und kullerte auf die Straße. Ich weiß es noch bis heute, es waren nur Sekunden, doch die Mutter merkte es nicht so schnell und ich stand genau neben dem Jungen, der sofort auf die Straße rennen wollte, dem Ball hinterher ...

Ich habe ihn gehalten, genau in dem Moment, als ein LKW an uns vorbeigerast ist, es waren nur Millisekunden, wenn ich heute daran denke, bekomme ich noch immer eine Gänsehaut. Die Mutter wusste nicht, wie sie mir danken kann, sie hat geweint und mir dieses Kreuz gegeben, als Dank. Es war von ihrer Mutter in Jerusalem auf dem Tempelberg gekauft und geweiht worden und sollte mich für die Zukunft schützen. Ich wollte es nicht annehmen, doch sie bestand darauf, ich habe es seitdem immer an meinem Schlüsselbund getragen und es hat mir wirklich Glück gebracht ... bis zu dem Tag, ich habe an dem Tag, an dem ich von Benjamin entführt wurde, meinen Schlüsselbund zuhause liegen gelassen. Es war so früh, ich war in Eile ... na ja. Meine Mutter hat es mir vor der Operation mitgebracht und jetzt möchte ich es dir schenken. Ich werde weggehen und ich bin mir sicher, dass du es besser gebrauchen kannst als ich, es soll ab jetzt dich schützen.«

Elian schließt seine Hand, in der das kleine goldene Kreuz liegt und umfasst somit auch noch ihre zwei Finger, mit denen sie es ihm in die Hand gelegt hat. »Ich kann das nicht annehmen, Alena, du brauchst mehr Kraft und Schutz als wir alle zusammen. Ich habe schon gehört, dass du gehst, die Krankenschwester hat so etwas erwähnt. Wohin bringen sie dich?«

Alena fallen Berührungen schwer, sie kann es nicht ertragen, es erinnert sie an all die Sachen, die Benjamin mit ihr getan hat, doch nicht, wenn Elian sie berührt, sie sieht auf seine Hand und als er es bemerkt, umfasst seine Hand ihre komplett und Alena zieht ihre Hand nicht zurück, so halten sie beide für einen Moment das goldene Kreuz zusammen in den Händen.

Alena erzählt ihm von der Operation, was sie gefunden haben, dass sie alles entfernen konnten und jetzt nur noch ihre Narben heilen müssen und von dem Angebot des Arztes und Österreich. »Deswegen habe ich dich heute hergebeten, ich wollte mich verabschieden, dir danken und das Kreuz geben. Bitte nimm es, es bedeutet mir viel, dass du es jetzt trägst. Ich brauche keinen Schutz mehr, es ist nichts mehr übrig, was noch zerstört werden kann, doch dir darf nichts passieren.«

Elian sieht ihr tief in die Augen und Alena erwidert seinen Blick, in dem Moment, als er etwas sagen will, geht die Tür auf und die Krankenschwester steckt ihren Kopf durch. »Noch zwei Minuten, ich muss zu einer Operation.« Alena und Elian stehen beide auf, er lässt ihre Hand los und behält das Kreuz in seiner. Alena sieht ihn dankbar an und er seufzt leise. »Bitte gib dich nicht auf, Alena, versprich mir das! Es ist gut, dass du mich noch einmal gerufen hast. Wenn du zurückkommst, werden wir uns sicherlich wieder anders gegenüberstehen.«

Alena spürt, dass ihr Tränen in die Augen steigen, doch sie weiß nicht warum, warum Elian es schafft, dieses abgestorbene Gefühl, das in ihr ruht, so außer Gefecht zu setzen. »Wer weiß, ob ich wiederkomme, ob die mich jemals heilen können. Das glaube ich nicht, dass ich dich anders sehen kann.« Elian lächelt. »Das musst du, du musst mich als das sehen, was ich bin, ein Puentes, mit dem du nicht einmal sprechen darfst.« Nun muss auch Alena wieder lächeln und daran denken, was Elian gesagt hat.

»Wenn du mich an der Tankstelle gesehen hättest und ich wäre keine Sombras, hätte das etwas geändert?« Elian wird ernst. »Ich wusste nicht, wer du bist, ich war absolut sprachlos, als ich dich gesehen habe. Erst bei der Beerdigung von Adrian habe ich erkannt, wer du bist. Wäre das nicht so und ich hätte dich am Strand wiedergetroffen oder sonst wo und du wärst keine Sombras, hätte ich alles dafür getan, dass du von dem Moment an zu mir gehört hättest ... und ich kann sehr hartnäckig sein.«

Auch wenn Elian zum Schluss wieder sein freches Grinsen im Gesicht hatte, weiß Alena, dass er seine Worte ernst gemeint hat. Er wollte ihr altes Ich an seiner Seite, wäre sie nicht, wer sie ist. Alena verliert nun wirklich eine Träne, sie ist nicht einmal mehr die Frau, die er damals wollte, sie ist nur noch ein Schatten dessen, wer sie einmal war.

Elian hebt seine Hand und streicht ihr die Träne weg, dann nimmt er sie in den Arm und Alena hält einen Augenblick die Luft an. Sie kann das nicht, das ist zu viel Nähe. Sie schließt die Augen, konzentriert sich auf den ihr schon so vertrauten Duft, spürt seine Wärme, wie die Arme sie halten, die sie damals gerettet haben und plötzlich ist es ganz leicht, sie legt ihren Kopf an seine Brust, wie, als sie neben ihm geschlafen hat, ihre eine Hand fasst an seinen Rücken, die andere ruht auf seinem massigen Bizeps.

Sie spürt seinen schnellen Herzschlag, wobei sich ihrer beruhigt. Alena spürt seine Lippen auf ihrem Scheitel. »Pass auf dich auf, Alena!« Sie mag es, wie er ihren Namen ausspricht, als wäre sie etwas Kostbares und nicht der Rest, der von Benjamins kranken Spielen übrig ist. »Behalte das Kreuz bei dir und pass auf dich auf, Elian, besonders wenn ihr ihn jagt.«

Elian zieht seinen Kopf so zurück, dass sie hochblickt und direkt in seine Augen sieht. »Ich habe dir versprochen, dass ich ihn für dich töten werde und das werde ich tun!« Alena lächelt mild, er weiß nicht, dass das nicht geht, Benjamin ist nicht zu stoppen. Doch ihr Lächeln vergeht, als sich Elians Lippen langsam zu ihren bewegen und er ganz zärtlich ihre Lippen streift und ihr einen vorsichtigen Kuss gibt.

Erschrocken, wie gut sich das angefühlt hat und wie viel Nähe sie ertragen kann, öffnet sie die Augen wieder, die sie automatisch geschlossen hat, genau in diesem Moment kommt die Krankenschwester wieder auf das Dach und Elian löst die Umarmung. »Wir müssen los!« Elian streicht ihr noch einmal über die Wange, Alena weiß nicht einmal, ob sie noch weint, so durcheinander ist sie. »Pass auf dich auf!«

Die Krankenschwester deutet ihr zu kommen und Alena geht zu ihr, doch bevor sie aus der Tür geht und das Dach verlässt, dreht sie sich noch einmal zu Elian um. »Es wird sich nichts ändern, sollte ich wirklich jemals zurückkommen.« Alena ist sich absolut sicher, sie wird Elian niemals hassen können.

Er sieht ihr hinterher und ein mildes Lächeln liegt auf seinem hübschen Gesicht, Alena weiß, dass sie sich diesen Anblick einprägen wird. »Doch das wird es, das muss es!« Alena schüttelt nur leicht den Kopf, auch wenn das vielleicht etwas trotzig wirkt und verlässt mit der Krankenschwester das Dach. Sie bezweifelt, dass sie jemals als geheilt nach Puerto Rico zurückkehren wird und weiß nicht, wie lange sie dort bleiben wird, was alles passiert und was die nächste Zeit bringt, doch eines weiß sie genau:

Sie wird Elian niemals hassen können und als ihren Feind ansehen. Niemals!

Santos streicht sich müde durch die Haare. Die Sonne geht bald unter und sein Herz spielt verrückt. Er ist Lilly den ganzen Tag gefolgt, sie hat sich einige Sachen im Supermarkt besorgt, war bei ihrem alten Laden und hat dort eine Weile davor gesessen und sich die Bauarbeiten angesehen, dann war sie am Strand, wo sie ihre Mutter als letztes hingebracht haben, der Strand, an den sie so viele gemeinsame Erinnerungen haben und an dem so viel passiert ist.

Santos saß zwei Stunden im Auto und hat Lilly dabei beobachtet, wie sie aufs Meer hinausgeblickt hat, er weiß, dass morgen der Geburtstag ihrer Mutter ist und sie heute schon in ihrer Nähe sein wollte. Santos ist kein geduldiger Mensch, doch er hätte Lilly noch weitere Stunden einfach nur ansehen können, doch dann ist sie aufgestanden und in Richtung ihrer Cuidad gelaufen.

Santos musste genügend Abstand halten und beobachten, wie sie sich auf einen Felsen gesetzt hat und sich jetzt schon seit einer halben Stunde das alte Handy ansieht, vielleicht liest sie sich seine Nachrichten durch, sie ist kurz vor dem Eingang ihrer Cuidad, fast so, als würde sie gerade einen schweren Kampf austragen, ob sie zu ihm kommen soll oder nicht.

Santos macht es glücklich zu sehen, dass sie zu ihm möchte, doch gleichzeitig unendlich traurig, wie schwer es ihr fällt und dass sie eigentlich gegen diesen Drang ankämpfen möchte.

»Verdammt!« Er schlägt leicht gegen das Lenkrad, sie soll keine Kämpfe mehr kämpfen müssen, er wird das für sie tun. Er fährt näher an sie heran, hält und steigt aus, erst da bemerkt sie ihn und blickt ihn aus traurigen blauen Augen an und er weiß, dass das sein vielleicht wichtigster Kampf werden wird.

Kapitel 10

Lilly sieht Santos traurig an, als er zu ihr tritt. »Hey, ich wollte nur ...« Santos hält ihr seine Hand hin, er weiß, was sie wollte und was sie die ganze Zeit versucht. »Ich weiß, komm mit mir.« Lilly macht keine Anstalten, zu ihm zu kommen und bleibt auf dem Felsen sitzen. »Ich denke nicht, dass das so eine gute Idee wäre, ich sollte einfach zurück in mein Motel fahren und ...«

Santos hält ihr weiter die Hand hin. »Du bist jetzt aber hier, also komm, lass uns etwas essen. Hast du keinen Hunger?« Natürlich hat sie das, Santos hat ja gesehen, dass sie noch nichts gegessen hat. Lilly hebt ihr Handy hoch. »Ich habe deine Nachricht heute bekommen, wusstest du, dass ich hier bin?« Santos nickt und Lilly lässt ihre Hand mit dem Handy sinken. »Das macht es mir noch schwerer, Santos, ich wünschte, du würdest es nicht tun, du hast nicht verstanden, dass es nicht geht.«

Santos zuckt die Schultern, er versucht locker zu wirken, auch wenn sich bei ihren Worten alles in ihm zusammengekrampft hat. »Ich erkläre dir, wieso ich all das noch tue, aber komm erst einmal mit, lass uns dabei etwas essen.« Lilly zögert, doch dann steht sie endlich auf und kommt zu ihm, auch wenn sie seine Hand nicht nimmt, begleitet sie ihn doch zu seinem Auto und steigt ein.

Er möchte sie nicht gleich wieder verscheuchen, deswegen hält Santos vorerst die Klappe, nachdem er wieder losgefahren ist und direkt in die Cuidad fährt. Sie werden reden, dafür wird er schon sorgen. Allein diese kleine Geste, zusammen mit Lilly in die Cuidad zu fahren, bedeutet ihm viel. Sie waren kurz nach dem Tod ihrer Mutter hier, um mit ihrer Jacht aufs Meer zu fahren, doch da war Lilly kaum ansprechbar, das hier ist etwas anderes und das scheint auch Lilly zu spüren, sie beginnt unruhiger zu werden.

Die Männer, die gerade als Wachen eingeteilt sind, begrüßen sie beide, einer von ihnen kennt Lilly von früher noch sehr gut und bringt sie zum Lächeln, als er sich aufrichtig freut, sie wiederzusehen. Er fragt, wie es ihr geht und spricht ihr noch einmal sein Beileid aus, seine letzten Worte lassen dann allerdings wieder eine Kälte im Wagen aufkommen, die trotz der über dreißig Grad nicht angenehm ist. »Es ist schön, euch beide wieder zusammen zu sehen.«

Santos nickt nur und fährt weiter, Lilly neben ihm sagt nichts, doch er merkt, dass sie sich dieses Mal richtig in der Cuidad umsieht. Natürlich kennt sie sie, doch es hat sich einiges geändert und das letzte Mal als sie hier war, war sie wirklich nicht richtig anwesend und hat nicht viel mitbekommen.

Sie steigen aus und laufen fast in Alejandro hinein, der zu seinem Auto möchte. »Oh, hi. Stimmt ja, du bist ja hier. Geht es dir gut?« Alejandro nimmt Lilly in seine Arme und küsst ihre Wange, es ist gut zu wissen, dass sie alle Lilly noch immer genauso lieben wie früher, egal was alles in der Zwischenzeit passiert ist. »Es geht. Du bist ja immer noch nur unterwegs, manche Dinge ändern sich eben nie.« Alejandro lacht und geht schnell zum Auto. »Nein, manche Dinge ändern sich zum Glück wirklich nie.« Er hebt noch einmal die Hand und schon ist er weg.

Santos hält sich zurück, er führt Lilly aus den Garagen zu seinem Haus. Als all das damals passiert ist, hat Santos das Haus gerade bezogen, sie haben Möbel zusammen ausgesucht, Lilly hat viel mitgeplant, sie wollten sich ihr Traumhaus erstellen, was sie irgendwie auch gemacht haben. Santos hat alles verflucht, nachdem Lilly weg war, doch jetzt ist er ganz froh, vielleicht erinnert sie all das auch sie wieder an ihre gemeinsame Zeit.

»Wieso ist es hier so ruhig?« Lilly sieht sich vor seiner Haustür erstaunt um. »Momentan sind fast alle unterwegs, es gibt viel zu tun, es ist einiges passiert, du weißt ja, nach der Sache mit Adrian … wir suchen gerade seinen Mörder.« Lilly tritt ins Haus, als er ihr die Tür öffnet. Sie will etwas erwidern, stockt aber und sieht sich um. Es ist alles so, wie sie beide es mit dem Architekten besprochen haben. Das Haus ist sehr hell gehalten, mit dunklem Holzboden und weißen und grauen Möbeln, Lilly hat den Spiegel im Flur und die Wohnzimmermöbel ausgesucht.

Santos wollte das alles ändern lassen, doch er hatte es immer wieder vergessen, er ist eher selten bei sich zuhause, er vermeidet es, allein hier zu sein. »Du hast nichts verändert?« Santos zeigt zur Küche. »Doch!« Sie haben damals einen ganzen Tag wegen der Küche in einem Küchenstudio verbracht und Santos hat die Krise bekommen. Lilly wollte unbedingt eine weiße Küche mit silbernen Akzenten, wie sie und der Typ vom Küchenstudio es genannt haben.

Santos war es eigentlich egal, aber ihm wurde es auch alles zu feminin und deswegen wollte er eine schwarze Küche, so eine richtig schwarze Hochglanzküche, die jedem ins Auge springt. Letztlich hat Lilly sich durchgesetzt, weil es Santos nicht so wichtig war, doch drei Tage bevor die Küche geliefert werden sollte, ist das mit Nacho passiert und Santos hat sich die schwarze Küche einbauen lassen.

»Nicht dein Ernst?« Lilly hat das süße Lächeln im Gesicht, was Santos an ihr am meisten liebt. »Ich finde, sie passt perfekt hier rein.« Lilly schüttelt nur den Kopf und sieht in den Garten. »Es ist wirklich schön geworden.« Santos geht an den Kühlschrank und lässt Lilly alles betrachten, die Haushälterinnen haben gefüllte Paprika mit Reis vorbereitet. Santos stellt die Töpfe auf den Herd, während Lilly nach oben zeigt. »Das Schlafzimmer?« Santos folgt ihr die Treppen hinauf. »Es war ja schon halb fertig, aber ich habe es niemals genutzt. Es ist alles noch so, wie die Bauarbeiter es damals hinterlassen haben. Ich betrete es eigentlich nie, ich habe das Gästezimmer daneben zum Schlafen genommen.«

Lilly geht direkt auf die Tür zu. Sie weiß sicherlich noch genau, wie sie was geplant hatten. Santos bleibt am Eingang stehen, während Lilly in den riesigen Bereich tritt, den sie damals für sich beide bis ins letzte Detail geplant haben. Für Santos war es damals ganz normal, das alles mit Lilly zu planen, das hier war nie sein Haus. Es war immer ihr Haus. Hier wollten sie die Zukunft zusammen verbringen, keiner von ihnen hat jemals daran gezweifelt.

Lilly sieht auf das riesige Bett, die Haushälterinnen beziehen das Zimmer regelmäßig und stellen frische Blumen auf den Schminktisch, den sich Lilly ins Ankleidezimmer gewünscht hat, Santos ist sehr selten hier drinnen, es hat ihn immer alles an etwas erinnert, was er vergessen wollte, verdrängt hat, bis Lilly nach so langer Zeit wieder vor ihm stand und alles aufgerissen hat, was er so krampfhaft zu schließen versucht hat und ihm klar geworden ist, dass er das, was sie hatten, niemals vergessen oder gegen etwas Neues eintauschen kann und dass Lilly immer die Frau sein wird, die er über alles liebt, ganz egal, ob sie die Zukunft zusammen verbringen werden oder nicht, diese Tatsache wird sich nicht ändern, niemals!

Lilly geht in das Bad, das an das Schlafzimmer grenzt, in den Kleiderschrank, sieht auf den Platz, wo eigentlich ein riesiges schönes Portrait von ihnen gestanden hat. Lilly hatte es extra anfertigen lassen, es hat sie beide gezeigt als Kinder und als Erwachsene, beide Male hatte Santos die Arme um Lilly geschlungen und sie haben glücklich in die Kamera geschaut.

Es war ein schönes Bild, es hat gezeigt, dass sich vieles geändert hat, doch niemals die Liebe zwischen ihnen. Es war das erste, was Santos zerstört hat, nachdem er Nacho und Lilly zusammen gesehen hat. Er hat damals einiges aus dem Haus zusammengetragen und im Garten verbrannt, auch das Bild. Wenn seine Brüder ihn nicht abgehalten hätten, hätte er vermutlich das gesamte Haus abgebrannt.

Als Santos spürt, dass er mit seinen Gedanken in die falsche Richtung geht, schüttelt er sie schnell ab. Lilly steht an dem Platz am Fenster, den sie schon für das Kinderbett vorgesehen hatte. Lilly und er haben damals nie daran gezweifelt, dass sie mehrere davon haben werden. Wenn man ihnen damals gesagt hätte, wie sie heute hier stehen, sich so fremd geworden sind und was alles zwischen ihnen steht, hätten sie das niemals geglaubt.

Er sieht, dass auch Lilly mit ihren Erinnerungen kämpft, er muss ihr Zeit geben, sich an alles zu erinnern, er geht wortlos aus dem Raum, hinunter in die Küche und bereitet zwei Teller zu. Nachdem er auch Getränke auf die Essinsel gestellt hat, kommt Lilly zu ihm ins Erdgeschoss, die Arme um sich geschlungen, als hätte das eben auch in ihr alte Wunden aufgerissen. Wie sehr Santos wünschte, all das ungeschehen werden zu lassen.

Lilly setzt sich ihm gegenüber und beginnt auch gleich zu essen, sie wird genau so einen Hunger wie er haben. Santos setzt an etwas zu sagen, doch Ponce ruft ihn an. Es gibt eine Änderung, die Flüge für Alena und die anderen gehen schon heute Nacht, Santos sagt, dass er später noch einmal vorbeikommt und legt auf. Lilly hat ihren Teller fast aufgegessen und er ist schon fertig, als er auflegt, sie hatten beide Hunger. »Willst du noch etwas?«

Lilly steht auf. »Nein, du?« Santos schüttelt den Kopf und geht zum Gefrierschrank, während Lilly ganz selbstverständlich ihre Teller in den Geschirrspüler räumt. Santos holt die große Eisbox mit dem Cookie-Eis, was Lilly sehr mag, heraus und deutet ihr an, sich mit ihm zusammen auf die Terrasse in den Schatten zu setzen.

Lilly tut ihm den Gefallen, sie setzt sich wieder ihm gegenüber und er schiebt ihr die Box hin, die sie auch nimmt und daraus zu löffeln beginnt. »Es ist gut, dass du hier bist. Wir müssen über all das sprechen, Lilly.« Sie blickt hoch und direkt in seine Augen. »Das haben wir doch, Santos, ich habe dir doch in Frankreich klar gemacht, wieso all das nicht mehr geht und auch, wie schwer es mir fällt. Ich dachte, du hättest es verstanden, doch du hörst nicht auf, mich an all das, was wir hatten, zu erinnern und das macht es nur immer schwerer.«

Santos wägt eine Sekunde ab, ob es jetzt sinnvoll ist, völlig ehrlich zu sein, oder ob er einfach versuchen soll, ganz ruhig zu bleiben, doch er kann sich da schon nicht mehr zurückhalten. »Lilly, ganz ehrlich, in Frankreich war ich wirklich sprachlos, du hast mir viele Dinge an den Kopf geworfen und ich muss zugeben, dass du in den meisten recht hattest. Ich habe gemerkt, dass ich an vielem Schuld habe und das hat mir erst einmal die Sprache verschlagen, doch das bedeutet nicht, dass zwischen uns das letzte Wort gefallen ist.

Ich habe die ganzen Jahre, als du weg warst, dich und Nacho verflucht. Es war einfach, wütend zu sein, dann musste ich nicht damit umgehen, was für ein Loch du hier hinterlassen hast. Jedes Mal wenn ich angefangen habe, dich zu vermissen, habe ich daran gedacht und die Wut hat gesiegt, doch als du dann plötzlich wieder vor mir gestanden hast, ging das nicht mehr, denn alle anderen Gefühle sind viel stärker hochgekommen und diese Wut hat nicht mehr ausgereicht, sie zu unterdrücken.«

Santos kann nicht aufhören, alles sprudelt plötzlich aus ihm heraus. Lilly hat aufgehört zu essen und sieht ihn völlig entgeistert an. Sie kennt ihn besser als sonst ein Mensch und weiß genau, es ist sehr selten, dass Santos so offen und frei über das spricht, was er fühlt und ja, er muss sich eingestehen, dass seine verfluchte Liebe für diese Frau sogar größer ist als die Wut über den Betrug und diese Einsicht, die ihn in diesem Moment trifft, lässt sein Blut noch mehr kochen.

»Ich habe verstanden, was du mir sagen willst und du hast recht, doch ich wollte das nie. Ich war jung und habe Fehler gemacht, doch das zwischen uns beiden war für mich immer unantastbar. Ich habe niemals damit gerechnet, dich zu verlieren, sonst hätte ich nie etwas mit den anderen Frauen gehabt, ich wollte dich nie verletzen, Lilly, du bist und warst mir wichtiger als alles andere, ich habe das nie mit dir auf eine Stufe gestellt.«

Santos räuspert sich, er sieht, wie sich Tränen in Lillys Augen bilden. »Trotzdem war es falsch und ich verstehe jetzt auch, dass ich dich dazu gebracht habe, mich auch einmal verletzen zu wollen … was dir sehr gut gelungen ist. Ich selbst habe niemals daran geglaubt, dass jemals wieder etwas zwischen uns sein wird, Lilly, doch ich habe niemals aufgehört, dich zu lieben, es gab andere Frauen, aber niemals hat eine deinen Platz eingenommen, es kann niemand deinen Platz in meinem Herzen einnehmen.

Mir ist das klargeworden und deswegen versuche ich, einen Weg zu finden, damit alles wie früher wird. Ich weiß, dass das nicht leicht wird, doch ich möchte es probieren. Und wenn ich sehe, dass du hier bist, dass du meine Nachrichten liest, statt das Handy wegzuschmeißen, dann glaube ich, dass auch du noch daran glaubst, tief in dir weißt du, dass wir unserer Liebe noch eine Chance geben müssen. Denk doch an alles, was wir hatten.«

Lilly schiebt das Eis von sich und hebt eine Hand. »Es ist ja nicht so, dass ich das nicht wollen würde, am liebsten würde ich zurück und all das, was passiert ist, vergessen, ich war nie wieder so glücklich wie mit dir zusammen, aber es geht nicht. Ich habe doch selbst gesehen, wie auch dich die Vergangenheit eingeholt hat da oben in dem Schlafzimmer, das für uns beide erstellt wurde.

Selbst wenn wir das beide wollen, es ist zu viel passiert. Ich glaube dir nicht, dass du nie wieder eine andere Frau neben mir haben wirst und da fängt es ja schon an, ich vertraue dir nicht. Willst du so leben? Willst du damit leben, dass ich zurück zu dir komme und du dann quasi dein Gesicht vor deinen Männern verlierst, weil jeder hier mich mit Nacho gesehen hat. Denkst du, du kommst damit klar, Santos?

Wieso sollen wir jetzt etwas anfangen, was auf Dauer eh zum Scheitern verurteilt ist und uns nur noch mehr verletzen wird? Es wäre so viel leichter für mich, wenn du mich lassen würdest wie die letzten Jahre, doch jetzt, wo du wieder … in meinem Leben bist, beginnt wieder dieser Kampf, von dem ich eigentlich dachte, ich hätte ihn gewonnen.« Santos lehnt sich zurück.

Er liebt Lilly und er will nichts lieber, als sie zurück in seinem Leben zu haben, doch irgendetwas in ihm sagt ihm auch, dass ihre Worte wahr sind. Ist zu viel zwischen ihnen kaputt gegangen? »Ich scheiß drauf, was die anderen sagen, wenn ich damit klarkomme, dann haben sie auch damit klarzukommen und du weißt auch, dass dich jeder hier liebt wie eine Schwester. Ich habe erst jetzt wirklich verstanden, wieso du das getan hast.

Ich bin keine sechzehn mehr, Lilly, ich weiß, was ich will. Ich brauche keine anderen Frauen, wenn du an meiner Seite bist, seit du wieder hier warst, habe ich keine andere Frau mehr angesehen. Wenn du mir nicht vertraust, dann warten wir, bis es sich wieder gebildet hat ...«

Santos rückt näher zu ihr und nimmt ihre Hände in seine. »Du hast aber Vertrauen in meine Liebe, oder? Du weißt doch, dass ich dich liebe, Lilly?« Lilly zieht ihre Hand nicht zurück, doch sie hat angefangen zu weinen. Es tut Santos weh, sie so zu sehen. »Ja ich weiß, dass du mich liebst, aber irgendwie war ich dir nie genug!«

Santos wünschte, er hätte einiges anders gemacht. »Du bist mehr als das, ich kann dich einfach nur bitten, mich das beweisen zu lassen, Lilly. Es verlangt niemand, dass wir von heute auf morgen so tun, als wäre nichts gewesen, doch lass mich wieder an deinem Leben teilhaben und dann sehen wir, was sich entwickelt.« Lilly entweicht seinem Blick und sieht auf den Pool. »Ich weiß nicht, ich ... momentan weiß ich gar nichts mehr. Wenn es um dich geht, scheint mein Verstand auszusetzen.«

Santos muss lächeln, lässt ihre Hand aber nicht los und verschränkt ihre Hände miteinander. Bei Gott, wie schön vertraut sich allein diese Geste anfühlt. Wenn er daran denkt, Lilly noch näher zu kommen, beginnt sein Magen zu rumoren, es fühlt sich an, als würde er sich neu in eine alte Liebe verlieben. »Wie lange bleibst du in Puerto Rico?« Lilly sieht ihm wieder in die Augen. »Bis morgen Abend.«

Santos' Handy klingelt, doch er ignoriert es. »Dann lass mich dir zeigen, dass es funktioniert, ohne dass du dich zu überrumpelt fühlst. Ich fahre morgen mit dir aufs Meer und wir feiern den Geburtstag deiner Mutter bei ihr und dann bringe ich dich zum Flughafen. Tu mir nur den Gefallen und bleibe hier, such dir ein Zimmer aus, wenn du willst, schlaf bei Alicia und Alena oder meinem Vater im Haus, aber ... du hast früher von sieben Tagen sechs bei uns geschlafen, wie kannst du jetzt in ein Motel gehen? Wenn das meine Brüder erfahren, sind sie schwer beleidigt.«

Lilly muss leise lachen und genau das wollte Santos erreichen, sie haben sich jetzt ausgesprochen. Er kann nicht einmal sagen, dass Lilly unrecht hat mit ihren Ängsten, auch Santos würde seine Hand nicht dafür ins Feuer halten, dass es zwischen ihnen beiden noch einmal gut geht, doch was er weiß ist, dass sie sich lieben und das ist doch ein Grundstein, auf dem man so einiges aufbauen kann.

Sie sollten sich jetzt nicht verkrampfen, sondern entspannt aufeinander zugehen und sehen, wohin sie all das führt. Wieder klingelt Santos' Handy, doch er ignoriert es wieder. »Meine Sachen sind noch im Motel, ich möchte mich nur noch ausruhen, heute ich bin wirklich müde von den letzten Wochen und die Uni ist auch extrem anstrengend ...« Santos' Handy klingelt erneut, dieses Mal sieht Santos aufs Display und nimmt wütend das Gespräch an. »WAS?« Ponce natürlich.

»Beweg deinen Arsch hierher. Die Flüge sind vorverlegt worden, komm dich verabschieden.« Santos sieht auf die Uhr und zu Lilly, die müde ihre Beine an sich zieht und in den Garten blickt. »Ich komme gleich!« Er legt auf. »Eigentlich würde ich dich momentan nicht alleine lassen, doch du weißt ja, dass gerade viel los ist. Ich muss kurz weg und hole aus dem Motel deine Sachen, okay? Bleibst du hier?«

Lilly sieht ihm ins Gesicht, scheint alles abzuwägen, doch nickt dann nur müde. »Ich gebe dem eine Chance und lasse dich wieder in mein Leben, wir gucken aber erst einmal, wohin das führt. Es ist nicht gesagt, dass wir jemals wieder zusammen kommen, vielleicht bleiben wir auch einfach gute Freunde und ...«

Santos spürt selbst, wie er zu strahlen beginnt, was Lilly ein Lächeln entzaubert. Ein kleiner Sieg in diesem Kampf ist schon gewonnen und Santos hat vor, diesen Kampf zu gewinnen, was aber erst geschafft ist, wenn Lilly für immer an seiner Seite ist.

»Wann hast du das entdeckt?« Vidal geht an dem Fischer vorbei auf das Boot, das versteckt am Ufer in einem sehr abgelegenen Bereich ihres Gebietes ist. »Vor einigen Tagen schon, ich habe es immer gesehen, wenn ich aufs Meer rausgefahren bin, die ersten zwei Tage habe ich auch immer wieder einen Menschen darauf gesehen, es war zu weit weg und ich konnte nur einen Schatten erkennen, doch irgendwann war da niemand mehr und, na ja …

Ich wollte nichts klauen oder so, ich wollte nur mal nachsehen, was los ist, hier ist weit und breit keine Anlegestelle und es ist sicherlich kein Zufall, dass das Boot hier so versteckt liegt. Als ich dann aber herkam und es mir genauer angesehen habe, habe ich komische Dinge gefunden und mir ist der Aufruf im Fernsehen eingefallen. Die Polizei hat gesagt, ich soll mich an Sie wenden … und ja.«

Vidal zieht seine Waffe und nickt einem seiner Männer zu, der sich um den Fischer kümmert, während Vidal und Dante sich dem heruntergekommenen kleinen Boot nähern. Dafür, dass es nur zur Überfahrt der Nonnen gedacht war, ist es etwas groß, doch wenn man bedenkt, dass die damit ja ihren gesamten Einkauf zur Insel bringen mussten, kann es doch sein, dass sie hier auf das Boot gestoßen sind, womit er von der Insel geflüchtet ist, nachdem er die Nonnen umgebracht hat.

Vidal ist als Erster auf dem Boot und flucht leise, hier sind überall Blutspuren, auch Benjamin scheint einiges abbekommen zu haben, er muss verletzt sein. Er findet einiges an Munition, zahlreiche Drähte und Pulverrückstände, zwei drei lose Blätter liegen herum, Vidal hebt sie auf. Es sind Unterlagen zu den Puentes, Grundrisse der Cuidad, auf den anderen stehen Daten zu Belinda. Daten, die er sich im Internet besorgt haben muss, wann und wo sie geboren ist und wo sie wie lange gelebt hat.

Vidal zerknüllt alles wütend, allein der Name reicht momentan aus, um ihn zum Ausrasten zu bringen. Es war so kurz davor, komplett außer Kontrolle zu geraten, Vidal war schon auf den Weg zum Krankenhaus, um Belinda zu suchen, nachdem er sie nicht mehr erreichen konnte. Er hat sich wahnsinnige Sorgen gemacht, er konnte sie nicht erreichen und hat nicht verstanden, was los war.

In diesem Moment war ihm alles egal, er hätte einen Krieg riskiert, der garantiert gewesen wäre, wäre er ins Krankenhaus gegangen, um Belinda zu suchen. Er hätte seine Männer und alle anderen in Gefahr gebracht, nur um Belinda zu suchen, doch Elian hat ihn abgehalten und kurz danach hat er erfahren, dass Belinda gegangen ist. Sie ist einfach wieder zurück in ihr altes Leben, ohne ein Wort darüber an Vidal zu verlieren, sie hat sich nicht einmal verabschiedet, nichts.

Vidal ist wütend, wütend ist gar kein Ausdruck für das, was er empfindet, er hat die Versuche aufgegeben, sie zu erreichen, es hat keinen Sinn. Er versteht, dass sie nicht bei ihrer Familie bleiben wollte, Vidal hat gesehen, wie schlecht es ihr ging und wie Alejandro und ihre anderen Brüder sie angesehen haben, doch sie hätte bei ihm bleiben sollen.

»Das ist alles Kram, um Bomben zu bauen und so wie es aussieht, sind es auch nur die Reste. Benjamin hat alles weggebracht, die Frage ist nur wohin?« Dante kommt zu ihm und Vidals Blut kocht noch ein wenig stärker. Gerade im Auto auf der Fahrt hierher hat sein Cousin ihm gestanden, dass er Camilla sehr vermisst und mit dem Gedanken spielt, die Familia zu verlassen, wenn Benjamin geschnappt ist.

Dante will das nicht, er liebt die Familia und seine Familie über alles, aber er liebt eben auch Camilla. Vidal kennt seinen Cousin besser als sonst wer und er spürt, wie sehr er darunter leidet, nicht gut für Camilla zu sein und dass er sich zwischen Camilla und der Familia zerrissen fühlt. Vidal hat ihm geraten, zu Camilla zu fahren und noch einmal mit ihr zu reden, bevor er eine Entscheidung trifft.

Alles ist gerade durcheinander, Dante und Vidal sind genau wie alle anderen Suela und Sofia so gut es geht aus dem Weg gegangen, sie wissen nicht damit umzugehen, dass Sofia zu ihnen gehört, immer gehört hat und all das nur ein schrecklicher Fehler war, deswegen waren sie auch alle froh, als Suela einen Tag nachdem sie es erfahren haben, mit Sofia zu ihrer Mutter gefahren ist.

Natürlich hätten sie sie begleiten können, doch sie haben sich davor gedrückt und wahrscheinlich ist es ganz gut so. Vidals Tante ist förmlich aufgeblüht, seitdem Sofia wieder da ist und nun möchten sie sie aus der Klinik herausholen. Dante will in zwei Tagen hinfahren und sich um alles kümmern, danach wird er direkt zu Camilla fahren.

»Hier ist nichts mehr, er ist weg!«

Dante hat den Rest des Bootes angesehen. Vidal wirft die Blätter mit den Daten ihrer Familia und von Belinda ins Meer. Er sieht in den Himmel, der sich immer dunkler färbt und hält einen Moment ein.

Wie zur Hölle konnte ihm all das aus den Händen gleiten, seine Familia, seine Gefühle, seine Position als Anführer, die Sache mit Benjamin?

Er sieht auf die Männer, die am Auto auf ihn warten, er wird all das wieder in Ordnung bringen. Nie wieder wird er so abgelenkt sein.

»Verbrennt das Boot! Wir fahren zu allen Krankenhäusern in der Gegend, Benjamin hat sich vielleicht verarzten lassen.« Einer der Männer räuspert sich. »Sollen wir nicht die Sombras das Boot sehen lassen?« Vidal geht zurück zu seinen Männern. »Wir sollten gar nichts. Ruft sie an und sagt ihnen, was wir gefunden haben, mehr nicht! Wir haben vereinbart, Bescheid zu geben, wenn es etwas gibt, was dazu führen kann, dass wir Benjamin finden, ansonsten haben wir mit ihnen nichts zu tun. Wir sollten nicht vergessen, dass die Sombras unsere gottverdammten Feinde sind und nichts aber auch rein gar nichts von uns erwarten können!«

Er sieht, dass die Härte seiner Worte seine Männer verwundert und allein das ist falsch. Er blickt zurück zum Boot, es ist allerhöchste Zeit, einiges zu ändern und vor allem, einiges zu beenden!

»Wir kommen näher, du Bastard, es ist nur noch eine Frage der Zeit, bis wir dich finden!«

Kapitel 11

Belinda kommt es fast so vor, als würde sie träumen. Schon beim Landeanflug hat sie aus dem Fenster gestarrt und auch jetzt beim Verlassen des Flugzeuges kann sie nicht glauben, dass Schnee unter ihren Schuhen knirscht. Sie ist zurück in Portland und es beginnt der Winter.

In Puerto Rico hat man nicht einmal gemerkt, dass langsam die Sommersaison zu Ende ist und selbst für Portland schneit es dieses Jahr ziemlich früh. Belinda hat natürlich nicht daran gedacht, sich etwas Passendes anzuziehen. Sie war gerade mal weitsichtig genug, sich ihren Mantel herauszusuchen, den sie über ihr Shirt und ihre Jeans gezogen hat, doch die Hose hat sie hochgekrempelt und dazu trägt sie hellblaue Sneaker.

Ihre Wintersachen sind noch bei April im Lager. Sie muss eh zu ihr, denn sie weiß ja noch nicht einmal wohin mit sich. Sie ist genau wieder an dem Punkt, wo sie schon beim Verlassen von Portland war: mit nichts, kaum Geld, keine Wohnung, keinen Job. Gut, sie hat die Kreditkarte ihres Vaters im Portemonnaie, doch die hat sie schon in Puerto Rico kaum genutzt und nun möchte sie es gar nicht mehr tun.

Sobald sie in diese Richtung denkt, durchfährt sie ein brennender Schmerz in ihrer Brust. Sie ist losgezogen, um ihren Vater in Puerto Rico zu finden und hat so viel mehr als das gefunden, so viel mehr, dass ihr allein bei dem Gedanken daran der Kopf raucht, selbst hier mit dieser Distanz spürt sie immer mehr, wie überfordert sie mit allem ist, was in Puerto Rico passiert.

Belinda schaltet ihr Handy ein, sobald sie gelandet sind. Sie sieht, dass Santos sie angerufen hat, Alejandro, Ponce, Suerte, fast jeder aus ihrer Familie hat sie versucht zu erreichen. Vidal hat ihr in den ersten Tagen besorge Nachrichten hinterlassen, aber dann hat er plötzlich damit aufgehört. Ihr Handy geht wieder aus. Sie muss es als allererstes zur Reparatur bringen und sich bei allen melden, sie möchte nicht, dass sich irgendjemand Sorgen macht, es verwundert sie eh, dass ihre Brüder so schnell gemerkt haben, dass sie nicht mehr da ist.

Belinda hat sich nicht mehr willkommen gefühlt, im Gegenteil, Roman hat klar gezeigt, was man in Puerto Rico von ihr hält. Zudem wollte sie auch verhindern, dass weitere Probleme entstehen, wenn das mit Vidal und ihr irgendwann herauskommt und das, obwohl Vidal nicht mal annähernd solche ernsten Gefühle für Belinda hat wie sie für ihn. Das ist es nicht wert, dann beginnt Belinda lieber wieder ihr ruhiges Leben hier und allen ist damit geholfen. Vielleicht sind manche Menschen einfach nicht dafür bestimmt, eine große Familie zu haben.

Belinda nimmt sich ein Taxi und lässt sich zum Laden von April fahren.

Die Tage bei Camilla auf dem Land haben Belinda wieder ein wenig durchatmen lassen, auch wenn es natürlich zwischen Camilla und Belinda kein anderes Thema als die Los Puentes und die Cinco Sombras gab.

Camilla erinnerte Belinda an den Tag, an dem sie sich kennengelernt haben, wie anders da noch alles war. Sie hatten einfach nur Spaß, hatten nichts mit dieser Welt zu tun, doch plötzlich waren da Vidal und Dante und alles hat seinen Lauf genommen.

Im Grunde war das auch wieder ihre Schuld, Camilla wollte es nicht, sie war schlau genug, sich von Dante und seinen Annäherungsversuchen fernzuhalten, doch durch Belinda und Vidal hat das dann nicht mehr geklappt. Was wäre, wenn all das nicht passiert wäre, hätte Belinda auch von Anfang an die Finger davon gelassen? Die Tatsache, wer ihre Familie ist, hätte sich nicht geändert, auch das mit Benjamin wäre sicherlich passiert, doch sie würde dann nicht mit einem schmerzvollen Ziehen im Herzen ständig darum kämpfen, nicht an Vidal zu denken und Camilla würde nicht traurig bei sich zu Hause hocken, sondern noch immer bei Pablo arbeiten.

Die Familie von Camilla ist sehr nett und hat sich wirklich darum bemüht, dass sich Belinda dort wohlfühlt, auch wenn man natürlich gemerkt hat, dass sie nicht viel haben. Es ist ein Unterschied wie Tag und Nacht, das Leben von Camilla in San Juan und das auf dem Land bei ihrer Familie.

Sie haben eigentlich nicht viel gemacht außer spazieren zu gehen, ihrer Mutter im Haushalt zu helfen und sich zu unterhalten. Camilla versucht es nicht zu zeigen, doch dass Dante sich von ihr getrennt hat, setzt ihr sehr zu. Sie hat abgenommen und in der ganzen Zeit hat sie nicht einmal gelacht, dabei ist das Lachen von Camilla eines der schönsten, das Belinda kennt.

Nach und nach haben sie diese Zeit zerkrümelt und Camilla kann nicht verstehen, wie Belinda auch nur daran denken kann, sie hätte irgendetwas mit der Entführung von Alena zu tun, im Gegenteil. Ihre Freundin hat ihr klargemacht, dass Camilla und Belinda von allen am allerwenigsten mit der ganzen Sache, mit der Familia und diesem Krieg zu tun haben, aber am Ende sind sie es, die deswegen leiden und von sich gestoßen wurden.

Irgendwann konnte Belinda auch nicht mehr wirklich etwas dazu sagen, sie hat gelernt, dass es Dinge gibt im Leben, die man nicht ändern kann. Sie kann ihre Familie nicht zwingen, sie bei sich haben zu wollen, genauso wenig, wie sie Vidal dazu bringen kann, sie zu lieben, wenn es von alleine nicht geschehen ist, dann soll es vielleicht auch nicht sein.

Belinda hat Camilla vorgeschlagen, mit ihr nach Portland zu kommen, Camilla hat ihr versprochen, das auch zu tun, doch gerade bemüht sie sich, einen neuen Studienplatz in der Nähe ihrer Eltern zu bekommen, sie möchte komplett neu anfangen. Belinda sieht auf das zugeschneite Portland, es hat sich kaum etwas verändert, natürlich nicht, sie war ja keine Jahre weg, auch wenn es Belinda so vorkommt, doch all das, was passiert ist, ist in wenigen Wochen passiert und genau diese Schnelligkeit und die Wucht der Ereignisse, die Auswirkungen und diese Vielzahl von Gefühlen haben Belinda auch merkwürdigerweise eine Art von Müdigkeit erfahren lassen, die sie so nicht kennt.

Das Taxi hält zwei Geschäfte vor Aprils Laden, sie kennt die indischen Besitzers des Handyladens sehr gut, ihr Sohn hat oft genug mit April und Belinda geflirtet, sie machen auch Reparaturarbeiten und der Besitzer verspricht Belinda, sich das Handy gleich anzusehen und wenn es nicht allzu schlimm ist, kann Belinda es bereits in ein paar Stunden wieder abholen.

Belinda geht etwas aufgemunterter hinüber zu April. Sie freut sich, sie wiederzusehen, stockt jedoch, nachdem sie den Laden betreten hat. April steht hinter ihrer Theke und sieht ihr besorgt entgegen, sie ist nicht sehr überrascht sie zu sehen und vor der Theke steht ihr Vater.

Lilly öffnet müde die Augen. Es dauert einen kleinen Augenblick, bis sie sich orientiert und in Santos' Haus wiederfindet. Santos liegt halb sitzend und fest schlafend auf einem Sessel vor ihr, als hätte er sie eine Weile beobachtet.

Sie liegt auf seiner großen Couch vor dem Fernseher, der ausgeschaltet ist. Lilly kann sich noch daran erinnern, wie Santos gegangen ist. Lilly hat sich noch einmal das Haus in Ruhe angesehen, die Gefühle, die dabei in ihr aufgekommen sind, wünscht sie niemandem. Es ist niederschmetternd, etwas zu sehen, was sie sich immer gewünscht hat, was sie zusammen erstellt, jedoch nie gemeinsam genutzt haben.

Lilly hat auch nach Spuren gesucht, von anderen Frauen oder von ihr, irgendetwas, doch zuerst hat sie nichts gefunden. So wie Lilly Santos kennt, bringt er die Frauen nur für das eine ins Haus und dann verschwinden sie wieder. Doch als Lilly im Gästezimmer war, in dem Santos schläft und das jetzt als sein Schlafzimmer benutzt wird, hat sie hinten im Kleiderschrank eine ihrer alten Kisten gefunden.

Es ist viel weggekommen, Lilly hat gehört, dass Santos viel verbrannt hat, doch diese Kiste hat er dabei übersehen. Darin waren noch einige Kleidungsstücke von ihr, Haarbürsten, ein Abendkleid und ein Buch, das sie nie zu Ende gelesen hat. Dann waren noch ein paar alte CDs drinnen, offenbar hat Santos irgendwann alles, was er noch gefunden hat, in diese Box getan.

Lilly hat die Box nach unten gebracht und sich alles in Ruhe angesehen. Auch wenn sie das Gefühl hat, dass mittlerweile so viel zwischen ihnen steht, die ganze Zeit, die vergangen ist und doch fällt es Lilly nicht schwer, sich hier sofort wohlzufühlen. Vielleicht liegt es an Santos' vertrautem Duft, der im Haus liegt, viellicht daran, dass sie das Haus mitgestaltet hat.

Die CDs hat Alena Lilly zu einem Geburtstag geschenkt, sie überlegt hin und her, ob sie sich das jetzt antun möchte, doch sie kann nicht anders und legt sich auf die Couch, während der riesige Fernseher von Santos Bilder von Lilly und Santos zeigt: Von der Grundschule bis kurz vor ihrem Streit, zwischendurch sind auch immer wieder Videoaufnahmen.

Lilly muss dabei eingeschlafen sein, der Fernseher ist aus, Santos muss ihn ausgeschaltet und sich in den Sessel zu ihr gesetzt haben, es sieht nicht gerade bequem aus, wie er da liegt, Lilly steht auf und will ihn wecken, doch an seinem murrenden Protest erkennt sie, dass er wahrscheinlich noch nicht so lange da ist.

Lilly sieht ihre Reisetasche auf der Ablage in der Küche, daneben steht ein riesiger Strauß, zusammengestellt aus den Lieblingsblumen ihrer Mutter. An ihrem letzten Geburtstag war ihre Mutter sie in Frankreich besuchen, Lilly hat niemals gedacht, dass sie dieses Jahr zu ihrem Geburtstag nicht mehr da ist, hätte sie das geahnt, hätte sie so einiges anders gemacht.

Lilly nimmt sich das weiße Kleid mit den goldenen Stickereien aus dem Schrank, das ihre Mutter ihr zum Geburtstag geschenkt hat. Erst wollte sie sich heute komplett in schwarz kleiden, doch Lilly weiß, dass das ihrer Mutter mehr gefallen wird. Lilly hatte das Kleid noch nicht an, an der Uni hat es nicht gepasst und sie war in letzter Zeit nicht weg, sie hatte keine Gelegenheit, es zu tragen.

Lilly geht in eines der Gästezimmer duschen, es fühlt sich falsch an, in das Schlafzimmer zu gehen, was für Santos und Lilly gedacht war. Natürlich hat Santos recht, sie hat fast ihr ganzes Leben an seiner Seite und bei seiner Familie verbracht, es macht nichts aus, wenn sie hier ist, doch sie spürt genau, dass es doch Auswirkungen hat. Sie vermisst Santos jeden Tag, es gibt keinen Tag, an dem sie nicht mindestens einmal an ihn denkt, und das hier wird wieder ein Rückschlag für sie sein.

Allerdings kann sich Lilly auch nicht vorstellen, dass sie jetzt einfach so mit dem Thema abschließen kann. Sie musste es, als Santos und sie kein Wort mehr miteinander gesprochen haben, nichts mehr miteinander zu tun haben wollten.

»Lilly?« Beim Abtrocknen schallt Santos' Stimme durch das Haus. »Ich dusche!« Lilly schüttelt ein wenig den Kopf. Hat er Angst, sie könnte wieder weg sein? Lilly beeilt sich etwas mehr, sie flechtet sich die noch nassen Haare, zieht sich das Kleid über, was ihr dank der dünnen Striemchen an den Armen und dem weiten Schnitt nicht zu eng am Körper sitzt und bis zu ihren Knien reicht.

Lilly steckt sich goldene Kreolen an und mehrere goldene Armbänder, tuscht ihre Wimpern und nimmt sich vor, heute nicht zu weinen. Sie hat die letzten Wochen, Monate, Jahre so viel geweint, dass es für zwei Leben reicht und sie möchte das nicht mehr. Ihre Mutter ist tot und sie wird sicherlich nicht gern sehen, wie ihre Tochter ihr Leben in ständiger Trauer verbringt.

Sie ist wieder blasser geworden und pinselt sich ein klein wenig Blush auf die Wangen, um etwas frischer zu wirken, dann geht sie barfuß nach unten, wo eine Haushälterin schon putzt und Santos im Garten an einem gedeckten Frühstückstisch sitzt und ihr entgegensieht, während er sein Handy weglegt.

Auch er scheint geduscht zu haben, seine Haare sind nass und er trägt ein neues weißes Shirt sowie eine schwarze Trainingsshorts. Lilly sieht weg, als er ihr in die Augen sieht, es ist fast so, als lägen ihm schon die Worte auf den Lippen, die er ihr früher gesagt hätte. 'Hallo meine Hübsche' oder 'guten Morgen mein Schneeengel', doch Lilly ist froh, dass er ihr nur einen guten Morgen wünscht und ihr, sobald sie sich gesetzt hat, Eier und Brötchen hinschiebt.

»Wann bist du gestern gekommen? Ich wollte gleich nochmal zu Alena rüber und ...« An der Art, wie Santos sie ansieht und sein Besteck weglegt, weiß Lilly sofort, dass irgendetwas nicht stimmt, es ist unfassbar, wie gut sie Santos kennt.

Belinda weiß wirklich nicht, ob es so eine gute Idee ist, mit ihrem Vater hergekommen zu sein. Sie sieht unsicher zu ihm. Seit ihrer Ankunft auf dem Friedhof hat ihr Vater nichts mehr gesagt und nur noch auf das Grab ihrer Mutter gestarrt, vor dem sie sich zusammen auf eine Bank gesetzt haben, nachdem sie den Schnee heruntergefegt haben.

»Ist alles in Ordnung?« Belinda hat sich von April dicke Sachen genommen, nachdem ihr Vater erklärt hat, dass er hier sei, um mit Belinda zu sprechen und sie auf den Friedhof gefahren sind. Ihr Vater hat ihr erklärt, dass er herausbekommen konnte, welchen Flug sie gebucht hat und deswegen keiner überrascht war, als sie bei April aufgetaucht ist.

»Ja, ich wünschte mir nur, dass all das damals mit deiner Mutter anders gekommen wäre. Vielleicht wäre sie noch hier und ich hätte nicht so viel von dir verpasst.« Belinda sieht auch auf das Grab. »Sie wollte nicht, dass ich in Puerto Rico aufwachse.« Nun versteht Belinda ihre Mutter voll und ganz und auch, dass sie ihr nie etwas von all dem erzählt hat, sie wusste, wie gefährlich das alles ist.

»Ich habe deine Mutter über alles geliebt und ich liebe dich über alles, Belinda, auch wenn ich nicht immer an deiner Seite war. Ich habe sie verloren, das kann ich nicht mehr ändern, doch ich will nicht auch noch dich verlieren.« Belinda sieht zu ihrem Vater und lächelt bei seinen Worten. Wieder bemerkt sie, wie hübsch und mächtig ihr Vater ist, kein Wunder, dass ihre Mutter danach niemals wieder einen anderen Mann geliebt hat.

Belinda rückt näher zu ihm und legt ihren Kopf auf seine Schulter, ohne zu zögern legt ihr Vater seinen Arm um sie und küsst ihre Stirn. »Du verlierst mich doch nicht. Dass ich jetzt hier in Portland bin, bedeutet doch nicht, dass wir beide uns nie wiedersehen. Aber die anderen haben recht, wäre ich nicht, wäre all ...«

Ihr Vater unterbricht sie. »Das ist absoluter Blödsinn, Belinda, lass dir so etwas gar nicht erst einreden. Die Jungs wissen nur nicht, wie sie mit all dem, was gerade passiert, umgehen und da jemanden zu finden, an dem man etwas Wut ablassen kann, ist leicht. Im Gegenteil, sie können dir dankbar sein. Ich habe denen schon genug den Kopf gewaschen, ich glaube, sie haben es jetzt kapiert.«

Belinda wollte nicht, dass das jetzt zu einem weiteren Problem wird. »Das hättest du nicht tun müssen, sie haben so oder so schon eine ungeheure Wut auf mich, das macht es nicht besser.« Ihr Vater lacht leise auf. »Hast du mal nachgesehen, wie viele Anrufe du von deinen Brüdern hast? Sie lieben dich, Belinda, sie können halt einfach noch nicht mit einer Schwester umgehen, du musst Geduld mit ihnen haben.«

Belinda sagt lieber nichts weiter dazu, er weiß nicht, wie unerwünscht sie sich dort gefühlt hat und dann ist da ja noch die Sache mit Vidal, die sie natürlich am allerwenigsten mit ihm besprechen kann. »Also bist du dir sicher, dass du hier bleiben möchtest? Ich würde dich gerne bei mir in Puerto Rico haben, obwohl ich zugeben muss, dass du hier wahrscheinlich gerade sicherer bist, alle sind nur unterwegs, um Benjamin zu finden. Was genau hast du jetzt vor?«

Auch ihr Vater muss sich wohl eingestehen, dass sie Benjamin momentan nicht unter Kontrolle haben. Belinda wünschte sich, darauf eine Antwort zu haben. »Ich weiß es ehrlich gesagt noch nicht so genau ...« Ihr Vater seufzt leise auf. »Komm doch mit mir zurück nach Puerto Rico, das mit deinen Brüdern klärt sich schon, ich nehme dich einfach mit zu den Sachen, die ich zu erledigen habe.«

Belinda muss leise lachen. »Nein Papa, vielleicht ist es genau das, was jetzt sein muss. Ich habe Portland verlassen, um meine Familie zu finden, was ich auch habe. Nun ist es vielleicht an der Zeit zu gucken, was ich jetzt tun sollte.« Ihr Vater sieht nicht sehr überzeugt aus, doch er nickt. »Wo wohnst du?« Belinda zuckt die Schultern. »Sicher erst einmal bei April, aber nicht lange, ihr Bruder wohnt bei ihr und das wird zu eng.«

Ihr Vater steht auf und hält ihr die Hand hin. »Okay, ich kenne hier einen Hotelkomplex, der möblierte Appartements anbietet, so eines mieten wir dir erst einmal. Davor gehen wir aber etwas essen. Ich muss morgen gleich weiter, aber dann komme ich wieder her und bis dahin hast du dir vielleicht schon ein paar Gedanken gemacht was jetzt passieren soll.« Belinda lächelt und nimmt seine Hand. »Ich muss alleine für mich aufkommen können, wärest du nicht da, hätte ich das auch gemusst.«

Nun sieht ihr Vater sie ein wenig streng an. »Ich habe mein Leben lang alles für meine Söhne getan, ihnen hat es niemals an etwas gefehlt, für dich konnte ich all das nicht tun, also ist es das Mindeste, dass ich jetzt alles nachhole.« Belinda lächelt mild. »Ich hatte ein gutes Leben, Mama hat dafür gesorgt, dass es mir gut geht.« Ihr Vater wird ernst und sieht Belinda in die Augen. »Das glaube ich dir, deine Mutter war eine sehr starke Frau. Ich wünschte nur, ich hätte euch irgendwie unterstützen können, das werde ich mir nie verzeihen, dass die Frau, die ich über alles liebe, allein meine einzige Tochter großziehen muss.«

Er sieht zu dem Grab. »Aber jetzt bin ich da und kümmere mich um dich. Ich wünschte nur, ich hätte sie wenigstens noch einmal sehen können.« Man sieht ihrem Vater an, wie nah ihm das mit ihrer Mutter geht und Belinda umarmt ihn, was er sofort erwidert. »Sie würde sich bestimmt freuen. Es gab niemals einen anderen Mann in ihrem Leben außer dir. Ich weiß noch, wie sie immer nur gelächelt hat, wenn ich sie gefragt habe, wieso sie niemals einen Mann trifft. Sie hat dich sehr geliebt.«

Ihr Vater küsst ihre Stirn und sieht ihr in die Augen. »Sie war alles für mich ... und jetzt habe ich nur noch dich, was mich an diese Liebe erinnert und ich werde all die verlorenen Jahre wieder gutmachen. Also komm, lass uns dir eine Wohnung suchen und etwas essen gehen und versprich mir eins, Belinda: Solltest du jemals einen Menschen finden,

den du so sehr liebst wie ich deine Mutter oder sie mich, verlasse ihn nicht wieder. Du sollst nicht genau das Gleiche wie wir mitmachen müssen.«

Sofort gehen Belindas Gedanken zu Vidal, doch sie schüttelt es schnell ab, hakt sich bei ihrem Vater ein und verlässt mit ihm den Friedhof. Auch wenn Belinda jetzt in Portland bleibt, hat ihr Vater sie nicht verloren, niemals, sie ist viel zu glücklich, ihn gefunden zu haben.

»Du hast ja wirklich an alles gedacht.« Lilly sieht auf den Kuchen, den Santos von unten aus der Kajüte der kleinen Jacht geholt hat, mit der sie beide auf das Meer gefahren sind. Hier ist die Stelle, an der sie ihre Mutter ins Meer gelassen haben, sie haben wieder die Blumen im Meer verteilt und jetzt hat Santos den Kuchen geholt, den ihre Mutter über alles geliebt hat.

Auch wenn Lilly hier gerade quasi am Grab ihrer Mutter ist, auch wenn Santos ihr auf dem Weg hierher alles erzählt hat, was in letzter Zeit in seiner Familia los war, was mit Alena passiert ist und Lilly all das gar nicht begreifen kann, fühlt sie sich wohl und eine tiefe Zufriedenheit bereitet sich in ihr aus, die sie schon lange nicht mehr verspürt hat und sie weiß genau, dass es der einfachen Tatsache zu verdanken ist, dass Santos bei ihr ist und sie sich ausgesprochen haben.

Keiner von ihnen weiß, wie es weitergeht, ob sie jemals wieder ein Paar werden, doch Lilly hatte einen Teil ihres Lebens verloren und dieser Teil ist nun wieder zurück, wenn auch nicht in der gleichen Form wie früher. »Wir mögen den Kuchen beide nicht!« Santos und Lilly konnten nie etwas mit dem Lieblingskuchen ihrer Mutter anfangen. Santos hält ihr eine Gabel hin. »Wenn Geburtstag, dann richtig!« Lilly lächelt und probiert ein Stück des Kuchens, während sie an der Reling des Bootes sitzt und aufs Wasser hinaussieht.

Santos setzt sich hinter sie und probiert auch ein Stück, legt aber den Teller genauso schnell wieder weg wie Lilly. Dann spürt Lilly seine Arme um sich, er umfasst ihre Taille und schiebt sie so vor sich, dass ihr Kopf an seine Brust lehnt, genau an dem L an seinem Herzen. Lilly weiß, dass all das es schwerer für sie machen wird, einen klaren Kopf zu behalten, doch es ist so ein fantastisches Gefühl, wieder in seinen Armen zu liegen, seinen Herzschlag zu hören, seinen Duft um sich herum zu haben. Lilly schaut einfach weiter aufs Meer, legt ihre Hände auf seine und genießt den Moment.

Beide sagen kein Wort mehr, Santos küsst immer wieder ihre Haare am Hinterkopf, als würde auch er seinen Gedanken nachhängen und als er sie dann loslassen muss, fühlt sich Lilly wieder richtig leer. Es ist verrückt, was für einen Unterschied ein einzelner Mensch in einem Leben ausmachen kann.

Santos bringt sie an Land und sie fahren sofort los zum Flughafen, damit Lilly ihren Flug nicht verpasst. Sie reden nicht mehr viel, wahrscheinlich weil sie wissen, wie hauchdünn das Seil ist, das sie seit heute zueinander neu aufgespannt haben und wie schnell es zerreißen kann, niemand will dieses Risiko eingehen. Außerdem bekommt Santos einen Anruf von Alejandro, dass sie einen Tipp bekommen haben und einem Hinweis nachgehen müssen.

Lillys ungutes Bauchgefühl nimmt zu, diese Sache mit Benjamin scheint ihnen allen aus den Händen geglitten zu sein und wirkt sehr gefährlich. Als sie Santos darauf anspricht, lächelt er nur und sagt ihr, dass sie sich keine Sorgen machen müsse. Rache ist immer gefährlich, doch diese hier wird nur für eine Person tödlich enden. Für Benjamin.

Am Flughafen geht dann alles ganz schnell, da sie sofort an Bord muss. Lilly hat nur Handgepäck und dreht sich vor dem Eingang des Sicherheitsbereiches noch einmal zu Santos um. »Danke, dass du für mich da warst.« Santos sieht sie ernst an. »Immer!« Lilly denkt an ihre Nähe auf der Jacht und gibt sich einen Ruck. Sie umarmt Santos und spürt sofort seine starken Arme um sich herum. »Pass auf dich auf!«

Würden sie jetzt die Umarmung lösen, wäre es ein schneller unbedeutender Abschied, doch das tun sie nicht. Santos verstärkt seinen Griff, küsst ihren Scheitel und Lilly kommen die Tränen, wieso musste alles zwischen ihnen so kommen? Wieso ist sie gezwungen, so gegen ihr Herz zu kämpfen und dem Mann fernzubleiben, den sie über alles liebt?

Als Santos mit seinem Finger ihr Kinn anhebt, um ihr in die Augen zu sehen, verlässt die erste Träne Lillys Augen, auch Santos kämpft mit seinen Gefühlen. Er beugt sich zu ihr hinunter und küsst ihre Tränen weg und Lilly wünschte sich von ganzem Herzen, er würde sie richtig küssen, was sie nicht sollte, sie muss einen klaren Verstand behalten, doch es fällt ihr so schwer.

»Santos ...« Lilly hört selbst, wie traurig sich sein Name aus ihrem Mund anhört, wie eine stille Anklage, dass sie sich jetzt hier an diesem Punkt befinden. »Es wird alles gut, mein Schneeengel. Vertrau darauf, auch wenn es Zeit dauern wird, es wird gut werden. Ich liebe dich.« Lilly sieht ihm in die Augen, doch in dem Moment räuspert sich die Frau vom Check-in hinter ihnen. »Wir müssen jetzt los!« Lilly nickt. »Pass auf dich und alle anderen auf.« Santos nickt und bevor Lilly noch schwächer wird, dreht sie sich um und geht.

Es fühlt sich fast genauso schwer an wie damals, als sie nach der Trennung Puerto Rico verlassen hat, doch dieses Mal hat sie nicht den Hass von Santos im Nacken, dieses Mal spürt sie Santos' Blick auf sich, bis sie außer Sichtweite ist, doch ihre Gefühle hat sie nun kaum noch im Griff.

Kapitel 12

»Tut mir leid, es hat doch länger gedauert, aber jetzt funktioniert wieder alles.« Belinda nimmt ihr Handy entgegen, es hat doch bis zum nächsten Tag gedauert. Gestern haben ihr Vater und sie wirklich ein möbliertes Appartement für einen Monat gemietet, ihr Vater hat mit seiner Kreditkarte bezahlt, er ist der Meinung, dass Belinda innerhalb dieses Monats schon längst wieder bei ihm in Puerto Rico ist.

Sie waren mit April essen und dann hat ihr Vater bei Belinda in dem Appartement geschlafen, was ziemlich luxuriös ist, es hat zwei Schlafzimmer, ein schönes Bad, eine große Küche, einen begehbaren Kleiderschrank und ein wunderschönes Wohnzimmer mit Kamin und dazu eine Wahnsinnsaussicht. April will heute bei ihr schlafen und Belinda freut sich schon, gestern konnten sie nicht frei sprechen und heute werden sie es sich vor dem Kamin bequem machen, Kakao trinken und endlich offen und ohne Unterbrechungen über alles reden.

Belinda hat ihren Vater gerade zum Flughafen gebracht, dabei hat er ihr gesagt, dass der Mietwagen, ein schwarzer BMW, den er gefahren ist, für einen Monat für sie gemietet wurde und als sie jetzt gerade wieder eingestiegen ist, hat sie ein Kuvert mit zweitausend Dollar auf dem Beifahrersitz gefunden.

Ihr Vater lässt nicht zu, dass sie sich nicht von ihm verwöhnen lässt, Belinda lächelt beim Gedanken an ihn und ist froh, dass er hier war. Es war schön, sie haben viel geredet, Belinda hat ihm gezeigt, wo sie gewohnt haben und sie waren in der Einrichtung, in der ihre Mutter ehrenamtlich geholfen hat und wo lauter Fotos an sie erinnern. Ihr Vater muss noch einiges erledigen und kommt dann in zwei bis drei Wochen wieder. Wenn alles gut geht, fliegen sie dann nach Österreich zu Alena. Gestern haben sie mit Alicia gesprochen, die Ärzte möchten Alena für die Anfangszeit komplett von Puerto Rico abkapseln, sie soll auch erst einmal keinen Besuch bekommen, das ist besser für die Heilung, doch vielleicht klappt es in zwei, drei Wochen schon.

Bevor Belinda April und ihre restlichen Sachen abholen geht, um sie ins Appartement zu bringen, sieht sie sich nun genau an, wer sie wie oft versucht hat anzurufen und es stimmt, ihre Brüder bemühen sich, Belinda ist sich aber sicher, dass das mehr der Tatsache geschuldet ist, wie sauer ihr Vater war.

Vidal versucht sie nicht mehr zu erreichen, doch sie schuldet ihm eine Erklärung. Sie zögert, doch dann wählt sie seine Nummer. Es dauert eine Weile, aber dann nimmt er ab. Egal wie viele Kilometer zwischen ihnen liegen, Belinda wird immer mit einer leichten Gänsehaut auf seine raue Stimme reagieren.

»Hast du dich doch entschlossen, mal zu reagieren?« Vidal ist sauer, was verständlich ist.

»Das war keine Absicht, mein Handy war kaputt, ich habe es gerade von der Reparatur geholt ...« Belinda wird sofort unterbrochen, Vidal ist sehr sauer.

»Wozu noch? Du hast doch schon längst eine Entscheidung getroffen. Mittlerweile habe ich davon auch was mitbekommen.« Belinda räuspert sich. »Ich habe es in Puerto Rico nicht mehr ausgehalten, ich kam mir so unerwünscht vor und ...« Vidal ist wirklich sauer.

»Unerwünscht? Von mir?« Belinda versucht ruhig zu bleiben. »Nein, nicht von dir, aber das zwischen uns hat mich nicht dazu gebracht, in Puerto Rico zu bleiben. Von mir aus schon, aber diese Gefühle sind wohl nur von meiner Seite aus so stark, das ist nichts, was Bestand hat, somit werde ich mir am Ende nur selbst wehtun, wenn ich bei dir bleibe, und deswegen einen Krieg zwischen den Familias heraufzubeschwören ist es auch nicht wert.«

Belinda hört, dass Vidal sie unterbrechen wollte, doch ihre Worte lassen ihn einhalten. »Ist das dein Ernst?« Belinda bleibt vor Aprils Laden stehen. »Ja, natürlich ist es das, oder denkst du, ich habe mir diesen Entschluss leicht gemacht?« Nun wirkt Vidal nicht mehr einfach nur sauer, Belinda kennt diese Art von ihm mittlerweile schon, nun ist er nicht mehr sauer, sondern tödlich.

»Nach allem, was ich für dich getan habe? Wie ich mich hier vor meinen eigenen Männern gegen unsere Grundprinzipen gestellt habe, nachdem ich dich gebeten habe, bei mir zu bleiben und diesen gottverdammten Krieg sogar in Kauf genommen hätte, ist das dein Ernst? Dass du behauptest, von meiner Seite war es nicht ernst?«

Belinda spürt Aprils Blick auf sich.«Zumindest nicht so ernst wie mir...« Vidal lacht gehässig auf. »Ist es, weil ich dir nicht gesagt habe, dass ich dich liebe? Wegen drei simplen Worten schmeißt du alles hin, weißt du was? Du hast recht, es ist besser, dass es nicht weitergegangen ist, denn wenn du deswegen alles in Frage stellst, hatte es wirklich nicht den Wert, den es haben sollte, um solch einen Krieg auszulösen.«

Belinda versteht Vidals Wut, doch das ist es ja, was sie meint. »Dafür, dass diese drei Worte so unbedeutend und simpel sind, fallen sie dir ja ungewöhnlich schwer, oder liegt es nur daran, wem du sie sagst? Es ... ich will auch gar nicht daraus so eine große Sache machen, nur hat es mich in meinem Entschluss bestärkt ...«

Es wird lauter um Vidal herum. »Wie gesagt, Belinda, du hast diese Entscheidung getroffen und wenn ich jetzt deine Gründe dafür höre, hast du sie richtig getroffen, pass auf dich auf!«

Belinda nimmt das Handy vom Ohr und steckt es weg, nachdem Vidal einfach aufgelegt hat und somit ein weiteres Band nach Puerto Rico zerschnitten wurde und sie bestärkt, hier in Portland neu anzufangen.

»Was ist da jetzt mit Lilly? Seid ihr wieder zusammen?« Santos sieht durch den Rückspiegel, dass die anderen Männer in den hinteren Autos ihnen folgen. Sie sind gerade von der Autobahn auf einen Landweg gefahren und Santos war so schnell, dass er nicht sicher ist, ob die beiden anderen Wagen hinter ihnen mithalten konnten, doch anscheinend konnten sie.

Santos sieht Alejandro, der neben ihm sitzt, nicht an, er spürt allerdings auch Suertes neugierigen Blick in seinem Nacken. »Es wird besser ... sagen wir es mal so, aber ich möchte, dass sie wieder zurückkommt und bei mir bleibt.« Santos weiß nicht, ob es so eine gute Idee ist, das jetzt schon zu sagen, wo er noch nicht einmal weiß, ob es wirklich wieder zwischen Lilly und ihm klappen kann.

Vielleicht sollte er auch erst einmal vorsichtig nachforschen, was sie darüber denken, wenn Santos wieder mit Lilly zusammen ist, nachdem sie alle gesehen haben, was mit Nacho passiert ist. Hätte Alejandro ihn damals nicht zurückgehalten, wäre noch viel Schlimmeres passiert. Allerdings ist es ihm im Grunde auch egal, was sie alle sagen, er liebt Lilly und wenn er damit umgehen kann, müssen das die anderen auch. Es ist ihm egal, was wer darüber denkt.

»Das ist gut. Lilly gehört hierher. Du hast damals falsch reagiert, es war deine Schuld, dass Lilly sich an dir rächen wollte, war klar, früher oder später musste sie mal auf deine ganzen Weiber reagieren.«

Santos sieht sich zu Alejandro um, hat er das gerade echt gesagt? Suerte hinter ihnen lacht leise. »Da hat er recht!« Santos schüttelt den Kopf. »Das habe ich jetzt auch gemerkt, aber sehr nett, dass du mir das nach so vielen Jahren auch einmal mitteilst.« Alejandro lacht leise und Santos fährt seinen Wagen auf eine kleine Lichtung, die ihm sein Navi anzeigt. »Du bist ein Psycho, wenn es um Lilly geht, wer nur einmal ihren Namen erwähnt hat, den hast du fast getötet. Ich wusste, dass du ein schlaues Kerlchen bist und von alleine darauf kommst.« Alejandro schlägt Santos leicht in den Nacken, wäre es nicht sein älterer Bruder, hätte er sich jetzt zurück eine eingefangen, so verdreht Santos nur die Augen und parkt, erst da sieht sich Alejandro um.

»Sind wir schon da?« Santos deutet auf die Straße. »Fast, es ist noch ein kleines Stück Waldweg, doch wenn wir nicht allzu sehr auffallen wollen, sollten wir hier vielleicht lieber unsere Autos lassen.« Sie steigen aus. »Lassen wir drei Männer bei den Autos zurück?« Ponce steigt aus einem der anderen Autos. Santos nickt und sieht sich genau um.

Sie haben von den Puentes erfahren, dass sie das Boot von Benjamin gefunden haben. Nun haben sie einen Anruf bekommen, jemand hat Benjamin in einer Obdachlosenunterkunft wiedererkannt. Er soll verletzt gewesen sein und wurde dort ärztlich behandelt. Er hat die ganze Zeit ein Cap getragen, das er sich tief ins Gesicht gezogen hat, vermutlich, um nicht erkannt zu werden nach ihren öffentlichen Fahndungen nach ihm.

Sie haben einige solcher Hinweise bekommen, doch die Verletzung hat Levi aufhorchen lassen, da sie ja nun wissen, dass er wirklich verletzt sein muss. Momentan müssen sie jeder Spur nachgehen, die sich ein wenig nach Erfolg anhört, also sind sie jetzt hier.

Drei Männer bleiben bei den Autos zurück, Santos, Suerte, Alejandro, Ponce und Levi machen sich auf den Weg zu der Unterkunft. Obdachlosenunterkünfte gibt es in Puerto Rico einige, sie sind meistens etwas außerhalb der Stadt und es ist immer ein Risiko, dort hineinzugehen, die

Männer und Frauen, die dort leben, haben bereits alles verloren, es sind oft Verbrecher, Vergewaltiger und Mörder, die es nie wieder geschafft haben, Fuß zu fassen, Santos hat schon tausend Geschichten aus diesen Unterkünften gehört.

Das Grundstück übersieht man fast, so dicht bepflanzt ist es vom Wald, der um das Grundstück herum beginnt. Von da an ziehen sie ihre Waffen, Levi bleibt am Eingang, Ponce überprüft, ob es noch einen hinteren Eingang gibt und sichert diesen dann. Santos, Alejandro und Suerte gehen direkt in das verwahrloste Gebäude. Sofort schlägt ihnen ein unangenehmer Geruch von Kot und Urin entgegen. Sie stolpern quasi über Spritzen und einen Mann, der am Boden liegt. Alejandro hebt mit seiner Waffe das Cap des Mannes an, doch es ist nicht Benjamin. Der Mann ist so zugedröhnt, dass er nichts mehr mitbekommt. Sie gehen weiter, kommen an mehreren Schlafbaracken vorbei, sehen sich um, überprüfen die Männer, doch niemand ist Benjamin.

Erst dann kommt ein Mitarbeiter auf sie zu, ein älterer Mann mit vielen Falten um die Augen. »Kann ich Ihnen helfen, was suchen Sie hier?« Santos öffnet eines ihrer Flugblätter mit dem Bild von Benjamin. »Wir wurden informiert, dass er sich hier aufhalten soll, ein Mann namens Cancun hat uns angerufen.« Der ältere Mann greift nach dem Zettel, in dem Moment stößt Ponce zu ihnen, da es hier keinen Hinterausgang gibt.

Die Hände des älteren Mannes zittern, er scheint nicht mehr bei bester Gesundheit zu sein. »Ich kann das nicht so gut erkennen, aber ich kenne Cancun, er hilft meiner Tochter in der Küche. Kommen Sie bitte mit!« Santos sieht verwundert zu Alejandro, so ein höflicher und gepflegter Mann passt hier gar nicht her und wer würde hier freiwillig seine eigene Tochter arbeiten lassen?

Sie folgen dem Mann durch einen dunklen Flur, Alejandro geht in die nächsten zwei Schlafräume, Suerte in ein Bad, was sie noch passieren und Santos und Ponce treten mit dem Mann in einen kleinen Raum ein, der im Gegensatz zu allen anderen hier sehr sauber wirkt. Es stehen Getränke herum, es gibt zwei Herde, einen Kühlschrank, einige Regale mit Lebensmitteln und ein paar Tische stehen im Raum. An zwei Tischen stehen zwei Männer, die gerade Gemüse schneiden, an dem Herd steht eine Frau und dreht ihnen den Rücken zu.

Man sieht nur die langen dunklen Locken, die ihr bis zu den Hüften gehen. »Alina, diese Männer suchen einen Mann. Cancun, du sollst sie gerufen haben.« Die Frau dreht sich um, sie ist sehr hübsch, jünger als Santos, vielleicht ungefähr in Ponces Alter, auf jeden Fall viel zu jung und viel zu hübsch, um hier zwischen all diesen Männern, die ihr Leben nicht im Griff haben, zu arbeiten.

Die Frau mustert sie misstrauisch. Sie ist eine typisch puertoricanische Schönheit, dunkle Haut, große dunkle Mandelaugen, doch sie hat im Gegensatz zu den meisten Frauen von hier eine eher zierliche Figur. Santos reicht ihr den Zettel mit dem Bild, den sie unsicher entgegennimmt, während einer der Männer sich bekreuzigt.

»Madre Mia, ich hätte niemals gedacht, dass ihr auf einen Nichtsnutz wie mich hören würdet. Ich habe alle hier vor diesem Kerl gewarnt, erinnerst du dich, Alina, der Mann mit der großen Narbe über der Nase?«

Einer der Männer tritt hervor und sieht sie beeindruckt an. »Man hat seine Narbe nicht erkannt, er ist jedem hier aus dem Weg gegangen, doch ich habe ein paarmal ein wenig von seinem Gesicht sehen können und dann habe ich die Bilder gesehen und Alina gefragt ...«

Die Frau ist nun wohl nicht mehr so verunsichert und gibt Santos den Zettel zurück. »Ich habe ihn verarztet, dabei musste er sein Cap abnehmen, deswegen weiß ich, dass es der Mann ist, den ihr sucht. Was hat er denn getan? Euch eine eurer teuren Uhren geklaut? Habt ihr es so nötig, extra deswegen solch einen Aufstand zu machen und ihn hier zu suchen?«

Santos stockt einen Augenblick, hat diese zarte Frau gerade ernsthaft so mit ihnen geredet? »Alina, weißt du nicht, wer das ist?« Cancun spricht aus, was Santos denkt, während der Vater der Kleinen wohl nicht mehr ganz so viel von allein mitbekommt. »Meine Tochter versucht, immer allen Menschen zu helfen. Egal was ihre Geschichte ist.« Nun tritt Ponce vor, Santos hat gesehen, dass die junge Frau vor allem auf Ponces Uhr gesehen hat.

»Dieser unschuldige Mann hat einige Männer getötet und Frauen verletzt und sogar einige Nonnen umgebracht, also wäre es wundervoll, wenn du deine zickigen Bemerkungen lassen könntest und uns zu ihm bringen könntest, kleine Weltverbesserin!« In dem Moment tritt auch

Alejandro zu ihnen. »Was ist hier los?« Die Frau sieht Ponce wütend in die Augen, doch dieser Cancun geht dazwischen. »Ich bringe euch zu dem Bett, was er bekommen hat.«

Sie folgen dem Mann, dabei sehen sie sich alle Personen genau an, die ihnen über den Weg laufen. Auch wenn es hier dreckig ist und stinkt, gibt es einen sauberen Essensraum und die Betten wirken ebenfalls sehr sauber. Cancun bringt sie zu einem der hinteren Räume zu dem letzten Bett. »Hier hat er die letzten Nächte geschlafen, ich glaube, es waren zwei oder drei. Ich habe ihn, seit ich ihn erkannt habe, genau beobachtet, vielleicht hat er das gemerkt. Heute morgen hat er mich so abschätzig angesehen, er hat in der Nacht irgendwas an den Heizungen gefummelt und heute morgen war er ganz schnell weg. Alina hat aber gesagt, dass er sich nicht abgemeldet hat und das Bett ist weiter für ihn reserviert, er hat es wohl bezahlt, niemand hat hier eigentlich Geld, deswegen ist es eher selten, dass jemand sich ein Bett reserviert.

Der Kerl war von Anfang an komisch, er hat jede Nacht gelacht im Schlaf. Es war ein krankes Lachen, versteht ihr?« Cancun sieht sie an, er hat einen ungewohnt wachen Blick für diesen Ort. Santos geht zum Bett. »Sind hier irgendwelche Sachen von ihm?« Der Mann schüttelt den Kopf. Santos hebt die Bettdecke hoch, das Kissen, das Laken, als er die Matratze hochhebt, fliegen ihm zwei weiße Blätter mit Zeichnungen entgegen.

»Was soll das sein?« Santos versteht nichts von dem, was da abgebildet ist. »Daran hat er immer gesessen, wenn er etwas gegessen hat, er hat Stunden daran gearbeitet.« Auch Alejandro scheint damit nichts anfangen zu können und steckt sich die Blätter ein. »Der wird nicht wiederkommen.« Es sieht nicht danach aus, vielleicht hat er hier nur seine Wunden heilen lassen.

Plötzlich hören sie die zarte Frauenstimme wieder, sie muss ihnen gefolgt sein. »Er ist bisher immer wiedergekommen.« Alle drehen sich verwundert zu ihr um. Alina steht an der Wand gelehnt und sieht ihnen zu. Sie trägt eine schwarze Leggings bis zu den Knöcheln und ein hellgraues Shirt, das ihr bis über den Po geht, doch man sieht, dass sie sehr zart ist, ihre Augen aber verraten, dass es nur körperlich ist, sie scheint ziemlich schlagfertig zu sein, muss sie wohl auch, wenn sie hier arbeitet.

»Das hier ist kein Spaß, wir müssen genau wissen, was du über diesen Psychopathen weißt, damit würdest du vielleicht ein paar Leben retten, du scheinst ja eine sehr soziale Ader zu haben.« Offenbar hat Ponce ihr das mit den Uhren krumm genommen. Die junge Frau sieht Ponce in die Augen, scheint kurz einiges in ihren Gedanken abzuwägen, doch dann blickt sie zu Alejandro. »Hat er das wirklich getan? Mit den Nonnen?«

Eigentlich hat ihr Bruder nicht die Geduld für solche Spielchen, doch er scheint zu spüren, dass sie bei Alina keine Wahl haben. »Er hat nicht nur Nonnen getötet, er hat auch einige andere Menschen auf dem Gewissen und unsere Cousine entführt und … schwer misshandelt.« Alina sieht sich zu ihrem Vater um, der nun auch zu ihnen kommt. Der alte Mann scheint all das gar nicht mehr so genau mitzubekommen.

»Ich hätte ihn nie so eingeschätzt, er war immer so ruhig und … nett. Es ist nicht das erste Mal, dass er hier war. Er kommt seit einer ganzen Weile immer mal wieder für einige Nächte her, schläft hier, ist den ganzen Tag unterwegs und kommt dann zum Schlafen wieder her. Dann ist er wieder für ein paar Wochen weg.

Wenn er hier ist, verhält er sich sehr ruhig. Als er vor einigen Tagen wieder herkam, hatte mich gewundert, dass er verletzt ist. Er hatte ja schon die ganze Zeit Probleme beim Laufen. Nun hatte er einige Stichverletzungen am Oberkörper und am Bein. Es kann auch sein, dass er Brüche oder Quetschungen hat, ich bin keine Ärztin. Ich konnte ihm nur das Nötigste verbinden und habe ihm angeboten, ihn in ein Krankenhaus zu fahren, doch er wollte es nicht. Aber sonst war er ganz normal, er ist wie jeden Tag wieder in den Wald gegangen, aber er hat wohl all sein Zeug mitgenommen.«

Nun werden sie alle hellhörig. »In den Wald?« Alina zuckt die Schultern »Wer weiß, was er da treibt, einige der anderen Bewohner sagen, dass sie ihn da in einem Schuppen verschwinden sehen, ich selbst habe ihn nie gefragt. Die Menschen hier sind nicht gefangen, sie können sich frei bewegen.« Ponce holt sein Handy heraus, während sich Alejandro und Santos schon in Bewegung setzen.

»Kommt her und ruft Verstärkung! Der ganze Wald muss durchsucht werden, der Mistkerl ist wahrscheinlich noch hier.«

Dante lässt den Motor aus und verlässt seinen Wagen. Er möchte nicht wie das letzte Mal die ganze Aufmerksamkeit auf sich ziehen, doch als er jetzt in das kleine Dorf tritt, in dem Camilla mit ihrer Familie lebt, weiß er, dass das unmöglich ist. Jeder starrt zu ihm.

Dantes Herz schlägt schneller, als er auf das Haus von Camillas Familie zugeht, er sollte nicht hier sein, es ist nicht richtig und doch fühlt es sich so an, es fühlt sich tausendmal besser an als jede einzelne Minute, seit Camilla weg ist. Es bricht ihm das Herz, dass er ihr so wehgetan hat und doch wusste er keine andere Lösung, weiß es immer noch nicht wirklich, alles was er weiß ist, dass er sie sehen muss, mit ihr sprechen möchte, selbst wenn er gerade gar keine Zeit dafür hat.

Alles geht drunter und drüber, Suela und Sofia sind noch bei seiner Mutter in der Klink. Dante war auf dem Weg hierher bei ihnen und es war sehr unangenehm, er hat keine Ahnung, wie er mit Sofia umgehen soll und sie weiß es offenbar genauso wenig. Während ihre Mutter Sofia ständig im Arm hat und wieder aufblüht und Suela und Sofia sich schon benehmen, als wären sie niemals getrennt gewesen, gehen sich Sofia und er aus dem Weg.

Wenn Dante ehrlich ist, spricht er kaum mit ihr, er wüsste nicht einmal, was er genau sagen sollte. Doch es freut ihn, seine Mutter so zu sehen, sie haben jetzt vereinbart, dass sie die Klinik verlassen kann, sie möchte unbedingt mit Suela und Sofia in die Cuidad zu seinen Onkel und Tanten und die verlorene Zeit mit Sofia aufholen, falls das überhaupt machtbar ist, doch allein der Wille, die Klinik nach all der Zeit zu verlassen, freut Dante.

Er wird alle drei auf dem Rückweg abholen und in die Cuidad bringen, er soll sich eh mit Gonzales und Ruben besprechen, vielleicht kann er dort in Ruhe mit Sofia reden, doch wahrscheinlich muss er das Chaos in seinem Herzen, wegen Camilla erst einmal versuchen zu bereinigen, bevor er für noch mehr Wahnsinn, den Kopf hat.

Dante hat fast täglich versucht Camilla anzurufen, es verwundert ihn nicht, dass die Eltern das nicht zugelassen haben und als er jetzt auf das Grundstück von Camillas Familie tritt und der Vater aus dem Haus kommt und ihm böse entgegensieht, versteht er ihn voll und ganz.

»Was suchst du hier?« Dante ist bewusst, dass ihr Vater jedes Recht dazu hat, ihn so anzugehen.

»Ich möchte mit Camilla sprechen.« Der Vater lacht kurz auf und setzt sich auf die Bank vor dem Haus. »Ich erinnere mich noch sehr gut, wie du hier warst, wie du mir in die Augen gesehen hast und mir gesagt hast, wie sehr du meine Tochter liebst und dass du auf sie aufpassen wirst. Meine Tochter aber ist nur kurze Zeit später wieder zurückgekommen und hat sich tagelang die Augen ausgeweint. Langsam geht es ihr wieder besser und jetzt kommst du her und sagst, du willst mit ihr sprechen? Mir ist es völlig egal, wer du bist, du hast meiner kleinen Prinzessin wehgetan.«

Dante ist mit jedem Wort näher gekommen, jetzt setzt er sich zu dem Vater, damit er ihm in die Augen sehen und sich überzeugen kann, wie ernst Dante all das meint.

»Ich liebe Camilla, ich habe noch niemals zuvor eine Frau so sehr geliebt wie sie. Aber das Leben, was ich lebe, ist sehr gefährlich, meine Familia hat Probleme mit einem Mann und der hat es auch auf Camilla abgesehen. Ich liebe Camilla mehr als mein eigenes Glück und ich wollte sie einfach nur schützen ...

Wenn ich sie heirate und wir Kinder bekommen, werden diese immer mit einem gewissen Risiko aufwachsen, Camilla ist immer in Gefahr ... Ich wünschte, ich könnte ihr ein anderes Leben bieten, doch das kann ich nicht. Doch ich habe meine Gefühle auch ein wenig unterschätzt, ich dachte, ich könnte Camilla gehen lassen, für ihr Glück, damit sie ein ungefährliches Leben führen kann, doch jetzt stehe ich wieder hier, eben weil ich es nicht kann. Ich liebe Ihre Tochter wirklich über alles, ich weiß immer noch nicht, wie es weitergehen soll, doch ich konnte nicht anders, ich musste herkommen und mit ihr reden.«

Der Vater sieht ihm in die Augen, Dante merkt erst jetzt, dass Camillas Mutter im Türrahmen steht und sich einige Tränen wegwischt bei seinen Worten. »Natürlich kannst du das nicht. Wenn du sie liebst, wirst du eine andere Lösung finden müssen. Meine Camilla ist eine ganz besondere Frau, eine Frau mit Stolz und Verstand und so schön wie ihre Mutter, natürlich kannst du sie nicht vergessen, du Holzkopf.«

Der Vater sagt all das mahnend, auch wenn es bei dem alten Mann eher niedlich als bedrohend wirkt, weiß Dante, wie ernst er es meint, er will antworten, doch der Vater hebt noch einmal den Finger.

»Ich habe Camillas Mutter von der ersten Sekunde an geliebt, genauso stark wie auch heute noch und es ist viel passiert. Ich komme vielleicht nicht aus deiner Welt, doch eine Sache habe ich niemals getan. Ich habe sie bis heute niemals verletzt. Sie ist mein Herz, ohne sie könnte ich nicht existieren, wieso also sollte ich sie verletzen? Ich sehe in deinen Augen, dass du die Wahrheit sprichst und auch, dass du Camilla liebst, doch du musst noch viel lernen, mein Junge.

Ich glaube dir, doch ob Camilla dir verzeihen kann, weiß ich nicht, sie ist nicht nur so hübsch und schlau wie ihre Mutter, sondern auch so stur ...« Er zeigt auf den Weg vor ihrem Haus, auf dem gerade Camilla auf sie zukommt.

Dantes Herz schlägt augenblicklich schneller, sie ist wunderschön. Ihre Locken umringen ihr hübsches Gesicht, sie sieht müde aus und genau wie auch unter seinen Augen zeigen dunkle Ringe, dass ihnen beiden die Trennung nicht guttut. Sie hat einen langen Rock an, der ihr bis zu den Knöcheln geht, dazu ein weißes Top.

Dante spürt, wie sehr er sie vermisst hat, doch in dem Moment, als sie sie entdeckt, bleibt sie stehen, sieht ungläubig und wütend zu ihnen und dreht dann auf dem Absatz um und geht wütend davon.

Dante springt sofort auf. »Camilla, warte ...«

Nun verschränkt der Vater von Camilla zufrieden die Arme und nickt zu Dante. »Viel Glück!«

Kapitel 13

»Camilla, bleib stehen!« Dante holt Camilla ein, als sie über einen kleinen Feldweg von ihrem Elternhaus flüchten will. »Nein, verschwinde wieder!« Dante hat sie so sehr vermisst und wie sie jetzt vor ihm flüchtet, erinnert ihn an die Anfangszeit, als er lange versucht hat, ihre Aufmerksamkeit zu bekommen und sie immer vor ihm geflüchtet ist.

Er greift nach ihrem Arm und zieht sie hinter einen Felsen. »Ich verschwinde, wenn du mir zuhörst!« Obwohl er Camilla jetzt quasi zwischen den Felsen und sich eingefangen hat, weicht sie weiter von ihm weg, bis ganz an den Felsen heran. »Ich will nichts mehr von dir hören, Dante, nichts von all dem, was du erzählst, stimmt, also verschwinde wieder und komm nicht mehr hierher, hörst du?«

Camilla ist sehr sauer, einen Moment denkt Dante, sie holt aus und schlägt ihn, doch sie schubst ihn nur ein wenig zur Seite, um an ihm vorbeizukommen. »Gelogen? Nichts von allem war gelogen, Camilla. Ich liebe dich ... Sieh mich an!« Dante lässt sie nicht vorbei und sie weicht wieder an den Felsen zurück. »Sieh mir in die Augen, Camilla. Ich liebe dich so sehr, dass ich kaum klar denken kann, seit du weg bist ...«

Nun sieht sie wirklich hoch und in seine Augen. »Ich wollte dich nicht verletzen, mein Schatz, niemals, aber alles was ich möchte ist es, dich glücklich zu sehen. Und als ich die Bilder in diesem Gebäude gesehen habe von dir und gemerkt habe, wie nah dieser Psychopath an dir dran war, bin ich ausgerastet. Ich will doch einfach nur, dass du ein sicheres Leben führst und alles, was ich dir bieten kann, ist nicht sicher.

Ich möchte nicht, dass du wie eine der anderen Frauen in meiner Familie endest, aber gleichzeitig kann ich auch nicht auf dich verzichten, Camilla. Ich habe sogar schon mit Vidal gesprochen, ob ich die Familia verlasse, für dich. Und damit du, wir eine Zukunft haben, würde ich es tun, doch es ist meine Familie, meine Familia, das ist nichts, was man einfach so verlassen kann.

Es war ein Fehler, dich so gehen zu lassen, doch wenn du tief in dein Herz hineinhörst, weißt du auch, dass ich es nicht einfach so getan habe, du weißt, wieso ich so gehandelt habe. Das war doch auch der Grund, wieso du mich erst gar nicht wolltest ... ich ...« Camilla wird ruhiger, mit jedem Wort von ihm geht ihr Atem langsamer. »Wieso hast du dann erst dafür gesorgt, dass ich dich so liebe? Nur, um mich dann zu verletzen? Du hast gesagt, du bleibst bei mir! Du schützt und liebst mich und dann schickst du mich einfach weg. Was soll ich dir noch glauben? Ich dachte, dass du an unserer Beziehung festhältst, egal was kommt und nicht, dass du uns so schnell aufgibst. Und jetzt kommst du wieder hierher und denkst, dass alles wieder gut wird oder was hast du dir vorgestellt? Was willst du hier?«

Camilla beginnt zu weinen und Dante würde sich am liebsten selbst ohrfeigen für den Schmerz, den er ihr angetan hat. Er zieht sie in seine Arme und obwohl sie eigentlich nicht will, lässt sie es zu und ihre Tränen werden immer mehr. Ihr Körper schüttelt sich vor Schmerzen und Dante hält sie fester. Er spürt, dass auch er zittert. »Es tut mir so leid, mein Schatz. Ich wollte das alles nicht. Ich weiß einfach nicht, was ich tun soll. Ich will nicht auf dich verzichten, doch ich will ein besseres, sicheres Leben als das, was ich dir bieten kann.«

Nun drückt sich Camilla so weit von Dante weg, dass sie ihn ansehen kann und wieder durchfährt Dante dabei ein Schmerz, sie sollte nicht so leiden seinetwegen. »Aber ich will es nicht ohne dich. Und wenn ich das sicherste und beste Leben, was man sich vorstellen kann, angeboten bekomme, ich will es nicht ohne dich!«

Dante sieht ihr in die Augen, dann beugt er sich vor und küsst sie. Camilla erwidert den Kuss sofort sehnsüchtig. Wie sehr er sie vermisst hat. Dante bekommt nicht genug von Camilla, er löst nur widerwillig den Kuss.

»Es tut mir so leid, du hast recht, komm. Ich habe einen großen Fehler gemacht.« Dante hat sich die ganzen Tage so sehr nach Camilla gesehnt, am liebsten würde er sie jetzt gar nicht wieder loslassen, doch er ist kein Mann, der nur halbe Sachen macht.

»Wie? Wohin willst du …?« Dante führt Camilla an der Hand zurück zu ihrem Hof, wo nicht nur ihr Vater draußen vor dem Haus sitzt, sondern auch die Mutter. Camillas Schwestern drücken sich neugierig die Nasen an der Scheibe platt. Dante geht direkt zu Camillas Vater.

»Ich weiß, dass ich einen großen Fehler gemacht habe. Ich liebe Ihre Tochter über alles und ich werde sie nicht noch einmal so verletzen.

Camilla ist die Person, um die ich mein eigenes Leben bauen möchte, auch wenn es schwer wird, werde ich für sie eine Lösung finden und sie bei meinem Leben schützen. Ich möchte sie um die Hand Ihrer Tochter bitten. Es würde mich zum glücklichsten Mann der Welt machen, wenn Camilla meine Frau werden würde.«

Camillas Mutter weint, die Schwestern sehen erstaunt durch die Scheibe, nur Camilla neben ihm und ihr Vater bleiben ganz ruhig. Der Vater räuspert sich. »Ich glaube dir, mein Sohn, ich sehe die Liebe zu ihr in deinen Augen, vielleicht machst du ein paar Fehler, doch deine Liebe ist echt und das ist alles was zählt, ich vertraue dir! Doch meine Tochter muss so eine Entscheidung selbst treffen.«

Dante wendet sich zu Camilla um und geht vor ihr auf die Knie, was ein Aufjauchzen aus dem Haus hervorruft. »Camilla, hier vor deiner ganzen Familie frage ich dich, ob du mir verzeihen kannst. Ich werde dich nicht noch einmal enttäuschen und für uns kämpfen. Ich werde dir ein guter Ehemann sein und die Kinder, die wir bekommen, werden mein ganzer Stolz sein. Auch wenn ich es vielleicht nicht mehr verdient habe ... aber willst du meine Frau werden, Camilla? Ich habe noch nie etwas in meinem Leben so ernst gemeint!«

Camilla hat noch immer dieses nachdenkliche Gesicht, keiner sagt mehr ein Wort, doch Dante sieht die Liebe in Camillas Augen und als sich dann ein erleichtertes Lächeln auf ihr Gesicht schleicht, atmet sein Herz tief aus. Sie beugt ich zu ihm hinunter und springt förmlich in seine Arme. »Natürlich möchte ich das, du Dummkopf. Ich liebe dich doch über alles, was sollte ich sonst wollen?«

»Ich habe hier etwas!« Nachdem sie über eine Stunde den Wald abgesucht haben, ruft Suerte Alejandro endlich auf dem Handy an. Alejandro läuft schnell mit Ponce zu dem Platz, an dem Suerte glaubt, etwas gefunden zu haben und tatsächlich stehen sie dann vor einem alten Schuppen in der Nähe einer Lichtung. Vielleicht steht das kleine Holzhaus noch von früher da, es sieht alt und ungenutzt aus, doch Santos kommt gerade heraus und winkt sie herein.

»Er war hier, dieser Psychopath hat das hier als eine Art Werkstatt benutzt und er muss gerade noch hier gewesen sein.« Alejandro tritt an seinem Bruder vorbei in den kleinen Schuppen und tatsächlich ist es hier genutzt worden. »Was ist das alles hier? Holt Jasper her.« Jasper ist ihr Computer- und Technikmann, was auch immer Benjamin hier getrieben hat, er wird es herausfinden.

Es gibt mitten im Raum eine Art Werkbank, auf der unzählige Kabel und Drähte, Batterien und anderer Kram stehen, einiges scheint aber auch weg zu sein. Man sieht sofort, dass er das Nötigste zusammengepackt hat und geflüchtet ist, viele Kartons sind umgeworfen, sie haben ihn kalt erwischt. »Dieser Cancun hat recht gehabt, Benjamin hat etwas geahnt und zur Sicherheit eine Kamera installiert.«

Santos zeigt auf einen von drei kleinen Monitoren, darauf ist der Schlafsaal zu sehen und sein Bett. Er muss sie gesehen haben und geflüchtet sein, die Kamera muss an den Heizungen angebracht sein. Außerdem zeigt ein Monitor den Eingang des Krankenhauses, er muss sie dort überwacht haben und eine weitere Kamera zeigt die Cuidad der Puentes. Sie ist mitten drin aufgestellt, man sieht die Häuser, gerade läuft Elian mit einem Mann vorbei.

»Gibt es noch mehr davon? Hat er es auch geschafft, bei uns eine anzubringen? Wie hat er das überhaupt geschafft, die Cuidads wurden alle genau untersucht?« Alejandro wendet sich verwundert an Jasper.

»Die muss neu sein. Ich gebe den Puentes Bescheid und schicke ihnen ein Bild, wo die Kamera ist.« Alejandro zögert. »Sie sind unsere Feinde, wir haben nur einen winzigen Augenblick zusammen gearbeitet, dass bedeutet nicht, dass sich das jetzt ewig so hinzieht.« Santos deutet auf den Monitor, der noch immer Elian zeigt, der sich dort mit dem Mann unterhält. »Sie haben uns auch von dem Boot erzählt, wir sagen es ihnen und was wir gefunden haben, mehr nicht!«

Alejandro gefällt das gar nicht, doch auch er weiß, dass sie ihnen wegen Alena viel mehr als nur das schulden, Elian hat Alena gerettet. »Warte noch bis raus ist, was es hier wirklich gibt.« Er sieht auf ein frisches Sandwich, das nur halb aufgegessen wurde und nimmt sein Handy in die Hand. »Schickt alle Männer los, sie sollen den ganzen Wald absuchen. Er hat uns im Haus gesehen und ist sicher nicht in unsere Richtung geflüchtet, vielleicht versteckt er sich irgendwo, sucht alles ab!«

Jasper kommt zu ihnen und sieht sich um. Außer der ganzen Elektronik und den Werkzeugen, den Monitoren und einigen wirren Zeichnungen findet Alejandro einen Stapel mit Bildern. Benjamin war am Krankenhaus, es gibt von fast jedem Bilder, besonders von Belinda, ihr Gesicht ist herangezoomt und Alejandro erfassen sofort wieder Schuldgefühle, als er sieht, wie fertig sie aussieht. Es ist auch ein Bild, wo Belinda mit Elian redet, Alejandro könnte ausrasten, der Dreckskerl war so nah an ihnen allen dran und sie haben nichts mitbekommen.

»Das ist nicht die Arbeit eines Verrückten, der weiß genau, was er macht. Mit diesem ganzen Zeug kann man Unmengen an Bomben bauen und hier ist sogar eine Zeichnung für eine Nagelbombe, der Typ weiß, was er macht. Er scheint gerade an etwas Größerem gearbeitet zu haben, vielleicht hat er das mitgenommen, die Zeichnungen zeigen Anleitungen von kleineren Bomben, die man auch ganz einfach in Taschen oder Geräten einbauen kann.

Was interessant ist, ist das hier. Er hat hier einen Ortungsmelder.« Alejandro sieht auf ein Gerät, das einige grüne Punkte anzeigt. »Zu den Koordinaten stehen Namen, er hat euch alle jederzeit orten können.« Alejandro nimmt das Gerät in seine Hände. »Wie soll das funktionieren?« Der Mann deutet auf sein Handy. »Dadurch, er kann eure Rufnummer und das Gerät zurückverfolgen.« Ponce kommt zu ihnen. »Woher soll er unsere Nummern haben?«

Santos tritt gegen eine der vielen Kisten. »Manchmal sind wir auch zu blind. Er hat Alenas Handy, natürlich hat er all unsere Nummern. Zumindest die der Sombras.« Alejandro reicht das alles, er winkt alle Männer heraus und geht selbst einige Schritte vom Schuppen weg. Dann nimmt er die Zeichnungen, zündet sie an und lässt den Schuppen in Flammen aufgehen.

»Alle sollen sich neue Nummern besorgen, sucht alles ab, jeden Winkel, wir waren so nah dran, ihn zu schnappen. Ich kann seinen Gestank noch riechen.« Zufrieden sieht er auf den brennenden Schuppen und wie ein Großteil von Benjamins krankem Wahn im Feuer aufgeht. »Die Schlinge um seinen Hals wird immer enger, Benjamin spürt das und er wird Panik bekommen und dadurch wird er Fehler machen. Bald werden wir unsere Rache haben! Renn, Benjamin, denn bald werden wir dich haben!«

»Und was haben Sie genau in Puerto Rico getan?« Belinda ist erst seit einigen Tagen wieder in Portland und schon beim dritten Vorstellungsgespräch, aber jedes Mal kommt diese Frage. Belinda erklärt, dass sie dort ihre Familie gesucht hat und schon ist sie dabei zu erklären, was nicht zu erklären ist. Dass sie in Puerto Rico so viel mehr als einfach nur eine Familie gefunden hat, so viel mehr, als sie ertragen kann.

Eine halbe Stunde später will sie in das Appartement, das ihr Vater ihr gemietet hat, April hat die ganzen Nächte bei ihr geschlafen, nun weiß Belinda alles, was bei ihrer besten Freundin los war, auch dass Alejandro und sie sich näher gekommen sind, doch das war ja auch in Puerto Rico schon abzusehen. Seit gestern Abend ist sie in New York auf einer Messe für neue Trends. Belinda wäre gerne mitgeflogen, doch sie hatte das Bewerbungsgespräch heute und übermorgen auch noch eines. Wenn sie in Portland wieder Fuß fassen möchte, kann sie sich nicht auf Messen in New York herumtreiben.

Belinda hat sich wieder als Büromitarbeiterin beworben, sie kann sich kaum vorstellen, nach den ganzen letzten Wochen einfach wieder im Büro zu sitzen, hier und da mal ins Kino zu gehen und ihr sehr einfaches und ruhiges Leben wieder aufzunehmen. Doch dafür hat sie natürlich auch keinen Psychopathen, der versucht alle umzubringen, Familiakriege und verschleppte Frauen.

Ihre Brüder versuchen, Belinda auch weiterhin zu erreichen, doch sie geht nicht ans Telefon. Mit ihrem Vater hingegen telefoniert sie fast täglich, auch mit Alicia und Camilla. Alena macht kaum Fortschritte, Belinda kann es nicht erwarten, endlich zu ihr zu können, doch sie versteht auch, dass sie momentan von allem so gut es geht abgeschottet werden soll. Camilla schwebt auf Wolke sieben, Dante und sie werden heiraten und Dante kann es gar nicht schnell genug gehen. Sie hat sich mit Dante ausgesprochen und sich dazu entschieden, mit ihm zusammen in der Cuidad zu leben und in San Juan weiter zu studieren, wenn es wieder ruhiger ist. Solange das mit Benjamin nicht beendet ist, wird sie im Dorf bleiben und sie wollen auch erst dann heiraten, davor ist niemandem zum Feiern zumute.

Die Männer sind ihm wohl dicht auf den Fersen und es kann sich laut ihrer Aussage nur noch um Tage handeln, bis er geschnappt wird.

Camilla weiß nichts von Vidal, Dante hat ihr nur erzählt, dass er, seit Belinda weg ist, jede Sekunde Benjamin jagt und man ihn nicht auf das Thema mit Belinda ansprechen sollte, er scheint damit abgeschlossen zu haben. Das muss Belinda auch, das weiß sie, sie muss mit einigem abschließen, doch dass das nicht so leicht ist, wird ihr klar, als sie in das Gebäude gehen will und ein schwarzer Mietwagen neben ihr hupt und Alejandro die Beifahrertür aufstößt.

»Wenn meine Schwester nicht ans Telefon geht, müssen wir das eben so machen.«

Belinda ist sauer auf ihren Bruder, enttäuscht und verletzt, trotzdem steigt sie ein, nach anfänglichem Zögern und er fährt mit ihr in ein Japanisches Restaurant, wo sie eine kleine abgetrennte Kabine haben und sich gegenüber an einen Tisch setzen. Auf der Autofahrt hat Alejandro Belinda bestätigt, dass auch ihre Familia Benjamin sehr nah auf der Spur ist. Er hat ihr von dem Obdachlosenheim erzählt und was sie da gefunden und zerstört haben und dass sie gerade noch weiteren Hinweisen nachgehen.

Er hat ihr auch eine neue Nummer mitgebracht und erklärt, dass sie die alte nicht mehr benutzen soll, da Benjamin sie damit orten konnte. Belinda hat zugehört, aber nicht viel gesagt, jetzt im Restaurant, nachdem sie ihre Bestellungen aufgegeben haben, räuspert sich Alejandro und sieht ihr in die Augen.

»Weißt du, Belinda, ich habe mir niemals vorstellen können, jemals eine Schwester zu haben, doch als ich dich dann gesehen und kennengelernt habe, wusste ich, dass wenn ich mir jemals eine Schwester gewünscht hätte, sie so wie du hätte sein sollen.« Belinda senkt den Blick und Alejandro greift über den Tisch zu ihrem Kinn und stupst es nach oben, sodass sie ihn ansehen muss. »Es tut uns leid, Belinda, uns allen, besonders Santos, Ponce und mir, wir haben uns absolut falsch verhalten und wissen, dass wir einige Fehler gemacht haben.

Am liebsten würde ich die Zeit zurückdrehen und dir einen ganz anderen Start in Puerto Rico bereiten, es ist von Anfang an alles schief gelaufen und du bist in einer beschissenen Zeit in unser Leben getreten. Einer Zeit, wo wir alle nicht genau wissen, was zu tun ist, da ein Krieg ausgebrochen ist, den wir so nicht kennen.

Wenn wir Krieg mit einer anderen Familia, Geschäftspartnern oder sonstigen haben, kann sich niemand an uns messen, doch das momentan ist etwas anderes. Etwas anderes, weil es ein feiger, unsichtbarer Gegner ist, der mit Bomben und versteckten Hinterhalten versucht, uns zu schaden und uns dort trifft, wo es uns am meisten verletzt, bei den Frauen aus der Familie. Bei einem Gegner, der sich vor einen stellt und einen Kampf auf Augenhöhe will, damit hatten wir nie Probleme, bei Benjamin müssen wir anders handeln und denken, das haben wir jetzt auch verstanden.

Du hattest nicht Schuld an dem, was passiert ist, im Gegenteil, ohne dich hätten wir nicht gewusst, dass Benjamin hinter alldem steckt und obwohl du noch gar nicht lange zu uns gehörst, hast du dich sofort mit auf die Aufgabe gestürzt und dich selbst in Gefahr gebracht, aber dann hast du leider auch noch unsere ganze Wut abbekommen.

Das war falsch, niemand von uns wollte dich verlieren, Belinda, wir haben dich gerade erst gefunden und du solltest nicht hier sein, wir haben einen Fehler gemacht und du ... musst zurückkommen und bei uns in Puerto Rico leben. Ich hoffe, dass du uns das verzeihen kannst und als dummen Fehler ansiehst, den Brüder, die keine Erfahrung im Umgang mit einer Schwester haben, einfach machen.«

Belinda spürt, dass Alejandro sich schwer dabei tut, so ehrlich zu ihr zu sein und sie findet seine Worte wirklich sehr süß und auch, dass er extra hergekommen ist, zeigt ihr, dass es ihm nicht egal ist, doch das ändert nichts an allem, was passiert ist.

»Ich glaube dir, doch ich weiß nicht, ob mein Platz wirklich in Puerto Rico ist, es ist sehr hart und ... ich habe noch nie solch ein Gefühlschaos in mir gehabt wie in der Zeit in Puerto Rico, seit ich wieder hier bin, habe ich das erste Mal das Gefühl, wirklich durchatmen zu können und zur Ruhe zu kommen.«

Alejandro nickt, während ihnen das Essen gebracht wird. »Es ist eine sehr starke Umstellung für dich und wir hätten dich dabei mehr unterstützen müssen und das werden wir auch tun. Dass ich hier bin, hat auch nichts mit Papa zu tun, ich möchte dich in Puerto Rico in meiner Nähe haben. Ich bereue es wirklich, mich nicht schützend vor dich gestellt zu haben, bei allem was geschehen ist, doch ich schwöre dir, dass mir dieser Fehler nicht noch einmal passieren wird.

Nicht nur mir, auch Santos und Ponce und auch allen anderen tut es leid. Santos und Ponce wollen auch herkommen, ich habe sie nur abgehalten und bin als erster gekommen. Mir ist auch klar, dass du diese Entscheidung nicht von heute auf morgen treffen kannst, aber wir sind hartnäckig und überreden dich so lange, bis du wieder ... nach Hause kommst.«

Belinda lächelt. »Mir bedeutet das wirklich viel, Alejandro, ich habe mir mein Leben lang Geschwister gewünscht und dass wir füreinander da sind ... halt alles, was man so macht als Geschwister.« Alejandro schiebt ihr etwas von seinem Essen zum Probieren hin. »Wir teilen, streiten und vertragen uns wieder, doch am Ende vom Tag gibt es nichts, worauf ich mich so blind verlassen kann wie auf Santos und Ponce und ich wünsche mir, dass du das auch so spüren kannst, ich werde ab jetzt auch immer für dich da sein, egal wo du bist.«

Belinda weiß, dass sie nicht so schnell zurück nach Puerto Rico kommen wird, doch sie ist froh über Alejandros Besuch und dass sie sich aussprechen. Er weiß, dass sie diese Entscheidung nicht so schnell treffen wird, deswegen wechselt Belinda das Thema. »Wie lange bleibst du?« Alejandro holt einen Umschlag aus der Hosentasche. »Bevor ich es vergesse, hier ist deine neue Nummer. Ich muss morgen zurück, wir sind Benjamin auf der Spur und ich will das endlich beenden.«

Belinda nickt. »Dann bleibst du heute Nacht bei mir. Leider ist April zur Zeit nicht da.« Das erste Mal weicht ihr hübscher Bruder ihrem Blick aus. »Ich weiß, wir schreiben uns.« Belinda nimmt sich eine Karotte. »Ja ich weiß, sie ist meine beste Freundin.« Nun bekommt Alejandro das Lächeln, was Belinda so liebt, es ist frech und typisch für ihren ältesten Bruder. »Deswegen halte ich mich auch ein wenig zurück. Ich will keinen neuen Ärger mit meiner kleinen Schwester riskieren, deswegen muss ich mal gucken, worauf das hinausläuft, ich werde sie aber nicht verletzen, soviel kann ich dir versprechen.«

Belinda lacht leise auf. »Das habe ich mir schon gedacht, sie hat mir gesagt, dass du eigentlich wolltest, dass sie mit nach Puerto Rico kommt und ihr euch dort besser kennenlernt. Allerdings hat sich ihr Vater ja dann doch dazu entschieden, auf den Laden zu verzichten ... ganz plötzlich, wo er erst so scharf darauf war.« Alejandro zieht die Augenbrauen hoch und sieht Belinda in die Augen. »Ich habe es ihr nicht gesagt, aber ich kenne dich nun auch schon ein wenig und wenn sich plötzlich die Meinung eines Mannes ändert und du in der Nähe bist ... könnte das miteinander zu tun haben.« Ihr älterer Bruder lacht leise und zwinkert ihr zu. »April soll davon nichts erfahren, sie soll sich zu nichts verpflichtet fühlen.« Belinda nickt und lächelt, sie hat schon längst gemerkt, dass April sich in Alejandro verliebt hat.

»Wenn du zurück nach Puerto Rico kommst, werde ich sie eh öfter sehen.« Er hebt die Augenbrauen und Belinda ist froh, dass die Kälte und die Unsicherheit, die am Anfang im Auto zwischen ihnen geherrscht hat, gewichen ist. Belinda spürt wieder, wie wichtig ihr dieser Kontakt ist, trotzdem weiß sie, dass sie nicht so einfach nach Puerto Rico zurückkehren wird. »Aber bevor all das passiert, schnappen wir uns jetzt erst einmal diesen Psychopathen. Solange hat keiner richtig den Kopf dafür, sich auf irgendetwas anderes zu konzentrieren. Die Schlinge um seinen Hals zieht sich immer enger, bald haben wir ihn und werden ihn für alles zur Verantwortung ziehen, was er getan hat.«

»Ich werde trotzdem für ein oder zwei Tage kommen, ich kriege das hin.« Santos muss Lilly wiedersehen, egal was für ein Stress gerade um sie herum ist. Das mit Lilly ist zu wichtig, um es jetzt schleifen zu lassen, deswegen telefonieren und schreiben sie öfter, doch das bringt sie nicht näher, Santos muss zu ihr.

Er ist gerade in einem Restaurant angekommen, wo er einige Geschäftspartner trifft, doch als er schon am Tisch angekommen ist, hat er gemerkt, dass er die Tasche mit den Waren im Auto gelassen hat. Was auch immer zur Zeit alles schiefgeht, sie müssen auch den normalen Geschäften nachgehen. Santos geht schnell zurück zum Auto.

Ein Typ mit Cap steht an seinem grauen Mercedes. Als Santos aus dem Restaurant kommt, entfernt er sich schnell. Santos geht zu seinem Auto, blickt noch einmal zu dem Mann, den er nur noch von hinten sieht. »Ist das? .... Lilly, ich rufe dich zurück.« Er öffnet schnell sein Auto, schmeißt das Handy auf den Beifahrersitz, startet den Motor, um den Mann so schnell es geht einzuholen, falls es wirklich Benjamin ist, was er nicht glauben kann, der Kerl ist doch nicht so wahnsinnig und präsentiert sich hier auf einem silbernen Tablett.

Santos dreht den Zündschlüssel und es gibt eine ohrenbetäubenden Knall, alles um Santos wird dunkel.

Vidal beendet gerade eine Besprechung, sie sind so kurz davor, Benjamin zu schnappen, gestern hat ihn ein Mann gesehen, sie haben alles in der Gegend abgesucht und werden heute nochmal dahin und die weitere Umgebung absuchen, doch gerade als sie hinauswollen, kommt Cuca, der noch unterwegs war, mit Handy in der Hand in den Raum gestürmt und als Vidal die Tränen in den Augen seines sonst so harten Cousins sieht, zieht sich alles in ihm zusammen und sein Herz beginnt zu rasen.

»Was ist passiert?« Elian stellt sich zu ihm, auch er sieht, dass etwas nicht stimmt.

»Wo ist Benito?« Vidal deutet zur Terrassentür. »Der ist draußen mit Aaron noch einige Waffen holen, was ist passiert?« Cucas Stimmt stockt. »Das Auto deines Vaters ist vor einigen Minuten in die Luft gesprengt worden. Eine Autobombe.« Vidal hat das Gefühl, man zieht ihm die Füße weg. »Es war aber nicht dein Vater im Auto ... er hat mich gerade angerufen.« Vidals Herz schlägt weiter, doch nur einen Augenblick, dann stockt er erneut. »Wer dann? Wer war im Auto?«

Cucas Stimme ist rau und kratzig vor Schmerzen. »Dalila, sie hat sich das Auto deines Vaters genommen und ist in die Stadt zum Einkaufen.« Vidal sieht das hübsche Gesicht seiner Cousine vor Augen und den Schmerz Cucas in dessen Gesicht. Dalila? Nicht seine jüngste Cousine Dalila, alles, nur das nicht!

Kapitel 14

»Und da ich verletzt bin, darfst du mir eh nicht mehr böse sein.« Belinda muss lächeln, als Santos sie noch einmal an sich drückt.

Sie hätte nicht gedacht, dass sie so schnell wieder zurück in Puerto Rico sein wird. Noch während des Mittagessens hat Alejandro den Anruf bekommen und genau wie bei Adrian damals sind sie beide sofort zurückgeflogen. Doch dieses Mal hatten sie Glück, Santos ist mit einigen Schrammen, einer Platzwunde am Kopf, einer leichten Gehirnerschütterung und einer Rauchvergiftung davongekommen.

Er ist davongekommen, sie haben auch davon erfahren, dass fast zeitgleich zwei Autos von Benjamin mit einer Autobombe manipuliert wurden. Das Auto von Vidals Vater und das von Santos. Vidals jüngste Cousine hat das Auto gestartet und war sofort tot, es ist kaum mehr etwas vom Auto übrig geblieben. Santos hingegen hatte das riesige Glück, dass die Bombe an seinem Auto nicht richtig funktioniert hat. Es gab nur einen kleinen Knall, das Auto hat trotzdem schnell Feuer gefangen, Santos wurde durch die Wucht gegen das Lenkrad geschleudert und musste aus dem Auto gezogen werden, doch er lebt und Belinda ist ihm, sobald sie ihn im Krankenhaus gesehen hat, um den Hals gefallen, egal was alles zwischen ihnen passiert ist.

Santos hat sie seitdem auch nicht mehr aus seinen Armen gelassen und sich auch noch einmal für alles entschuldigt. Alejandro und Ponce wollten mit den Ärzten reden, auch ihr Vater ist bereits wieder hier, doch Belinda bleibt bei Santos, dem es sehr wichtig ist, dass sie weiß, wie sehr er sein Verhalten bereut, man würde gar nicht glauben, dass er gerade einen Mordanschlag überlebt hat.

»Ich glaube es euch, doch es ist vielleicht trotzdem besser, wenn ich in Portland ...« Santos hebt die Hand, er entfernt sich einen Verband, den er wohl gerade erst angelegt bekommen hat. Darunter ist seine Haut aufgeschürft. Er wirft den Verband in den Müll.

»Du gehörst jetzt zu uns und hierher, Belinda ...« Belinda lacht leise, als Santos genervt versucht, einen weiteren Verband zu öffnen, tritt zu ihm und hilft ihm dabei. »Solltest du das nicht dran lassen?« Santos winkt ab.

»Ich hasse diese Dinger, die Luft heilt Wunden am besten. Lass uns von hier verschwinden, ich hasse Krankenhäuser.«

Die Tür geht auf und ihr Vater, Alejandro und Ponce kommen herein. Ihnen allen sieht man den Schrecken und auch die Erleichterung an. Ihr Vater zeigt auf sie. »Das ist alles, was ich mir wünsche, dass meine Kinder gesund sind und füreinander da sind.« Belinda wirft auch diesen Verband weg und sieht zu Alejandro, der sich wieder ein wenig beruhigt hat.

Belinda hat ihn beim Tod von Adrian erlebt, doch heute war es noch einmal komplett anders. Alejandro ist völlig neben sich gewesen, noch nie hat sie jemanden so verzweifelt gesehen, es hat gedauert, bis sie nach und nach während des Fluges herausbekommen haben, dass Santos all das einigermaßen gut überstanden hat und erst dann hat sich auch Alejandro wieder beruhigt.

»Ab jetzt wird das auch besser, wir lassen unsere kleine Schwester schon nicht mehr gehen.« Belinda lacht und sieht mit hochgezogenen Augenbrauen zu Ponce. »Also, um genau zu sein, bin ich älter als du!« Ponce grinst frech. »Älter ... aber kleiner!« Alejandro hat ein Shirt für Santos da, die Nacht musste er im Krankenhaus bleiben, sie sind erst vor Kurzem gelandet und sofort hergekommen. Santos trägt nur eine Sportshorts, überall sind Kratzer und kleinere Wunden.

»Du kannst jetzt nach Hause, die Ärztin kommt aber morgen früh vorbei, um nach deinen Wunden zu sehen und die Lunge abzuhören. Nimm Belinda mit, morgen gibt es eine große Feier, dass nichts Schlimmeres passiert ist. Ich hoffe, der Hund Benjamin sieht diese Feier und weiß, dass wir bereits auf seinem Grab tanzen.«

Belindas Vater reibt sich die Stirn. »Ihr müsst sehr nah an ihm dran gewesen sein, das ist stümperhafte Arbeit gewesen, eine schnelle Reaktion auf die Schlinge, die um seinen Hals liegt und nun ist es an der Zeit, sie zuzuschnüren. Ich habe hier für alle Prüfschlüssel für die Autos. Bevor ihr den Zündschlüssel einsteckt, schiebt ihr das in das Zündschloss, es überprüft, ob etwas am Auto angebracht wurde. Wenn es grün leuchtet, ist alles in Ordnung, dann könnt ihr den Motor normal starten, wenn es rot leuchtet, steigt vorsichtig aus, entfernt euch vom Wagen und ruft die anderen.«

Ihr Vater gibt ihnen allen zwei solcher Geräte. »Denkt daran, sie immer zu benutzen, ich lasse sie gerade an alle Männer verteilen. Es sind vier Leute geschnappt worden, die gerade einige Vorrichtungen für den Bombenbau verkauft haben, ich fahre jetzt zu denen.« Alejandro nickt. »Wir kommen mit. Belinda, fahr mit Santos nach Hause, wir sind bald zurück.«

Belinda hält ihre Brüder und ihren Vater beim Verlassen des Raumes zurück. »Wann ist die Beerdigung?« Ihr Vater sieht sie verwundert an. »Welche Beerdigung?« Belinda hebt die Arme. »Na von den Los Puentes, sie haben ihre Cousine verloren.« Alejandro sieht ihr in die Augen und in dem Moment erkennt Belinda, dass er mehr weiß, vielleicht auch nur ahnt, dass Belinda nicht nur aus Neugierde danach fragt.

»Wir gehen nur auf Beerdigungen, wenn welche aus den engeren Kreisen sterben und niemand weiß, wie genau das passiert ist. Der Fall liegt anders, wir alle wissen, wer die Cousine getötet hat, andere Familias müssen nicht mehr zeigen, dass sie damit nichts zu tun haben. Sie werden nur in der Familia trauern.«

Belinda spürt Tränen in ihre Augen steigen und sie weiß, dass sie sich hier und jetzt zusammenreißen muss, sie darf nicht zeigen, wie sehr sie der Tod von Vidals Cousine trifft. »Aber es ist ihre junge Cousine, sie haben Alena gerettet und jetzt selbst jemanden verloren.« Ihr Vater nickt. »Das wissen wir, Alejandro und ich haben unser Beileid aussprechen lassen und einen Kranz geschickt, mehr wird es nicht geben, Belinda, trotz allem sind sie unsere Feinde und dieses böse Blut zwischen uns wiegt sogar noch mehr als der gemeinsame Feind, den wir zur Zeit haben, deswegen ist das alles, was wir dazu zu sagen haben.« Er lächelt und streicht noch einmal über Belindas Wange. »Du siehst müde aus, Schatz, fahr nach Hause, ich habe dafür gesorgt, dass dein Lieblingsessen zubereitet wird, ruh dich aus, morgen gibt es eine große Feier.«

Natürlich kann Belinda das nicht so einfach, doch das wird sie nicht einfach sagen. Die drei gehen und Belinda hilft Santos, noch einen weiteren Verband zu lösen, während sie krampfhaft überlegt, wie sie an ein paar freie, unbeobachtete Minuten kommt, doch als hätte sie Belindas Gedanken gehört, klopft es in diesem Moment ganz zart an der Tür und Lilly, die hübsche Ex-Freundin von Santos kommt ins Zimmer.

Sie sieht völlig fertig aus, wunderhübsch, aber so, als hätte sie einige schwere Stunden hinter sich. Ihre großen blauen Augen legen sich sofort auf Santos, der in seiner Bewegung einhält. »Ähmm, hi, ... ich gehe schon mal vor. Wir sehen uns später zuhause.« Belinda gibt Santos noch einen Kuss auf die Wange, lächelt Lilly an und geht dann schnell aus dem Zimmer. Als sie die Tür hinter sich schließt, muss sie lächeln, sie kann nur hoffen, dass das zwischen den beiden wieder gut wird.

Doch sie muss sich jetzt beeilen, sobald sie unten vor dem Krankenhaus ist, ruft sie sich ein Taxi heran, steigt ein und nennt Vidals Adresse.

»Wie bist du so schnell hergekommen?« Santos ist völlig überrumpelt, er hat niemals damit gerechnet, dass Lilly plötzlich hier vor ihm steht. Sie hat ihn kurz nach der Explosion zurückgerufen, weil er es nicht konnte und Sanchez, der an sein Handy gegangen ist, hat ihr wohl erklärt, was passiert ist.

Lilly sieht komplett an ihm herunter, betrachtet jeden Kratzer und jede Schramme und sieht erst dann wieder in seine Augen, in dem Moment erkennt er Angst in ihrem Blick. Lilly kommt zu ihm und ohne zu zögern schließt er sie in seine Arme. Da sie nur ein Top trägt und er kein Shirt anhat, spürt er das erste Mal seit langer Zeit wieder ihre Haut auf seiner, er schließt die Augen, ignoriert das Brennen der frischen Wunden und drückt Lilly an sich.

»Ich hatte solche Angst, dass ich dich jetzt auch noch verliere.« Santos lächelt an Lillys Kopf. »Du verlierst mich nicht, du weißt doch, dass mich so leicht nichts umhaut.« Lilly weicht ein wenig zurück und sieht ihm in die Augen. »Eigentlich dürfte ich gar nicht so denken, vor einigen Wochen hatten wir noch gar keinen Kontakt und jetzt habe ich Angst, dich zu verlieren, diese Nähe bringt mich wieder komplett aus meiner Bahn.«

Santos seufzt leise auf und streicht ihre Haare nach hinten. »Ich habe dir doch versprochen, dass alles gut wird, versuche einfach, es auf dich zukommen zu lassen.« Er spürt Lillys Zerstreutheit, doch sie müssen da jetzt durch, damit sie wieder zusammenfinden. Statt jedoch weiter von Santos weg zu weichen, legt sie ihren Kopf wieder an seine Brust und an das L, das für sie an seinem Herzen steht. Er hat niemals daran gedacht, es entfernen zu lassen, egal was war.

»Als ich gehört habe, dass eine Autobombe an deinem Auto befestigt war und dass du verletzt bist, bin ich sofort losgeflogen. Dieses Gefühl in mir hat mir die Luft zugeschnürt, ich habe nur daran gedacht, dass ich dich nicht verlieren darf. Du warst doch immer alles für mich.« Lilly blickt hoch, ihre zarten Finger streichen über seinen Hals und gehen an seine Wange und als sie sich hochbeugt und ihre Lippen die seinen berühren, kann Santos sich nicht mehr zurückhalten.

Er hätte Lilly nicht geküsst, um den Abstand, den sie noch wahren wollte, zu respektieren, doch als er diese vertrauten Lippen nun wieder an seinen spürt, kann er nicht anders. Santos küsst sie zurück und eine Sehnsucht wird in ihm frei, von deren Ausmaß er nichts geahnt hat.

Er weiß nicht, wohin mit diesen Gefühlen, wie er Lilly am nächsten bei sich haben kann, nichts scheint eng genug zu sein, seine Arme umfassen sie, seine Hand gleitet in ihren Nacken und doch ist ihm das nicht genug. Endlich nach all der Zeit hat er die Liebe seines Lebens wieder bei sich, riecht und schmeckt sie und er kann nicht genug davon bekommen.

»Du hast mir so wahnsinnig gefehlt.« Santos' Stimme ist kaum noch wiederzuerkennen. Er kann sich nur Millisekunden trennen und vereint ihre Lippen sofort wieder, als Lilly leise aufseufzt und ihr Tränen die Wangen hinunterfließen. »Ich liebe dich so sehr, Santos, dass es mich zerstört.« Santos schüttelt den Kopf, küsst wieder ihre Lippen und ihre nassen Wangen. »Das lasse ich nicht zu, Engel, nie wieder!«

Erst als Lilly ihn ansieht, lächelt und ihm eine Träne aus den Augen wischt, spürt er, dass seine Gefühle so überhand genommen haben, dass das erste Mal auch ihm eine Träne entwichen ist, doch er hat auch noch niemals so starke Gefühle für jemanden gehabt wie für Lilly. Sie ist sein Leben und danach wird er ab jetzt auch sein Leben führen. Das schwört er sich selbst und ihr.

Eine Krankenschwester kommt herein und stoppt. »Entschuldigung, ich dachte, Sie wären schon weg.« Santos küsst Lillys Stirn und nimmt ihre Hand. »Lass uns nach Hause gehen!«

Belinda sieht aus dem Fenster und fragt sich, wie all das hier weitergehen soll. Sie kommt nicht einmal für ein paar Tage aus Puerto Rico heraus, es ist Wahnsinn, wie schnell einen dieses Land in seinen Bann zieht. Das abrupte Bremsen des Taxifahrers lässt sie aus ihren Gedanken gleiten.

»Alle Wagen werden kontrolliert, hier beginnt das Gebiet der ...« In diesem Moment sieht einer der Männer von Vidal in das Taxi und in ihr Gesicht. Durch den Mord an Vidals Cousine werden die Sicherheitsvorkehrungen, die eh schon sehr hoch waren, garantiert noch einmal verschärft worden sein. »Hier ist die Grenze, wir haben die strikte Anweisung, dass niemand über diese Grenze kommt, der hier nichts zu suchen hat!«

Belinda versteht nicht ganz. »Vidal und ich ... Ich darf auf euer Gebiet, du hast mich doch selbst schon dort gesehen. Ich habe von der Bombe gehört und ...« Der Mann zuckt die Schultern. »Ich kann gerne nochmal nachfragen, aber ich denke, das gilt auch für dich.« Belinda sieht den Mann verblüfft an, er weiß doch, dass Vidal und Belinda zusammen ... waren. Doch der greift nur zu seinem Handy und geht ein paar Schritte vom Wagen weg.

Eigentlich wollte Belinda nicht, dass Vidal weiß, dass sie da ist, er wird sauer sein, er ist schon nicht ans Handy gegangen, doch das hier ist eine andere Situation, seine Cousine ist ermordet worden, natürlich kommt sie da zu ihm, es tut ihr so leid, was passiert ist und die Tatsache, dass sie kein Paar mehr sind, ändert nichts an den Gefühlen, die sie für ihn empfindet.

Der Mann sieht wieder durch das Fenster und Belinda geht davon aus, dass er sie durchwinken wird, doch der Mann sieht zum Taxifahrer. »Drehen sie um, sie hat nichts auf dem Gebiet zu suchen!« Belinda glaubt sich zu verhören. »Was? War das Vidal am Handy? Was soll das?« Der Mann lächelt fies und klopft auf das Dach des Taxis, um anzuzeigen, dass dieses wenden soll. »Ja, er war am Handy und es scheint, als wäre unser Anführer endlich wieder zur Vernunft gekommen. Keine Sombras auf unserem Gebiet!«

Der Taxifahrer wendet und fährt zurück, während Belinda sich noch einmal umdreht und auf die Männer der Puentes sieht, die alle Autos durchsuchen. Sie kann nicht glauben, dass Vidal sie nicht einmal mehr sehen möchte, noch nicht einmal in solch einer Situation. »Ist alles in Ordnung? Wo kann ich Sie sonst hinbringen?« Der Taxifahrer spürt, dass

Belinda das gerade tief getroffen hat. Sie räuspert sich, um ihre Gefühle in den Griff zu bekommen und nennt die Adresse ihrer Familia.

Die ganze Fahrt über sind sie beide sehr schweigsam. Sie müssen mit dem Taxi zurück in die Cuidad, Santos hat den Arm um Lilly gelegt und sie sich an seine Schulter gekuschelt, sie blickt aus dem Fenster und geht ihren Gedanken nach. Sie hat sich ganz fest vorgenommen, nichts zu überstürzen. Sie vertraut Santos nicht, natürlich weiß sie, dass er sie liebt, doch ob es genug ist, für immer auf andere Frauen zu verzichten, weiß sie nicht und die Gefahr, noch einmal so verletzt zu werden, möchte sie nicht, doch was ist die Alternative?

Sie kann ihr Leben ohne Santos weiterführen, doch sie würde immer gegen ihr Herz leben. Sie liebt ihn, er war von klein auf der Mann, den sie über alles liebt, der neben ihrer Mutter ihr Halt war. Soll sie jetzt versuchen, das Vertrauen wiederzubekommen? Geht das überhaupt? Sie wird niemals eine Garantie für irgendetwas bekommen, weder von Santos noch von irgendeinem anderen Mann.

Lilly hat Santos noch nicht oft weinen gesehen, als sie jünger waren und er seine ersten Verletzungen hatte, hat er manchmal eine Träne unter Alejandros strengen Augen weggedrückt, als seine Mutter gestorben ist, war es das letzte Mal und dass er heute geweint hat und die Sehnsucht in seinem Kuss hat ihr gezeigt, dass auch an ihm diese Jahre der Trennung nicht einfach vorbeigegangen sind.

Sie halten vor der Cuidad, Santos zahlt und sie steigen aus. Sofort sind die Wachmänner draußen und kommen zu ihnen, um sich Santos genau anzusehen. Man überlebt nicht einfach mal eben so eine Autobombe. Santos hält die ganze Zeit weiter ihre Hand, egal wen sie auf dem Weg treffen, jeder sieht nun, dass sie wieder zusammen sind, sind sie das denn? Kann man das schon so schnell sagen? Zumindest scheinen sich Lillys Sorgen, Santos wäre das vor seinen Männern unangenehm, in Luft aufzulösen, Santos lässt sie erst los, als sie in sein Haus kommen.

Es duftet im ganzen Haus nach leckerer Lasagne, die Haushälterin scheint gerade gekocht zu haben, doch bevor Lilly reagieren kann, hat sich Santos schon zu ihr umgedreht und zieht seine Augenbrauen hoch.

»Komm schon, Lilly, sag wieder was! Seit wir das Krankenhaus verlassen haben, hast du keinen Ton mehr gesagt.

Ich weiß, dass wir uns Zeit lassen wollten und das können wir ja trotzdem tun. Ich liebe dich, Engel, und was du brauchst, damit du wieder komplett in mein Leben kommst, machen wir. Damals waren wir noch jung, ich habe viel Scheiße gebaut und du hast darauf reagiert, aber das ist jetzt vorbei. Ich weiß, was ich möchte und das ist ein Leben mit dir und das nicht nur für ein paar Monate, sondern für immer.

Vielleicht bist du sauer, weil ich noch andere Frauen nach der Trennung hatte, doch du kannst es auch so sehen: Egal wer oder was da war … nichts kam an dich heran, gar nichts. Ich möchte auch keine versteckten Sachen mehr oder Herumgerede. Du gehörst zu mir, wir gehören zusammen. Ich möchte, dass du bei mir bist und wir endlich dieses Schlafzimmer beziehen und bald ein kleines Baby am Fenster schläft, an dem Platz, den du dafür schon ausgesucht hast. Und wenn du dafür erst zwei Jahre brauchst, bis du dir sicher bist, mir wieder vertrauen zu können, machen wir das. Ich tue alles, damit du zurück zu mir kommst …«

Lilly hat die Arme verschränkt, sie kämpft wieder gegen die Tränen, weil sie spürt, wie ernst Santos diese Worte sind. »Okay … wir sollten die nächste Zeit einfach auf uns zukommen lassen.« Lilly nickt, sie kann auch nicht mehr so tun, als wolle sie nicht zurück zu ihm. Santos lächelt matt und deutet nach oben. »Ich muss unbedingt duschen, ich höre deinen Magen bis hier knurren, iss solange etwas. Du weißt, das Haus ist auch dein Zuhause.«

Während Santos nach oben geht, geht Lilly langsam in die Küche. Santos hat ihre Reisetasche im Flur liegen lassen, eigentlich sollte sie heute nach Italien fliegen, sie wollten zusammen mit ihrem Geschichtskurs einige Städte besichtigen und zehn Tage alten Geschichten auf den Grund gehen und sich dabei die noch bis heute stehenden Gebäude dazu ansehen.

Lilly nimmt sich ein Stück der noch warmen Lasagne, öffnet sich eine Dose Limonade und nimmt sich ihr Handy heraus. Sie sieht sich die Flüge an. Wenn sie morgen früh losfliegt, kann sie die Gruppe übermorgen in Verona treffen und die restlichen Tage mitmachen. Lilly darf nicht sofort ihr gesamtes Leben aufgeben, das hat sie sich fest vorgenommen, deswegen bucht sie den Flug. Danach hat sie Semesterferien und kann die hier verbringen. Allein der Gedanke daran, für einen Monat wieder hier zu sein, in Puerto Rico, bei Santos, erfreut ihr Herz, sie hätte sich das die letzten Monate und Jahre niemals vorgestellt.

Lilly hat schnell aufgegessen und geht nach oben. Sie kann sich nicht sofort wieder so fühlen, als wäre sie hier zu Hause, doch sie möchte es zumindest probieren. Als sie das Schlafzimmer betritt, das für Santos und sie gedacht war, riecht sie sofort, dass hier gerade erst geputzt wurde. Sie sieht zu dem Platz, an dem sie sich immer ein Babybett vorgestellt hat, doch ihr Blick schnellt sofort zu der Stelle, an der eigentlich das Bild von Santos und ihr gehangen hat, das, was sie extra hat anfertigen lassen und das er damals wahrscheinlich entsorgt hat.

Dort hängt nun ein neues Bild, es sieht so ähnlich aus, doch dieses Mal sind sogar drei Bilder von Santos und Lilly zu einem verschmolzen, es ist wunderschön, es strahlt so viel Liebe und Vertrauen aus. Man sieht, wie sie erwachsen geworden sind und wie trotz allem die Liebe zwischen ihnen gleich geblieben ist. Auch jetzt noch, nach allem, was passiert ist, weiß Lilly, dass diese Liebe noch immer da ist.

»Ich wollte, dass das endlich unser Schlafzimmer wird.« Lilly sieht nicht weg vom Bild, als sie Santos' Stimme hinter sich hört. »Ich fliege morgen nach Italien wegen meiner Uni, danach kann ich für einige Wochen hierbleiben und dann entscheiden wir, wie es weitergeht.« Lilly dreht sich zu Santos um und teilt ihm ihre Entscheidung mit.

Santos trägt nur eine Boxershorts, seine Haare schimmern noch feucht. »Okay.« Er kommt näher und sieht sie abschätzig an. »Und ich werde dich nie wieder verletzen, Engel, ich hoffe, dass du nach der Zeit diese Angst verlierst, die ich noch in deinen Augen sehe. Ich gebe dir meine eigene Waffe, mit der du mich erschießen kannst, sollte ich mein Wort nicht halten.« Lilly muss leise lachen. »Ich bin mit den Cinco Sombras aufgewachsen, ich tue das auch!« Santos lacht, legt seine Hand in ihren Nacken und küsst sie erneut.

Die Sehnsucht, die sie all die Jahre gespürt hat, wird augenblicklich wieder freigesetzt und auch Santos geht es so. Doch dieses Mal sind sie allein in ihrem Schlafzimmer und Lilly seufzt ungeduldig auf, als Santos den stürmischen Kuss löst, um ihr Top auszuziehen. »Du hast mir so gefehlt!« Lilly spürt die Wand an ihrem Rücken und die Hitze in sich aufsteigen, als sie an Santos' Armen mit ihren Händen entlanggleitet, sie hat all das viel zu lange nicht gespürt.

Wieder verlassen Santos' Lippen die ihren, fahren ihren Hals entlang direkt zu ihren Brüsten und Lilly keucht auf. Sie kennen sich beide in- und auswendig und doch ist es etwas ganz anderes, als sie sich jetzt so stürmisch wieder so nah kommen. Santos hebt Lilly an ihrem Po hoch und sie umschlingt ihn mit ihren Beinen. Ihre beider Atem ist schnell, Santos bringt sie auf das Bett und legt sie hin. Als er auf sie hinabblickt, weicht die erste stürmische Welle und er sieht sie liebevoll an.

»Nie wieder!« Lilly lächelt, als er sich über sie legt und sie zärtlich küsst. Sie kennen sich besser als sonst einen Menschen und doch entdecken sie sich noch einmal neu. Lilly spürt erneut, wie sehr sie Santos liebt und als sie sich dann richtig vereinen, halten beide ein. Lilly wiederholt Santos' Worte flüsternd. »Wir trennen das zwischen uns nie wieder!« Santos küsst ihr Kinn. »Das Band zwischen uns ist so stark, das kann niemand trennen und es wird alles überstehen. Das hier bleibt für immer!« Lillys Arme umfassen seinen breiten Rücken und ihre Lippen treffen das L an seinem Herzen.

Das erste Mal seit so langer Zeit fühlt sie sich wieder komplett, Santos ist ein so großer Teil ihres Lebens, dass es sich ohne ihn immer angefühlt hat, als wäre sie nicht komplett. Es war eine Leere in ihr, die hier und jetzt in seinen Armen verschwunden ist.

Kapitel 15

»Es ist nett, dass du extra gekommen bist.« April sieht von der Landschaft weg und direkt in Alejandros Gesicht, der sich auf die Straße konzentriert. So nah sie sich in Portland waren, so komisch war ihr Wiedersehen. Alejandro hat sie vom Flughafen abgeholt, nachdem sie mit dem Privatjet der Familia aus New York hergeflogen wurde. Sie hatten, seitdem er in Portland war, jeden Tag Kontakt, haben telefoniert oder geschrieben, doch trotzdem ist jetzt wieder eine komische Distanz zwischen ihnen.

Sicherheitsbeamte wollten sie kontrollieren, was April nicht schlimm fand, doch dann kam Alejandro und die Beamten haben sich tausendmal entschuldigt, sodass sie gar nicht so richtig die Möglichkeit hatten, sich zu begrüßen und April ist ganz froh darüber, sie wüsste auch nicht, wie sie es hätte tun sollen.

Ihr ist natürlich bewusst, dass sie keine Beziehung führen, sie weiß nicht einmal, ob ein Mann wie Alejandro überhaupt Beziehungen führt, um ehrlich zu sein weiß sie auch nicht, ob sie das überhaupt möchte, eine Beziehung und dann auch noch eine mit jemandem, der in Puerto Rico lebt und ein Leben führt, wo man schon von Weitem in einen Gefühlsstrudel gerissen wird, aus dem man kaum entrinnen kann.

»Natürlich, ich wäre auch so gekommen, auch wenn heute nicht Belindas Geburtstag wäre, das mit Santos tut mir sehr leid. Hat er es gut weggesteckt mit der Autobombe?« April kann noch nicht fassen, dass solche Sachen wirklich passieren, sie hat immer noch das Gefühl, sie sitzt in einem spannenden Kinofilm und muss bald aufstehen und in ihr reales Leben zurückkehren.

»Dem geht es gut. Wir sind Gefahren gewohnt, doch wir hatten ein wenig unterschätzt, wie gefährlich diese Rache wird. Je näher wir Benjamin kommen, umso gefährlicher wird es. Doch wir vergessen all das heute mal für einen Tag, er hat es nicht geschafft, Santos zu töten und meine kleine Schwester hat Geburtstag, wir feiern heute. Belinda ist noch bei Santos und seiner Freundin zum Frühstück. Sie weiß von gar nichts, ich glaube sie denkt, wir haben ihren Geburtstag vergessen oder wissen nichts davon und bis zur Feier soll das auch so bleiben. Danke für deine Hilfe und für die Tipps.«

Er sieht zu ihr und in ihre Augen. Aprils Herz schlägt sofort schneller, dieser Mann ist der Wahnsinn, er sieht viel zu gut aus, viel zu gut, das schreit gerade danach, Abstand zu halten und dann diese gefährliche Aura dazu, doch wie immer ist April dazu verdammt, auf genau die falschen Kerle zu stehen und kann ihn nur anschmachten. Allein wenn sie an ihren Kuss denkt, zieht sich wieder alles in ihr zusammen.

April hat schon einige Männer geküsst, doch noch nie hat sie diese Zärtlichkeit so genossen wie mit Alejandro. Sie weiß, dass sie nicht sehr viel auf die kleine Flirterei zwischen ihnen geben darf, doch es fühlt sich auch zu gut an, um es komplett zu ignorieren. »Eigentlich hatten Belinda und ich vor, einen ruhigen DVD-Abend zu machen an ihrem Geburtstag, Belinda hat ihren Geburtstag noch nie groß gefeiert, ich wette, in all der Aufregung hat sie selbst vergessen, dass sie heute Geburtstag hat.«

Auf Alejandros Lippen bildet sich ein leichtes Lächeln, April ist sich sicher, dass er Belinda bereits liebt, sie ist sich nur nicht sicher, ob diese ganzen wilden Kerle hier wirklich wissen, wie man mit einem so feinfühligen Wesen wie Belinda umzugehen hat. April hat eine etwas härtere Schale, doch Belinda ist für solch ein Leben hier nicht geschaffen. »Sie ist ein ganz besonderer Mensch, deine Schwester, ich liebe sie sehr. Wenn du sie noch besser kennst, wirst du verstehen, was ich meine.«

Alejandro sieht wieder zu ihr und nickt. »Ich liebe sie auch schon sehr und wir wollen sie zurück in unsere Familie holen, April, sie sollte hier bei uns bleiben. Wir werden ihr helfen, hier zurechtzukommen und nicht nochmal solch einen Fehler machen. Heute ist der erste Geburtstag, den sie mit uns feiern kann und das wollen wir natürlich ausnutzen.« April zieht die Augenbrauen hoch. »Das habe ich gemerkt, das Kleid liegt in meinem Koffer.«

Alejandro wollte ein paar Geschenkideen von April wissen, sie haben schon ein paar größere Sachen besorgt, doch er hat April noch nach einigen gefragt. April ist nicht viel eingefallen, sie selbst hat ihr Geschenk für Belinda selbst gemacht. Sie hat sehr lange an dem Bild gemalt, es zeigt Belinda mit ihrer Mutter, zwei Tage vor deren Tod. Belinda kannte das Bild nicht, April hat es ihr nicht gezeigt, sie hatte es zufällig mit ihrem Handy aufgenommen, als sie drei shoppen waren. Es zeigt, wie sie beide sich zu April umdrehen, beide den gleichen roten Pullover in der Hand und in die Kamera strahlen.

Nun, da April Belindas Vater kennt, sieht sie, was Belinda von ihrem Vater und was sie von der Mutter hat, doch auf dem Bild sieht man die Ähnlichkeit zur Mutter besonders gut. Belinda fand immer, dass April so gut malen kann, deswegen hat sie das Bild vergrößert und mit viel Arbeit auf eine größere Leinwand gebracht. Es hat Wochen gedauert, doch sie hat es geschafft und es sieht wirklich schön aus. April hofft, dass es Belinda gefällt.

Als sie erfahren hat, dass sie nun doch von New York direkt nach Puerto Rico fliegt, hat sie Alejandro davon erzählt. Ihr Bruder hat das Bild gut eingewickelt und Alejandro hat das Bild per Express abholen lassen, es ist sogar schon heute Morgen angekommen. Wenn man Geld hat, funktioniert einfach alles. Ihre Aushilfe kann noch heute und morgen den Laden für sie übernehmen, dann muss April direkt nach Paris zu einer weiteren Messe, die Freundin ihres Bruders übernimmt während der zwei Tage den Laden. Zum Glück sind diese Messen selten, doch wenn ihr Laden immer auf dem aktuellen Stand sein soll, muss sie diese Messen besuchen.

Auf der Modemesse in New York gab es ein Kleid, das April gleich Belinda zeigen musste. Es ist aus goldenen Pailletten genäht und geht bis kurz vor die Knie.

Sie haben ein ähnliches einmal in einem Musikvideo gesehen und damals hatte Belinda so von dem Kleid geschwärmt, auf der Messe hat das Kleid knapp 700 Dollar gekostet, für Belinda und April unerschwinglich, doch als April Belinda ein Bild davon geschickt hat, hat diese sofort wieder angefangen zu schwärmen. Das hat sie Alejandro erzählt, der nach dem Kleid und dem Namen der Firma gefragt hat und sofort eins für Belinda gekauft hat, was April jetzt im Koffer dabei hat. Er hat sie sogar gefragt, ob April auch so ein Kleid möchte, was sie natürlich sofort verneint hat, doch für Belindas Familie sind diese Geldbeträge offenbar nicht sehr viel.

Sie erreichen die Wohnanlage, in der die Familie von Belinda wohnt. April war ja schon hier und da gab es schon Wachen, doch jetzt stehen Männer mit Maschinenpistolen rund um das ganze Gelände. Natürlich hält sie niemand an, doch Alejandro bleibt trotzdem stehen und erfährt, dass noch einige Sachen geliefert wurden. Sie haben wohl einen weiteren

Kreis um die Cuidad gebildet, der noch einmal mit einem Zaun und weiteren Wachen abgeriegelt ist, sodass ihr Grundstück noch größer ist und sie Lieferungen und Besuch jetzt noch weiter weg von den Haupthäusern abfangen können.

Alejandro sieht sich die ganze Zeit um, er möchte April unbedingt noch vor Belinda verstecken. Als sie in den Garagen parken und Alejandro die zwei Koffer von April nimmt, berühren sich ihre Hände und er hält ein. Einen Moment wirkt es so, als wolle er nach ihrer Hand greifen und April zu sich ziehen, doch in dem Moment geht die Tür auf und Santos und eine hübsche blonde Frau, die April als Lilly kennt, kommen herein.

Santos und Lilly begrüßen April, die natürlich sofort sieht, wie glücklich und erleichtert Santos plötzlich ist. Ganz anders als die Tage, an denen April ihn erlebt hat. Sie sieht natürlich, wie Santos Lillys Hand hält und auch Alejandro legt den Kopf schief. »Bedeutet das, dass meine kleine Lilly wieder bei uns wohnt?« Lilly ist sehr hübsch, sie ist hell, ihre langen blonden Haare sind der Wahnsinn und die blauen Augen strahlen sie alle glücklich an. Sie ist viel hübscher als die meisten Models, die April gerade auf der Modemesse gesehen hat, kein Wunder, dass Santos ihre Hand nicht loslässt.

»Das bedeutet zumindest, dass ich meine Semesterferien hier verbringe und ich hoffe, dass ich dann wieder deine Crêpes bekomme.« Alejandro lacht und küsst die Wangen von Lilly. »Aber immer doch und endlich strahlt mein kleiner Bruder mal wieder. Wo ist eigentlich Belinda?« Santos steuert einen schwarzen Mercedes an. Man merkt ihm in keinster Weise an, dass er gerade einem Bombenanschlag entkommen ist, außer einigen Kratzern, die er im Gesicht und an den Armen hat, sieht man gar nichts davon.

»Papa hat sie abgeholt, wir haben zusammen gefrühstückt. Sie hat mit keinem Wort erwähnt, dass sie Geburtstag hat und wir auch nicht. Er ist jetzt mit ihr am Hafen. Sie wollen was essen, er wird sie beschäftigen, bis es so weit ist. Ich bringe Lilly zum Flughafen und hole dann direkt das Geschenk ab, ich treffe Ponce dort. Suerte und Levi kümmern sich hier um alles.« Alejandro nickt und sie verlassen die Garage und gehen zusammen in Alejandros Haus. April muss dabei daran denken, wie sie sich den Fuß aufgeschnitten und er sie damals verarztet hat.

Überall wird geschmückt. Es werden Lichter an den Bäumen angebracht, Tische und Grills aufgestellt, Boxen für die Musik befestigt. Es werden große Kühlanlagen für Getränke aufgestellt, überall ist Bewegung. »Ihr gebt euch ja richtig Mühe.« Alejandro stellt die Koffer vor sein Haus und führt April in ein anderes, es ist eine Art Gemeinschaftshaus und hier arbeiten mehrere Frauen daran, Essen zuzubereiten. »Wir möchten Belinda zeigen, wie wichtig sie uns ist. Es tut uns wirklich leid, was in letzter Zeit alles passiert ist und sie soll nicht denken, dass es immer so ist.«

Alejandro gibt April immer wieder etwas und sie probiert sich überall durch. Es schmeckt alles fantastisch. »Ich glaube, sie weiß, dass ihr es bereut, sie hat es mir zumindest gesagt.« Plötzlich steht Roman neben ihnen und deutet auf eine große Kühlkammer. »Der Kuchen ist geliefert worden.« Auch Roman sieht viel entspannter aus. April begleitet Alejandro zum Kühllager und traut ihren Augen nicht.

Vor ihnen ist eine vierstöckige weiße Creme-Torte aufgebaut. Auf allen vier Etagen ziehen sich wie ein Schleier weiße und hellrosa Rosen entlang und sie ist mit kleinen runden Bildern versehen. Einmal ist Belinda mit Alejandro darauf, einmal mit Santos und ganz oben ist ein großes Bild mit Belinda und ihrem Vater. Die Torte ist wunderschön. »Ihr seid verrückt.« April muss lachen und folgt Alejandro wieder zu seinem Haus. »Wir kümmern uns nur im die Menschen, die wir lieben!« Er zwinkert April zu und sie gehen in sein Haus.

Dadurch, dass sie den Lärm und die Leute durch das Schließen der Tür ausschließen, kommt wieder dieses leicht beklemmende Gefühl in April hoch, als Alejandro die Koffer hinstellt und sich zu ihr umdreht. Wie soll sie mit ihm umgehen? »Willst du dich ausruhen, bis die Feier stattfindet?«

April sieht an sich herunter. Sie trägt noch eine einfache Jeans und ein schwarzes Top. »Nein, ich würde gerne duschen und mich fertig machen und dann helfen, zu schmücken und vorzubereiten.« Alejandro nickt, es klopft und er sagt, dass er gleich kommen wird, April geht schon auf die erste Stufe der Treppe, doch er hält sie an der Hand zurück und seine Augen sehen weiter in ihre, er scheint nach Worten zu suchen und nicht zu finden.

»Ich habe das Gefühl, dass es zwei Alejandros gibt, den aus Portland und den, der mir in Puerto Rico gegenübersteht.«

Alejandro lächelt. Vielleicht hätte sie das nicht sagen sollen, doch genauso fühlt es sich an. »Das ist irgendwo vielleicht auch so. Hier bin ich der Anführer der Los Puentes, ich habe so eine große Verantwortung auf meinen Schultern, dass ich selten einfach frei handeln und denken kann. Besonders im Moment bin ich mit meinen Gedanken überall. Ich habe Angst, etwas zu übersehen und noch jemanden in Gefahr zu bringen. In Portland fällt diese Last ein wenig von mir ab, vielleicht denkst du deshalb so, aber im Grunde bin ich immer der Gleiche ...« Er zögert, nun ist er ihr so nah, dass sich ihre Lippen schon fast berühren und April wünschte sich im Moment nichts mehr, doch er streicht ihr nur liebevoll die Haare aus dem Gesicht.

»Außerdem bist du die beste Freundin meiner Schwester und ich weiß momentan in all dem Chaos einfach nicht, was noch alles kommt und ich habe ihr versprochen, dir nicht wehzutun.« Alejandros Augen wirken oft kalt, sie sind wunderschön, doch oft liegt darin eine Kälte, die April nur hat weichen sehen, wenn er seine Brüder oder Belinda ansieht, das erste Mal sieht sie diese Wärme jetzt auch, wenn er sie anblickt.

»Dann tue es nicht!« Aprils Stimme ist nur ein leises Flüstern und keine zwei Sekunden später vereint Alejandro endlich ihre Lippen wieder. Fast, als hätte auch er an nichts anderes gedacht, seit er sie abgeholt hat, wird der Kuss schnell intensiver und April schmiegt sich zufrieden an Alejandro. Seine Hand greift in ihre Locken, April hat sich die Haare extra nicht geglättet, weil er gesagt hat, ihm gefällt es so besser.

April hat so oft an diese Nähe gedacht und auch wenn er ihr wehtut, es fühlt sich so gut an, dass sie dafür die Schmerzen in Kauf nimmt. Sie hat die Hoffnungen auf eine normale Beziehung schon lange aufgegeben.

Alejandro löst kurz den Kuss, als es erneut klopft. Er küsst ihre Stirn und ihre Wange und deutet nach oben. »Mach dich fertig und komm raus. Ich bin gleich hier, wenn etwas ist, guck einfach aus dem Fenster und ruf mich.« April lächelt, löst ihre Arme aber noch nicht, die sich um seinen Nacken geschlungen haben, was ihn lächeln lässt. Er hat ein wunderschönes Lächeln, frech und sexy zugleich.

Alejandro beugt sich noch einmal hinunter und küsst sie erneut, dieses Mal aber ganz zärtlich und als sie sich dann lösen, lässt April ihn los, auch wenn sie das noch ewig machen könnte, doch sie wollen Belinda überraschen. Alejandro scheint auch ein klein wenig von ihrer Nähe irritiert zu sein, küsst noch einmal ihre Nasenspitze und erst dann dreht er sich um. »Und lass deine Haare lockig!«

April bleibt auf der Treppe stehen, sieht ihm hinterher und geht dann lächelnd nach oben, oh ja, das wird bestimmt wehtun, doch das ist es wert!

»Komm nicht auf die Idee, mich dieses Mal wegzuschicken!« Camilla schließt die Tür zu Dantes Haus und sieht in dessen verwunderte und traurige Augen.

Sie ist sofort losgefahren, als sie das mit Dalila erfahren hat, leider hat sie die Beerdigung heute Mittag verpasst, doch sie ist jetzt da und hofft, dass Dante in seiner Trauer nicht schon wieder eine voreilige Entscheidung trifft.

Sie ist beinahe nicht in die Cuidad gekommen, das gesamte Puentes-Gebiet ist abgeriegelt, zum Glück hat einer der Männer sie erkannt, Vidal angerufen und hat sie dann in die Cuidad gefahren. Draußen sitzen alle zusammen, noch in ihren Anzügen, sie schweigen oder unterhalten sich leise, über allem ist das Weinen der wenigen Frauen zu hören, die Camilla schon begrüßt und in den Arm genommen haben. Suela, Sofia, Dantes Mutter und auch die Mütter von Vidal, Elian und Cuca kümmern sich vor allem um Delicia, die ihre Zwillingsschwester verloren hat.

Sie sitzen umringt von den Männern, die sprachlos vor Trauer und Wut sind. Vidal, Elian, Cuca, Aaron und auch die Väter und Onkel versuchen, vor allem Dalilas Vater und ihren Bruder zu trösten, doch wie soll man ihnen solch einen Schmerz nehmen? Wie soll man darüber hinwegkommen, dass ein so junger und unschuldiger Mensch so brutal sein Leben verloren hat? Vidal hat ihr gesagt, dass sich Dante umziehen wollte und Camilla ist sofort zu seinem Haus gegangen.

»Wie bist du hergekommen?« Camillas Befürchtungen bewahrheiten sich nicht, Dante nimmt sie in seine Arme und drückt sie an sich. »Ich bin mit dem Bus gekommen. Es tut mir so leid, Dante. Ich kann gar nicht sagen, wie leid mir das mit Dalila tut.« Camilla hat die aufgeweckte junge Cousine von Dante nur einmal gesehen, doch sie erinnert sich noch sehr gut daran, wie hübsch und unschuldig sie war.

Camilla spürt, wie Dante leicht zu zittern beginnt und entweicht ihm so, dass sie ihm in seine schönen Augen sehen kann, über denen nun aber ein dunkler Schatten der Trauer liegt. »Wir werden sie rächen!« Camilla nickt und schüttelt den Kopf. »Ist irgendwie klar, wie er das geschafft hat? Ich meine, es war doch eigentlich niemandem so richtig bekannt wo die andere Cuidad ist, wie hat er sie gefunden? Ist es sicher, dass es Benjamin war?« Camilla streicht über die dunklen Ringe unter Dantes Augen. Sie sind, seitdem sie sich gesehen haben und beschlossen haben zu heiraten, nicht besser geworden, wie auch, den Familias wird kaum eine Atempause gegönnt.

»Es weiß sogar von unseren Männern kaum jemand, wo diese Cuidad ist. Natürlich war er das, fast zur selben Zeit ist auch eine Bombe bei den Cinco Sombras hochgegangen, auch eine Autobombe. Die ist aber fehlgezündet, Santos hat überlebt. Wir haben einen Experten, der alles untersucht hat und er sagt, dass die Bombe schon einen Tag vorher angebracht wurde. Doch auch die ist fehlgeschlagen. Sie ist nicht in die Luft gegangen beim normalen Starten, als Vidals Vater gefahren ist. Als aber Dalila das Auto hatte und gestartet ist, muss sie Probleme gehabt und mehrmals den Motor gestartet haben, dadurch hat sie die Bombe dann doch aktiviert.

Offenbar haben wir Benjamin fast erwischt und das ist jetzt seine Rache, durch seinen Zeitdruck macht er Fehler und wir haben ihn bald. Ich weiß auch nicht, Camilla, ich kann kaum noch klar denken. Elian ist von Anfang an der Meinung, dass es jemanden geben muss, der Benjamin hilft, wie sonst konnte er sich so viele Informationen einholen, weiß wo die Cuidad liegt, kann auch jetzt noch hier eine Kamera anbringen, doch wir anderen glauben nicht daran, niemand hier würde sich gegen uns stellen.«

Man sieht Dante deutlich an, wie sehr ihn alles mitnimmt. »Weißt du, wo sie gerade war, als das passiert ist?« Camilla schüttelt den Kopf und bemerkt die Tränen, die sich in Dantes Augen bilden. »Ich habe ihr und allen anderen sofort erzählt, dass wir so schnell wie möglich heiraten wollen. Sie haben sich alle so sehr gefreut, besonders Dalila und Delicia, sie lieben solche Feste. Dalila war unterwegs zu ihrem Lieblingsgeschäft, um sich schon mal nach Kleidern für unsere Hochzeit umzusehen. Eigentlich sollte Delicia dabei sein, doch sie hatte am Morgen Magenschmerzen und ist zuhause geblieben.«

Camilla schluckt schwer und nun muss Dante ihr die Tränen wegwischen. Sie sieht das strahlende junge Mädchen vor sich, Dante küsst ihre Stirn. »Wir werden sie rächen und wir werden eine so schöne Hochzeit haben, wie es sich Dalila gewünscht hätte. Komm, lass uns zu den anderen rausgehen. Keiner will heute alleine sein, für so etwas ist die Familia da und du bist nun ein Teil davon.«

Dante küsst kurz ihre Lippen, zusammen gehen sie hinaus und als Camilla auf alle blickt, die da trauernd sitzen, weiß sie, dass sie nun wirklich ein Teil von allem ist. Sie sieht zu den Frauen und den Männern, sie weiß, wie sehr sich alle darüber gefreut haben, dass Dante und sie heiraten werden und sie ist froh, nun ein Teil von alldem zu sein.

Im selben Augenblick sieht sie zu Vidal, der mit Elian, Benito, Cuca und Aaron zusammen sitzt und als sie in deren trauernde und gleichzeitig so hass- und wuterfüllte Gesichter sieht, steigt eine Angst in ihr hoch, eine Angst vor allem, was noch kommen wird und sie ist sich ganz sicher, dass das hier nicht der letzte Alptraum ist, den sie miterleben wird.

Kapitel 16

»Wieso ist alles so dunkel und leer?« Schon seitdem sie in den weiteren Kreis eingefahren sind, den ihre Brüder nun um die Cuidad gezogen haben, ist Belinda aufgefallen, dass es sehr dunkel und ruhig hier ist. Die Wachen haben ihnen nur leicht zugenickt und ihnen ist sonst niemand mehr begegnet. Ihr Vater hält in der Garage. »Sie sind sicherlich alle unterwegs und jagen Benjamin. Er ist im Land gefangen und es ist nur eine Frage der Zeit, wann wir ihn schnappen.«

Belinda zieht sich die schwarzen Pumps aus, hakt sich bei ihrem Vater ein und läuft barfuß neben ihm in Richtung ihres Hauses. Sie hatten einen tollen Tag, keiner hier weiß, dass heute Belindas Geburtstag ist und doch hat ihr Vater ihr einen wunderschönen Tag bereitet. Sie waren essen und das in einem abgelegenen Restaurant, in dem ihr Vater oft mit ihrer Mutter war. Es gab sogar noch die Speise, die sie damals immer so gerne gegessen hat und Belinda hat sich die auch bestellt.

Danach sind sie noch an einem schönen Strandabschnitt spazieren gegangen. Es ist so schön, Zeit mit ihrem Vater zu verbringen. Er liebt es, Geschichten aus Belindas Kindheit zu hören und sie spürt immer mehr, wie sehr ihnen die Jahre fehlen, die sie nicht zusammen hatten. Auch wenn Belinda eigentlich vorhatte, Puerto Rico komplett den Rücken zu kehren, hat es sich einfach nur gut angefühlt, wieder in ihrem extra für sie angefertigten Stockwerk zu schlafen und heute morgen hat Santos sie zu sich gerufen und sie hat zusammen mit Lilly und ihm gefrühstückt.

Belinda mag Lilly und hofft, dass ihr Bruder es hinbekommt und dass die beiden jetzt zusammen bleiben, doch so verliebt wie die beiden gewirkt haben, wird es bestimmt klappen. Alejandro war gestern Abend noch bei ihr, sie haben auf ihrer Terrasse gesessen und sich unterhalten. Belinda kann gar nicht mehr genau sagen worüber, irgendwie über alles, ihren Vater, April, das Leben in Puerto Rico und Alejandro hat Belinda hoch und heilig versprochen, dass sie alle alles dafür tun werden, damit Belinda hier bei ihnen bleibt.

Belinda wollte diese Familie immer, sie hat außer April nichts anderes, doch die letzten Wochen, seit Alenas Entführung, haben ihr schwer zugesetzt und sie konnte es kaum erwarten, hier wegzukommen. Dass nun alle sich dafür entschuldigen und sie bitten zurückzukommen, macht es nicht gerade einfacher. Sie weiß nicht, ob es besser ist, in Portland zu bleiben und ihre Familie von Weitem zu genießen oder doch noch einmal zurückzukehren und all dem hier eine Chance zu geben, es gehört sicherlich dazu in solch einer großen Familie, dass nicht immer alles nur harmonisch laufen kann und Belinda muss sich daran gewöhnen. Sie hatte ja nie eine große Familie, es gab immer nur ihre Mutter und sie.

»Wollen wir...« Gerade war es noch dunkel, aber plötzlich erstrahlt alles durch schöne Lichterketten, die in den Bäumen platziert wurden und alle Wege sind mit elektrischen Fackeln ausgestattet, überall erstrahlen Lichter. »Herzlichen Glückwunsch!« Belindas Vater neben ihr lacht und drückt Belinda an sich, küsst ihre Wange und erst da beginnt sie so richtig zu begreifen, was hier gerade passiert.

»Dachtest du etwa, wir vergessen den 23. Geburtstag unserer kleinen Schwester? Es ist der erste Geburtstag, an dem wir dich verwöhnen können.« Ehe Belinda reagieren kann, liegt sie in Santos Armen, Ponce küsst ihre Wange und dann ist Alejandro dran, der sie umarmt und küsst und dann gleich den Arm um sie legt. Erst da sieht Belinda, was ihre Brüder hier gemacht haben.

Es ist alles geschmückt, die komplette Cuidad ist in schönes Licht eingetaucht durch unzählige Lampen, die überall angebracht sind, es stehen viele Tische mit Essen herum, die Grills werden gerade angezündet und fast alle Männer der Cinco Sombras sind da und kommen ihr gratulieren. Levi umarmt sie lange, auch Roman, der sich gestern auch noch einmal sehr lange für alles bei ihr entschuldigt hat und gestern Abend auch noch zu ihr und Alejandro auf die Terrasse gestoßen ist, küsst ihre Wangen, selbst Suerte kommt und umarmt sie.

Belinda hat oft die Schnitzarbeiten von Suerte bewundert, er ist ein Künstler und beherrscht das Messer wie kein anderer. Wenn er irgendwo warten muss oder nichts zu tun hat, beginnt er aus Holzklötzen etwas zu schnitzen, Belinda hat schon viele Arbeiten davon gesehen. Es sind Tiere, aber auch Menschen. Er hat den Schriftzug Cinco Sombras so wunderschön in Holz verewigt, dass Alejandro es sich über seine Haustür gehängt hat. Als Suerte ihr jetzt eine wunderschöne Figur in die Hand gibt, die genau wie sie aussieht, steigen ihr Tränen in die Augen. Sie kann nicht glauben, dass er sich ihretwegen solch eine Mühe gegeben hat. Belinda umarmt Suerte noch einmal und bedankt sich tausendmal, erst da sieht sie April und fällt ihrer besten Freundin freudig um den Hals, genau in dem Moment, als die Musik laut angemacht wird.

Belinda ist komplett überrumpelt, es kommen immer mehr Leute, Roman spielt Belinda eine Videobotschaft von Alicia und Alena vor und auch Petro ist kurz darauf zu sehen, Alena sieht noch genauso mitgenommen aus und Petro sitzt nur in einer Ecke, doch er ist da, bei seiner Mutter und Alena hat ein wenig gelächelt, als sie Belinda alles Gute gewünscht haben, es geht bergauf, langsam, aber es geht in die richtige Richtung.

Dann kommen ihre Brüder mit einer riesigen, wunderschönen Torte. Belinda hat noch nie so einen wahnsinnigen Kuchen gesehen und traut sich kaum sie anzuschneiden, während alle ein Stück bekommen, bekommt sie immer mehr Geschenke. April hat ihr ein Bild gezeichnet, von ihrer Mutter und ihr. Belinda beginnt zu weinen, als sie es sieht und als ihr Vater ihr dann ein Armband schenkt und sie die Geschichte dazu hört, kann sie kaum noch an sich halten.

Das Armband hat ihr Vater ihrer Mutter geschenkt. An dem Tag, als sie ihn verlassen hat, hatte sie vergessen, es sich umzumachen und seitdem hat ihr Vater es immer bei sich getragen. Nun hat er es noch einmal aufarbeiten lassen und bindet es Belinda um. Belinda weiß, dass dies einer der schönsten Geburtstage sein wird. Doch natürlich ist das noch nicht alles, ihre Brüder bringen sie ein Stück weiter nach vorne und da wird das Auto vorgefahren, für das Belinda so geschwärmt hat, als sie mit Santos zusammen sein Auto zur Reparatur gebracht hat.

Belinda fährt hier immer den silbernen BMW von Alejandro, den er ihr schon längst überlassen hat. Belinda interessiert sich auch nicht sonderlich für Autos, doch dieses Auto hat sofort ihre ganze Aufmerksamkeit bekommen. Es ist schwarz und die Scheinwerfer haben einen sehr eleganten Schwung nach hinten. Das Auto ist gar nicht so besonders groß oder auffällig wie viele der Autos ihrer Brüder, doch alles an diesem kleinen Flitzer ist elegant, alles, das ganze Auto ist einfach nur elegant.

Belinda hat es sich damals ganz genau angesehen und ihre Brüder haben es ihr jetzt gekauft.

Belinda kann das alles gar nicht glauben, sie setzt sich in die weichen schwarzen Ledersitze auf deren Nackenlehnen C.S. eingenäht ist. Belinda kommt gar nicht mehr heraus aus den Danksagungen, doch schon drückt Alejandro ihr das nächste Paket in die Hand und sagt ihr, sie solle sich umziehen, sie wollen gleich mit der richtigen Feier anfangen, sie zieht sich mit April zurück und erscheint zehn Minuten später in ihrem Traumkleid auf ihrer Geburtstagsfeier.

Sie tanzen und essen, lachen und feiern. Irgendwann gibt es ein gigantisches Feuerwerk für Belinda, doch all das ist es gar nicht, was Belindas Entscheidung, Puerto Rico nicht so schnell aufzugeben, festigt.

Es ist in dem Moment, als die Feier ruhiger wird, als viele der Männer schon nach Hause gegangen sind und Belinda neben ihrem Vater und Santos auf gemütlichen Sitzkissen an einem Lagerfeuer sitzen. Belinda legt den Kopf auf Santos' Schultern, der ihr eine Decke umlegt, da es so spät in der Nacht doch etwas kühler wird. Suerte und Levi sind da, Ponce hat zu viel getrunken und schläft auf einem der Säcke, während Rehan und Ignacio alte Geschichten erzählen und sie alle ihnen zuhören.

Gleich neben ihnen sitzen April und Alejandro und kaum einer bemerkt, wie Alejandro April in eine Decke einhüllt, doch Belinda bemerkt es, so wie sie auch bemerkt hat, dass er immer wieder Aprils Nähe sucht und das erste Mal nicht mal eine andere Frau angesehen hat, obwohl ihn mehrere auf der Feier heute angesprochen haben. Sie alle halten Stäbe mit Marshmallows ins Feuer, die Musik spielt nur noch leise und da weiß Belinda, dass sie vielleicht doch zu schnell aufgegeben hat.

Auch wenn ihr Herz sich zusammenzieht beim Gedanken, weiterhin so nah an Vidal zu sein und ihn doch niemals in ihrem Leben haben zu können, einfach weil es nicht geht. Sie können keinen Krieg in Kauf nehmen und schon gar nicht, wenn seine Gefühle nicht so stark sind wie ihre. Nicht mal annähernd. Ihr Vater hat ihr vor einiger Zeit schon so viele Dinge vorgeschlagen, die Belinda hier tun könnte. Das Gebiet der Cinco Sombras ist riesig, sie könnte hier sogar zu studieren anfangen, Kurse besuchen, Dinge tun, die sie schon immer interessiert haben, sie aber nicht machen konnte, weil sie arbeiten musste. Sie muss nicht einmal mehr in die neutrale Zone gehen und kann somit Vidal und all diesen Sachen komplett aus dem Weg gehen und das tun, zu dem sie auch in Wirklichkeit nur nach Puerto Rico gekommen ist: Ihre Familie genießen.

Vielleicht merkt sie trotzdem, dass dieses Leben nichts für sie ist, sicherlich werden sie alle sich auch in Zukunft nochmal streiten, ihre Brüder und sie Fehler machen, doch sie sollte all dem noch eine Chance geben und sich, ihren Vater und allen anderen diese Zeit geben, die sie so nie hatten. Und wenn sie Benjamin wirklich bald schnappen, dann wird es auch endlich wieder ruhiger werden und alle können sich entspannen und wieder anfangen, normal zu leben.

Belinda atmet erleichtert aus, als sie diese Entscheidung für sich getroffen hat, Santos küsst ihre Stirn, ihr Vater reicht ihr einen Marshmallow und April lächelt sie glücklich an und der Moment ist für Belinda eine perfekte und ganz einfache Definition von purem Glück, das sie tief in sich verspürt.

»All das ... all dieser ganze Scheiß ... kann doch kein Zufall sein!« Elian setzt sich neben Benito und reicht ihm die Zigarette, die er sich gerade angezündet hat, als er ihn ansieht. Sie alle rauchen nicht wirklich, nur hin und wieder, aber hier und jetzt hat sich jeder eine angezündet.

Nacho ist der Einzige, der noch unruhig hin- und herläuft und seine laute Stimme nicht unter Kontrolle bekommt, alle anderen schweigen. Schweigen, weil es keine Worte für das Loch gibt, in das sie der Mord an Dalila geworfen hat. Elian hebt den Blick, sieht wie Nacho herumtigert, sieht auf seinen Bruder, der auf einem Stuhl sitzt, den Kopf hängen lässt und eine Bierflasche in der Hand hält.

Benito neben ihm bewegt sich gar nicht, würde nicht ab und zu seine Zigarette in der dunklen Nacht aufglühen, wüsste er nicht, ob er überhaupt noch atmet. Aaron, der neben Vidal sitzt, sieht auch auf den Boden und Cuca, der auf der anderen Seite neben ihm steht, lehnt an eine Wand und weicht seinem Blick auch aus. Sie alle hat das schwer getroffen, sie haben nicht damit gerechnet, jemanden zu verlieren und schon gar nicht ihre süße kleine Dalila.

Elian war schon auf einigen Beerdigungen, doch das, was sie gestern erlebt haben, wird er nie wieder vergessen. Nie wieder wird er das verzweifelte Weinen seiner Tanten vergessen, die stummen Tränen seiner Onkel und das verzweifelte Schreien von Delicia. Benito, den sonst wirklich niemals etwas umhaut, war kaum ansprechbar und nicht in der Verfassung, seiner Schwester oder seinem Vater eine Stütze zu sein, Vidal hat das übernommen und sich um Delicia gekümmert.

Das erste Mal war Sofia dabei, als neues Mitglied ihrer Familie und dann gleich bei solch einem Anlass. Heute ist alles ruhig, keiner hat die Cuidad verlassen, auch die Älteren sind alle noch hier. Erst vor zehn Minuten haben sie alle sich hier getroffen, um zu besprechen, wie es ab morgen weitergeht, doch außer Nacho sagt bisher keiner etwas.

Dante ist noch bei Camilla, die heute erst gekommen ist. Sie alle haben sich über die Neuigkeiten gefreut, dass sie heiraten, endlich mal wieder etwas zu feiern, doch die Freude hat nur einige Stunden angehalten.

»Das alles kann kein Zufall sein, ich weiß, dass ihr momentan nicht klar denken könnt, doch ich kann es und ich sage euch, dass da etwas nicht stimmt. Ich habe jahrelang mit den Cinco Sombras zusammengelebt und ich kenne sie alle sehr sehr gut.

Findet ihr es nicht auch merkwürdig, dass all das passiert und unsere Männer von den Frauen der Sombras abgelenkt sind?« Nun sieht Vidal hoch und auch Elian sieht zu Nacho, sie sind es gewohnt, dass er nur Blödsinn redet, doch er hat sofort einen wunden Punkt getroffen und das nicht nur bei Vidal. Doch besonders bei ihm. Elian kennt seinen Bruder besser als sonst wer, er war an Vidals Seite, als das mit Anna passiert ist, als er danach ausgerastet ist und sich geschworen hat, niemals eine Frau zu lieben, weil das nur Ärger bringt.

Es hat lange gedauert, bis Vidal über das, was passiert ist, hinweggekommen ist. Vidal hat Anna sehr gemocht, doch er hat sie nicht geliebt, nicht so wie sie ihn und deswegen hat Vidal sich immer vorwürfe gemacht, die Liebe verflucht und gewünscht, er hätte von Anfang an Abstand zu Anna gehalten.

Mit Belinda aber ist es etwas anderes und Elian hat das gleich verstanden. Bei ihr hätte er komplett Abstand halten müssen, konnte es aber nicht. Er hat viel zu viel riskiert und Elian hat schnell verstanden, dass Belinda ihm viel bedeutet, viel zu viel, als dass es gut wäre und dass sie ihn jetzt verlassen hat, obwohl er sie gebeten hat, alles aufzugeben und bei ihm zu bleiben, hat Vidal sehr getroffen.

Natürlich redet er nicht darüber, doch das braucht er auch nicht, ein Blick in die Augen seines älteren Bruders reicht schon aus, um das zu sehen.

»Überlegt doch mal, Camilla und Belinda, so hat es angefangen. Belinda ist ganz zufällig die Schwester von Alejandro und turnt hier ständig in unserer Cuidad herum, weil unser Anführer auf sie steht.« Vidal will etwas sagen, doch Nacho hebt die Hand. »Absolut nicht gegen dich, el jefe, ich habe noch nie so eine hübsche Frau wie Belinda gesehen, jeder Mann versteht das ... es gibt nur noch eine Frau, die genauso hübsch ist und das ist Alena. Ich kenne Alena, seit sie klein ist, sie ist der Wahnsinn ... und zufällig rettet Elian sie und ist von da an ständig bei ihr im Krankenhaus, mit den Sombras zusammen, unseren Feinden. Und einer unserer besten Männer, Dante, liebt zufällig eine der besten Freundinnen von Belinda, die ebenfalls wieder hier in der Cuidad ist und wegen der Dante es sogar bereut, in der Familia zu sein. Denkt ihr wirklich, all das ist ein Zufall? Ich nicht, denn ich kenne die Cinco Sombras zu gut, da gibt es keine Zufälle!«

Elian schüttelt den Kopf und schnipst seine Zigarette weg. »Red keinen Scheiß, Mann! Ich weiß doch, dass ich nur aus Zufall das Versteck von Alena gefunden habe und wie schlimm sie zugerichtet war. Denkst du etwa, das haben die geplant?«

Elian wird diese Bilder niemals mehr vergessen können, es gibt einiges, was Alena betrifft, was er nicht wieder vergessen kann. Seit sie weg ist, muss er ständig an sie denken, am liebsten würde er sie anrufen, er hat nicht einmal ihre Nummer, sie haben gehört, dass alle Cinco Sombras von Benjamin durch die Handynummern aufgespürt wurden und alle nun neue Nummern haben. Sicherheitshalber haben auch sie alle neue Nummern bekommen. Im Grunde ist es richtig so. Sie sollten sich von nun an aus dem Weg gehen, Elian kann nur hoffen, dass sein Verstand und sein Herz das auch langsam verstehen und Alena nicht ständig in seinen Gedanken ist. Wahrscheinlich hätte er den Kuss am Ende lassen sollen, doch er konnte einfach nicht anders.

Sie ist in seinen Augen die schönste Frau, die er jemals gesehen hat, vom ersten Moment an, als er sie gesehen hat und das hat sich nur verstärkt, als er Zeit mit ihr verbracht hat. Egal was dieser Psychopath ihr angetan hat, was auch immer sie für Narben an sich trägt, für ihn ist sie die schönste, deswegen konnte er gar nicht anders.

Er hat ihre Nähe immer genossen, ihren süßen Duft geliebt und musste auch einmal ihre Lippen schmecken, wie er es erwartet hat, hat ihn auch das völlig umgehauen, doch da er weiß, dass es der letzte Kontakt zwischen ihnen beiden gewesen ist, musste er es einfach machen, auch wenn sich dadurch sein Herz ein wenig mehr weigert, die Erinnerungen an Alena verblassen zu lassen.

Nacho geht zu einem Tisch, holt neues Bier und verteilt es. »Für normale Menschen, wie du und ich es sind, ist so etwas ausgeschlossen, doch die Sombras sind blind vor Wut auf euch. Ihnen ist nichts heilig, ihr habt doch gesehen, wie sie am Ende Belinda behandelt haben, ich traue ihnen alles zu und ich kenne sie am besten!«

Sie alle wissen, dass er nur Blödsinn redet, außer ihnen kennt Elian niemanden, der die Cinco Sombras noch so sehr hasst wie Nacho, doch trotzdem halten sie alle ein und lauschen seinen Worten. Elian sieht Vidal in die Augen und auch sein Bruder beginnt ein wenig zu grübeln ...

Kapitel 17

Dante beeilt sich, die Treppen herunterzukommen. Camilla duscht gerade und er wird sich mit den anderen nur schnell besprechen, wie sie ab morgen weitermachen werden und dann zurückkommen. Dantes Herz fühlt sich an wie zugeschnürt und er weiß, dass es allen jetzt so geht, umso wichtiger ist es, dass sie jetzt ihr Ziel nicht aus den Augen lassen. Sie müssen Benjamin endlich stoppen.

Sie haben von einer Unterkunft gehört, die so ähnlich ist wie die Unterkunft, in der Benjamin auf dem Gebiet der Somras geschlafen hat, sie müssen da morgen nachsehen, sie haben ihr Gebiet so gut abgeriegelt, dass hier niemand einfach so hinein- und herauskommt. Wenn Benjamin also hier auf ihrem Gebiet ist, schnappen sie ihn auch, da ist sich Dante absolut sicher.

»Hallo, ich habe geklopft, aber niemand hat aufgemacht.« Plötzlich steht Sofia vor seiner Haustür, als er das Haus verlassen will. »Wir haben es wahrscheinlich nicht gehört ...« Dante benimmt sich wie ein anderer Mensch, sobald er in Sofias Nähe ist, so unsicher hat er sich selbst noch nie erlebt, nicht einmal bei Camilla hat er sich so angestellt, doch er weiß einfach nicht, wie er mit seiner Schwester, von der er nie etwas wusste, umgehen soll.

»Ist alles ... okay?« Dante zieht die Augenbrauen hoch und mustert Sofia, die vor ihm steht und ihm unbeirrt in die Augen sieht. Sie erinnert ihn an Suela, als sie noch ein paar Jahre jünger war, Sofia ist gerade neunzehn geworden, zwei Jahre jünger als Suela und fünf Jahre jünger als Dante. Sie ist genauso hübsch wie Suela, auch wenn Sofia sogar von ihnen allen dreien am meisten Ähnlichkeit mit ihrer Mutter hat.

Besonders wenn sie ihn anguckt, wie sie es gerade tut, fällt ihm diese Ähnlichkeit auf. »Suela hat sehr starke Kopfschmerzen. Sie ist bei Delicia und hat mich gebeten, zu dir zu kommen und bestimmte Tabletten zu holen, die du hast und die am besten helfen.«

Dante hat schon öfter in seinem Leben Verletzungen gehabt, die ihm Schmerzen bereitet haben und deshalb hat er sehr starke Schmerzmittel im Haus. Er deutet Sofia an, ihn zu begleiten und geht noch einmal nach oben, während seine jüngste Schwester unsicher im Wohnbereich stehen bleibt.

Dante flucht leise, als er ins Bad geht, in dem Camilla noch immer duscht, er ignoriert ihren Anblick, sonst würde er alles hinschmeißen und zu ihr in die Dusche steigen. »Hast du etwas vergessen?« Dante riskiert doch einen Blick. »Ja, ich bin jetzt aber weg.« Dante macht schnell, dass er wieder hinauskommt, nachdem er die Tabletten aus dem Schrank geholt hat.

Als er wieder nach unten tritt, steht Sofia vor einem Bild, das Dante, Suela und ihre Mutter vor einem Weihnachtsbaum in dem Krankenhaus zeigen, in dem ihre Mutter die letzten Jahre verbracht hat. Es ist dieser Anblick, der in Dante etwas freisetzt, was er kaum einordnen kann. Sofia hat all das, was sie erlebt haben, nie gehabt. Sie wurde nie von ihrer Mutter in den Arm genommen, getröstet. Wurde nie von ihrem großen Bruder geärgert und beschützt, hat sich nie wie Suela früher immer in sein Bett geschlichen, weil sie alleine Angst hatte.

Was musste sie alles mitmachen? Sie ist mit einem Psychopathen wie Benjamin aufgewachsen und hat einen Sombras wie Petro für ihren Bruder gehalten. Sie hat diese Insel nie verlassen. Suela hat Dante erzählt, dass es sie schon ein wenig gewundert hat, warum Sofia sofort mit Suela gegangen ist, doch Dante wundert es nicht mehr. Vielleicht hat Sofia damals schon gespürt, dass das ihre wahre Familie ist.

»Es tut mir leid, dass du all das nicht miterleben konntest. Hätte ich gewusst, dass es dich gibt, hätte ich dich gesucht und da rausgeholt.« Dante sagt das aus vollem Herzen und er meint jedes Wort genauso, wie er es gesagt hat. Er weiß nicht genau, wie er mit Sofia umgehen soll, doch er kann sie auch nicht einfach ignorieren.

Sofia dreht sich zu ihm um, er sieht die Tränen in ihren Augen und auch, wie stark sie trotz allem immer noch ist. »Ich weiß gerade einfach nicht, ob es nicht besser gewesen wäre, wenn ich es niemals erfahren hätte. Verstehst du …? Auf der Insel habe ich mich damit abgefunden, wir hatten keine Wahl, wir haben gelernt, damit zu leben.

Doch jetzt hier zu sein und euch zu sehen, zu sehen, wie ich hätte aufwachsen können, dass ich bei meiner Mutter hätte bleiben können, zu sehen, wie sehr sie unter all dem gelitten hat … das ist wirklich hart. Vielleicht wäre es besser gewesen, einfach auf der Insel zu bleiben, ich sehe ja auch, wie es euch dabei geht, dass ich jetzt hier bin. Weil ihr, wenn ihr mich seht, auch immer an Benjamin denken müsst, was ich natürlich verstehe, ich …«

Das erste Mal seit Sofia da ist und er weiß, dass sie seine leibliche Schwester ist, hört Dante jetzt auf sein Herz und nimmt Sofia einfach in den Arm. Suela und ihre Mutter haben viel geweint und Sofia auch in den Arm genommen, doch Dante spürt deutlich, dass es das erste Mal ist, dass Sofia Halt findet, da sie schwach sein kann und er sie hält.

Sofia beginnt zu weinen, Dante verstärkt seinen Griff. »Es ist alles gut, Sofia. Du siehst das vollkommen falsch. Wenn ich daran denke, dass du mit diesem Benjamin gelebt hast, könnte ich ausrasten und würde am liebsten jeden Einzelnen zur Verantwortung ziehen, der damit zu tun hat, doch das geht nicht. Wir können die Vergangenheit nicht mehr ändern, aber das bedeutet nicht, dass sie uns die Zukunft nehmen kann.

Jetzt bist du hier und hast deinen richtigen Bruder an deiner Seite, hörst du?« Dantes Herz macht einen kleinen Sprung, als er diese Gefühle endlich zulässt, er blickt nach oben und sieht, dass Camilla am Treppenansatz steht und sie beide lächelnd beobachtet, sie zwinkert ihm zu und geht, um Dante und Sofia in diesem Augenblick ungestört zu lassen.

Sofia nickt an Dantes Brust, doch ihre Tränen laufen weiter, aber für Dante ist das vollkommen in Ordnung, er ist jetzt da, um ihr Halt zu geben.

»Ich muss nur noch einige Dinge erledigen, ich warte noch auf April, dann könnt ihr mir den Jet schicken.« Belinda tritt vor ihr angemietetes Appartement. Es ist schon dunkel, sie ist seit gestern wieder in Portland und hier herrscht das absolute Schneechaos. Belinda fühlt sich gut, sie wird noch einige Sachen klären, endgültig alles abmelden und dann zurück nach Puerto Rico fliegen. Sie hat das Appartement schon zum Ende der Woche gekündigt, sie möchte noch auf April warten und erst dann wieder nach Puerto Rico zurückfliegen.

April hat bei ihr geschlafen nach ihrer Geburtstagsfeier, doch am nächsten Tag haben sie zusammen mit Alejandro und ihrem Vater gefrühstückt. Dass Alejandro April wieder zum Flughafen gebracht und April versichert hat, dass sie in spätestens zwei, drei Wochen auch nach Puerto Rico kommt für eine Woche Urlaub, hat Belinda endgültig gezeigt, dass da mehr ist als nur ein kleiner Flirt und sie freut sich und kann nur hoffen, dass das gut geht zwischen den beiden. Sie schätzt beide nicht als richtige Beziehungsmenschen ein, aber was weiß sie schon? Sie gehört sicherlich nicht zu denen, die da die besten Erfahrungen vorzuweisen hat.

Belinda will die Tür aufschließen und muss etwas kräftiger den Schlüssel umdrehen, um die Tür zu öffnen. »Okay, ich sage dir Bescheid. Ich rufe dich dann sofort an.« Belinda findet es immer noch unwirklich, jetzt einen Vater zu haben, der sich solche Gedanken wegen ihr macht. Sie verabschieden sich und Belinda schließt die Tür. Es ist stockdunkel, sie schaltet das Licht ein und in diesem Moment gefriert ihr das Blut in den Adern.

Ihr genau gegenüber sitzt Benjamin auf einem Sessel und hebt die Hand. »Es ist mir eine Ehre, Belinda, dich endlich kennenlernen zu dürfen!«

Lesen Sie weiter in ...

El Puerto - Der Hafen 6 Die Wege der Liebe

El Puerto – Der Hafen 6

Die Wege der Liebe

Leseprobe :

Elian sieht unsicher aus dem Fenster. »Ich habe kein gutes Gefühl, irgendetwas stimmt nicht. Was ist, wenn das eine Falle ist, wieso sollte Benjamin uns plötzlich irgendwo hinbestellen?« Vidal lenkt das Auto in das Hafengelände hinein, die anderen sind schon angekommen.
»Natürlich ist es eine Falle, irgendetwas wird er vorhaben, doch wir müssen eben schneller und schlauer handeln als er. Über die Hälfte der Männer sind in der Cuidad geblieben und sichern alles ab. Mal sehen, was Benjamin geplant hat, vielleicht will er uns alle in ein Haus locken und dann abfackeln oder eine Bombe wartet auf uns. Er ist nicht dumm, er wird schon wissen, was er tut, deswegen müssen wir besser vorbereitet sein.«
Vor einer Stunde wurde bei ihnen von einem eingeschüchterten Postboten ein Paket abgegeben, darin war einer dieser Affen mit einem selbstgeschriebenen Brief. Allein das hat gezeigt, wie krank der Kerl ist, er hat den Brief mit Blut geschrieben und mit Wachs versiegelt.

'Ich möchte euch gerne treffen, damit wir uns über eine für beide Seiten zufriedenstellende Lösung einigen können.'

Sie haben ein weiteres Versteck von ihm auftun können und wieder einiges von ihm zerstört. Er merkt offenbar, dass er nicht mehr viel Raum hat und sie ihn jederzeit schnappen können, doch wie kommt er auf die Idee, sie würden irgendetwas mit ihm verhandeln?
Natürlich ist Elian bewusst, dass Benjamin nicht auftauchen wird, doch sie sind zu dem angegebenen Treffpunkt im Casitas von Pablo gefahren. Als er jetzt aussteigt und auf die vielen anderen Autos sieht, seufzt er

genervt auf. Es war ja klar. »Offenbar haben nicht nur wir diese Nachricht erhalten.«

Einer ihrer Männer schickt einen Bombenspürhund, den sie seit zwei Tagen haben, ins Café. Er schlägt an, wenn er eine Bombe findet, als er schwanzwedelnd zurückkommt, gehen sie in das Café, das mittlerweile wieder vollständig aufgebaut ist und wo wieder einige Gäste auf der Terasse sitzen.

Wegen Dante waren sie früher ständig hier, Elian sieht sich noch einmal um, doch es ist nichts Auffälliges zu erkennen. Vidal und Aaron gehen vor, er folgt ihnen zusammen mit Dante und Cuca. Benito ist in der Cuidad geblieben, wo sich noch immer alle aufhalten. Natürlich verwundert es sie nicht, dass sie auf Alejandro, Santos, Ponce, Levi und Suerte treffen. Sie haben es schon an den Autos gesehen. Sie sitzen an zwei Tischen im Restaurant vor einer weißen Leinwand, auf der wichtige Sportveranstaltungen übertragen werden. »Na was für eine Überraschung!« Alejandro sieht sie nicht einmal richtig an.

»Ich habe damit nichts zu tun, das lag heute vor meinem Laden, als ich aufgeschlossen habe.« Pablo kommt von hinten nach vorne, er bringt Levi etwas zu trinken und Elian zieht die Augenbrauen hoch. Hat der Typ grad keine anderen Probleme, als sich hier bedienen zu lassen? Elian tritt mit Vidal nach vorne und sieht auf ein braunes Kuvert, das bereits geöffnet ist und auf dem wieder mit Blut geschrieben steht:

'Für meine Freunde, die heute am Mittag hier eintreffen werden und danach verlangen werden! Nicht entsorgen, ansonsten fließt noch mehr Blut und das wollen wir doch nicht!'

Der Psychopath hat einen schrägen Hang zur Dramatik. Pablo holt eine Video-CD aus dem Kuvert. Auch hier wieder eine Warnung drauf:
'Erst um 15.00 Uhr ansehen!'

Elian sieht auf die Uhr, es ist eine Minute vor 15 Uhr, da sie die Nachricht gerade erst bekommen haben, hätten sie auch gar nicht früher reagieren können. »Der Kerl plant alles haargenau.« Pablo deutet auf die Leinwand. »Ich habe schon alles aufgebaut, hätte ich gewusst, dass ihr gemeint seid, hätte ich euch schon angerufen, doch ich dachte, das wäre alles ein Scherz. Ich habe das beinah wirklich weggeschmissen, bis vor einigen Minuten Alejandro und die anderen reingekommen sind.« Alejandro lehnt sich genervt zurück, während sich Aaron und Dante an einen Tisch setzen. Wieder mit den Sombras zusammen zu sein, geht ihnen allen auf die Nerven, doch gerade haben sie keine Wahl, also setzt sich Elian neben Aaron und sieht auf die Leinwand, während Vidal sich hinter sie alle stellt und gegen die Wand lehnt.

Natürlich hat Elian sofort gemerkt, dass Roman nicht da ist. Vielleicht ist er zu seiner Mutter und Alena gefahren, was sicherlich am besten ist. Die Tatsache, dass dieser Petro in Alenas Nähe ist, gefällt Elian gar nicht, auch wenn er vielleicht ihr leiblicher Bruder ist, doch Elian traut ihm nicht, niemandem von denen, selbst bei Sofia hat er noch ein komisches Gefühl, auch wenn sie immer mehr zu ihnen gehört und Dante mittlerweile viel Zeit mit ihr verbringt und sie somit automatisch auch.

Pablo fummelt herum und plötzlich erscheint ein Bild auf der Leinwand. Es ist unscharf, man sieht etwas Licht und eine rote Box, das Bild wackelt leicht. »Noch ein Versuch!« Diese Stimme lässt Elians Herz schneller schlagen, er wird sie nie wieder vergessen, nicht bis er diesen Mann in den Händen hat und zu Ende bringen kann, was er bei Alenas Befreiung hätte tun sollen. Es ist Benjamin.

Alle richten sich ein wenig auf, als plötzlich das Bild klar wird, weil Benjamin die Kamera hochhebt und offenbar auf die rote Box stellt. »Dieser Wahnsinnige!« Alejandro hat die richtigen Worte, als sie auf das Monster sehen, was sie alle gerade nicht richtig schlafen lässt.

Es ist keine Angst, niemand hier im Raum hat Angst vor ihm, sie wissen nur nicht, was er als nächstes plant und diese kranke, unberechenbare Art macht ihn zu dem gefährlichsten Gegner, den sie bisher hatten und der ihnen am meisten Schaden zugefügt hat.

Elian kommen sofort die Bilder von Dalila und Alena hoch und alles in ihm zieht sich zusammen. »Verfluchter Bastard!« Wilde Flüche gehen durch den Raum, als sie alle dabei zusehen, wie Benjamin versucht, die Kamera gerade zu stellen. Elian fixiert ihn ganz genau. Hier in dem Licht sieht er ganz blass aus, ein magerer Kerl, er trägt nur eine graue Leinenhose, man sieht überall an seinem Körper Wunden, seine Haare stehen ihm wild vom Kopf ab, die Narbe über seiner Nase, die er Alena auch eingeschnitten hat, verzerrt sein Gesicht, doch nicht das ist es, was am schrecklichsten beim Anblick auf Benjamin ist.

Es sind die Augen, sie zeigen deutlich, dass all das kein Hass und keine Rache ist, die Augen verraten, dass Benjamin wirklich wahnsinnig ist. Das ist kein Mensch mehr, der da vor ihnen steht, er hat nichts Menschliches mehr an sich. Es ist krank, wie er dann endlich zufrieden in die Kamera sieht, als es ein etwas stabileres Bild wird und die Arme hebt.

»Willkommen, meine Freunde!«

Es ist ganz still und Elian ist sich sicher, dass sie alle das gleiche tun, sie gehen alles ab, was sie sehen, wo ist er? Doch man sieht nur Benjamin und eine weiße Wand, den Anfang eines weißen Tisches, auf dem die Farbe abblättert und es wackelt immer noch. »Er ist auf einem Boot!« Vidal hat recht, Benjamin muss auf einem Boot sein.

»Es freut mich, dass ihr alle gekommen seid, ich hoffe, euch hat meine Einladung gefallen. Ich habe mir viel Mühe gegeben und das Blut, was ich mir ausgesucht habe, ist ein ganz besonderes. Doch dazu später, erst einmal muss ich euch sagen, dass unser Spiel mir in letzter Zeit immer weniger Spaß gemacht hat. Es ist schwer für mich, mich zu bewegen, ich konnte Puerto Rico nicht verlassen, ich musste mich in einer Bananenkiste in einem Frachter verstecken, um außer Landes zu kommen, das ist nicht sehr angenehm, wisst ihr ...«

Benjamin sieht auf seine Fingernägel, dann beginnt er laut zu lachen und Dante schüttelt den Kopf. »Der ist absolut wahnsinnig, der Kerl.« Benjamin sieht zur Seite und dann wieder zur Kamera. »Ich schweife ab, jetzt habe ich ja Papis Kreditkarte und bin schnell wieder zurückgekehrt, denn nun bin ich mal wieder an der Reihe, oder? Wie geht es eigentlich meiner süßen Alena? Ich vermisse sie richtig und Elian, bist du auch da? Bestimmt, oder? Ich weiß, dass du das alles gerne zu Ende bringen möchtest, doch ich bin leider immer noch nicht fertig, aber der Tag wird schon noch kommen, wo wir zwei uns wieder gegenüberstehen werden.«

Elian kann es nicht abwarten. »Das mit Dalila war gar nicht geplant, eigentlich ist es momentan eher so gedacht, dass ich die gesamte Führung eurer Familias weghaben möchte, versteht ihr? So wie bei dem Kinderspiel, wo alle um Stühle rennen und dann ist ein Platz zu wenig und einer kann nicht mit auf Reisen fahren … das gilt jetzt für die Anführer. Ich habe das Spiel immer geliebt.«

Elian schüttelt den Kopf, es war noch nie so klar wie jetzt, wie krank der Kerl ist, wieder beginnt er schallend zu lachen. »Aber ich hatte nicht genug Zeit und deswegen hat das mit Santos nicht geklappt und dann musste sich die dumme Dalila ins Auto setzen, geschieht ihr ganz recht … doch dieses Mal wird alles anders. Ich habe mir ein tolles Spiel ausgedacht, ihr werdet es lieben.

Wir sind doch quasi Brüder …und Brüder spielen miteinander! Wenn ihr dieses Video seht, sind bereits wieder 24 Stunden vergangen und ich habe genug Zeit, alles vorzubereiten. Denn dieses Mal bin ich dran zu gewinnen.« Wieder das Lachen, Elian sieht auf die eingeblendete Zeitangabe, wann das Video aufgenommen wurde und Benjamin hat recht, es war genau vor 24 Stunden.

»Es ist wichtig, dass ihr euch alle an die Zeit haltet bei unserem Spiel, denn es beginnt jetzt sofort und ihr alle spielt mit. Wir wollen nicht noch mehr von diesem kostbaren Blut verschwenden.« Er hebt ein Gefäß hoch, in dem eine Flüssigkeit zu sehen ist, die wie Blut aussieht, er tippt mit zwei Fingern hinein und wischt sie sich dann an der Brust ab. Es ist Blut.

»Natürlich brauchen wir auch einen Spieleinsatz und da ich heute wirklich die Aufmerksamkeit beider Familias brauche, ist mir eine gute Idee gekommen, von der ihr alle selbst gar nicht so genau wisst.« Benjamin geht zur Kamera und stellt sie neu ein, als dann das Bild wieder klar wird, schluckt Elian schwer und alle im Raum versteifen sich. Es ist totenstill, Elian flucht und dreht sich sofort zu seinem Bruder Vidal um.

September/Oktober 2017

Entdecken Sie die ergreifende Welt von Jaliah J. ...

rz 2017 im Handel erhältlich

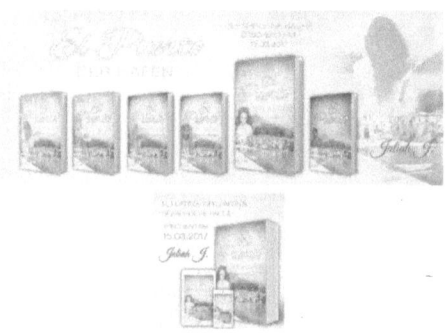

"Diese junge Autorin schreibt mit ebenso viel Hemmungslosigkeit wie Konsequenz Liebesromane. Ich wünsche ihr einen langen erzählerischen Atem für sprudelnde Phantasie

follow me ...

Leserkommentare

„Jaliah schreibt leidenschaftlich und hingebungsvoll. Ich habe schon sehr viele Bücher gelesen, die ich richtig, richtig gut gefunden habe. Aber Jaliahs Story nehme ich ihr voll und ganz ab. Kaufe ihr das ab, was sie schreibt. Man hat bei der Lektüre das Gefühl, live dabei zu sein. Sich mitten im Geschehen zu befinden und man kann sich mit ihren Charakteren identifizieren. Man fiebert mit, will wissen wie es weiter geht und der „Süchtigkeitsfaktor" ist auf jeden Fall vorhanden! ;) Ich kann jedem der eine Reise nach Puerto Rico mit dem Kopf machen möchte, in eine neue Welt eintauchen will, den Zusammenhalt der Gangs und deren Familien spüren, das Buch weiter empfehlen!"

Hope

"Hope/Amal, die Geschichte zwischen einem christlichen Mädchen und einem arabischen Prinzen, war unglaublich mitreißend.
Die Persönlichkeit und das Handeln von Farhan (dem arabischen Prinzen) war mir völlig neu und extrem erfrischend. Auch die liebenswerte Einführung in die Welt des Islam hat mich berührt.

Jaliah hat die Verbindung zwischen zwei Religionen in Form dieses Buches sehr schön dargestellt!!

Die Geschichte ist mitreißend! Zusammengefasst: Ein tolles Buch mit einer zauberhaften Liebesgeschichte die

www.jaliahj.de